Melanie Brandl

Mittendrin ein neuer Anfang

TINTE & FEDER

Das Buch

Die Diagnose ist für Franka ein Schock: Hirntumor. Was wird jetzt aus ihr, ihrem Studium, ihrem Leben? In drei Wochen soll sie operiert werden. Ausgerechnet in diesem Moment kreuzt ein Mann ihren Weg, mit dem sie sich glatt eine Zukunft vorstellen kann – vorausgesetzt, sie hat so etwas überhaupt. Leon ist witzig, charmant und zärtlich, und wenn sie in seinen Armen liegt, zählt nur die Liebe und nicht die Angst. Franka beschließt, Leon vorerst nicht zu sagen, was mit ihr los ist. Und sie rebelliert gegen ihr Umfeld, das sie mit positiv-optimistischen Ratschlägen fast erdrückt. Denn trotz der Sorge, was nach der OP sein wird, will sie eigentlich nur eins: ihr Leben leben …

Die Autorin

Melanie Brandl, geboren 1973 in Hattingen, studierte Germanistik, Theater- und Kommunikationswissenschaften in München. Sie arbeitet als Journalistin vor allem im Bereich Kultur und Literatur, war aber auch als Pressesprecherin am Theater und Dozentin an einer Berufsakademie für Kommunikation und Gestaltung tätig. Mit ihrem Mann und ihren drei Söhnen lebt die Autorin in der Nähe von München. Ihr erster Roman »Mittendrin ein neuer Anfang« basiert auf eigenen Erfahrungen.

Melanie Brandl

Mittendrin ein neuer Anfang

Roman

TINTE & FEDER

Deutsche Erstveröffentlichung bei
Tinte & Feder, Amazon Media E.U. S.à r.l.
5 Rue Plaetis, L-2338 Luxembourg
April 2018

Umschlaggestaltung: zero-media.net, München
Umschlagmotiv: © Skorik Ekaterina / Shutterstock
Lektorat: Rainer Schöttle
Korrektorat: Manuela Tiller/DRSVS
Printed in Germany
By Amazon Distribution GmbH
Amazonstraße 1
04347 Leipzig, Germany

ISBN: 978-2-919-80013-1

www.tinte-feder.de

Meinen vier Männern

1

Ihre Hände zitterten. So sehr, dass es ihr erst beim dritten Versuch gelang, die Münze in den dafür vorgesehenen Schlitz zu versenken. Als die fünfzig Cent mit einem lauten »Kling« durchfielen, fluchte sie leise vor sich hin. Wer um alles in der Welt wollte heute noch so umständlich telefonieren? Sie hatte gar nicht gewusst, dass es so etwas überhaupt noch gab – Telefonzellen mit Münzapparaten, Telefonbüchern und diesem merkwürdigen Gefühl, irgendwo mitten in der Stadt in einem Glaskäfig zur Schau gestellt zu sein. »Kling« – auch das nächste Centstück fiel durch. Entnervt klemmte sie den Hörer unter das Kinn und fingerte in der engen Jeanstasche nach dem Einkaufseuro, der sich da in der Regel versteckte. Endlich – diese Münze nahm die Maschine. »Geldmacherei«, murmelte Franka und öffnete mit der linken Hand den zerknüllten Brief, auf dem die Nummer stand. *Klinik der Ludwig-Maximilians-Universität München, Abteilung Radiologie.* Sie holte tief Luft. Wieder zitterten die Hände beim Tippen der Tasten. ... *3* ... *8* ... *8.* »LMU München, Abteilung Radiologie. Was kann ich für Sie tun?« Die Stimme der Schwester klang sachlich, Telefonzentrale halt. Ob sie ahnte, wie sehr so mancher Anrufer sich quälte, wenn er sie an der Strippe hatte? Aber die meisten brauchten wahrscheinlich nur einen Termin.

Reine Routine, überlegte Franka, Angst musste man in der Regel keine haben. Die hatte sie ja vor knapp zwei Wochen auch nicht gehabt.

Bei der Erinnerung an den Augenarzttermin, zu dem sie vierzehn Tage zuvor völlig naiv getrabt war, musste sie fast lachen. Eine neue Brille würde sie brauchen, war sie sich sicher gewesen, wegen der Doppelbilder, die sie sah. Wie lange genau sie mit denen schon lebte, wusste sie gar nicht mehr. Aber Schielen, da war sie sich sicher gewesen, war nichts Dramatisches, da würde eine einfache Sehhilfe genügen. Gleich nach dem Arztbesuch wollte sie zum Optiker, sich etwas Schickes aussuchen. Rot, im Farbton ihrer Lieblingsjacke in diesem Frühjahr? Oder doch lieber gediegen braun, neutral und passend zum aschblonden Haar?

»Hallo? Kann ich Ihnen helfen? Warum genau rufen Sie an?« Die leicht genervt klingende Dame am anderen Ende der Leitung riss Franka zurück in die Realität.

»Ich … äh … ja. Ich hätte eigentlich heute einen Termin, habe aber … also, ich kann … ähm … ich bin krank. Virus, ja. Ansteckend …« Es war ihrer Stimme anzuhören, dass diese Behauptung nicht wirklich der Wahrheit entsprach. Sie hatte ein wenig Husten, vor allem aber wollte sie nicht noch einmal in diese anonyme, mit Desinfektionsmitteln tot geschrubbte Klinik, die in ihr sofort Ablehnung auslöste. Franka hüstelte gekünstelt.

»Name?«

»Äh, Bronchitis, glaube ich.«

Die Frau lachte kurz. »Nein, Ihr Name.«

»Nee, klar … Franka. Franka Jung.«

»Moment.« Kurzes Tippen, dann kehrte die Stimme zurück. »Ach ja, vierzehn Uhr. Auf wann sollen wir verschieben?«

»Äh, also eigentlich … Ich bin schon sehr krank. Und würde doch gern das Ergebnis des MRT, also zumindest so grob … Kann ich nicht per Telefon …?«

Der verbleibende Restbetrag auf der Telefonanzeige sank merklich. Mist. War da noch irgendwo ein Euro? Mühsam fischte sie den Geldbeutel aus der Jackentasche, öffnete ihn mit der linken Hand und kramte ungeschickt weitere Münzen heraus.

»Also normalerweise geht das nicht per Telefon«, erklärte die Schwester.

Franka seufzte theatralisch. »Bitte. Ich kann sonst gar nicht schlafen. Und mir geht es ja eh nicht so gut ...« Die Nervosität ließ ihre Stimme noch ein wenig weinerlicher klingen. Oder war sie tatsächlich so nah am Wasser gebaut?

»Warten Sie bitte einen Moment. Ich frage den Herrn Professor.«

Wieder diese Stille, dieses Warten. Franka trommelte nervös mit den Fingern gegen die Glaswand der Telefonzelle. Plötzlich klopfte es von außen heftig zurück. Erschrocken zuckte Franka zusammen. Eine Hand berührte die Scheibe an derselben Stelle wie ihre. Groß, ein wenig schmuddelig, nicht sanft klopfend, sondern eher ungeduldig zuschlagend. Franka starrte durch die leicht trübe Scheibe der Telefonzelle. Warum streikte ausgerechnet heute ihr teures Smartphone und hatte den Akku so viel schneller geleert, als es das eigentlich tun sollte?

Ein junger Mann starrte zurück, entnervt auf die eigene Uhr deutend. Er trug einen grünen Parka und Jeans, der ungemütliche Nieselregen hatte die braunen, leicht lockigen Haare zerzaust. Seine Lippen bewegten sich, und dem Gesicht nach zu urteilen war das, was er ihr mitteilte, nicht gerade freundlich formuliert.

»Hallo? Sind Sie noch da?« Die ungeduldige Krankenschwester holte Frankas Konzentration unsanft zu ihrem Telefonat zurück. »Der Herr Doktor nimmt sich ausnahmsweise kurz Zeit. Ist ja wichtig ...«

Bevor Franka fragen konnte, was sie damit meinte, knackte es in der Leitung. »Frau Jung, schön, Sie wenigstens per Telefon sprechen zu können.« Die Freundlichkeit des Arztes klang eine Spur zu aufgesetzt, um echt zu wirken. »Sie wollen also das Ergebnis unseres MRTs von gestern?« – Natürlich, du Idiot, was sonst? Die Lottozahlen? – »Das ist jetzt nicht ganz so erfreulich, Frau Jung«, begann der Mediziner zögernd. »Wie schon befürchtet, ist die Lähmung des Auges kein Schielschaden, sondern die Folge eines Meningeoms, das auf den Sehnerv drückt. Ein Gehirntumor also. Gutartig, denke ich, insofern prima, kein Grund zur Sorge, es könnte schlimmer sein. Multiple Sklerose zum Beispiel … Allerdings selbst für uns Fachleute erstaunlich groß, ja, fast riesig.« Franka bildete sich ein, fast ein wenig Begeisterung für einen so spannenden Fall in seiner Praxis heraushören zu können. Auch dem Arzt schien das aufgefallen zu sein, denn in bemüht sachlicherem Tonfall ergänzte er: »Also nicht wirklich dramatisch, natürlich. Und es gibt ja immer noch traurigere Schicksale als das eigene, oder?« Er hüstelte, unsicher, ob das nun ein Anlass war zu lachen oder besser nicht. »So können wir wenigstens operieren – und dann sieht das alles doch hoffentlich gleich wieder viel positiver aus. Oder?« Eine kurze Stille füllte die Leitung. »Frau Jung?«

Franka starrte auf die Rückwand der Telefonzelle. »Emma liebt Paul« hatte jemand mit dem Filzstift hingeschmiert, »17.06.1993«. Wie lange war das her? Ob Emma Paul noch immer küsste? Oder hatte sie ihn längst wieder abgeschossen, vielleicht gar nie erhört? »Nazis raus« las sie rechts daneben, quer über einen riesigen Phallus gepinselt. Auch der Phallus verdoppelte sich in Frankas Augen. Tiefe Kratzer verunstalteten den Rest der Fläche. Alte Kaugummis klebten deutlich sichtbar am Rand des Telefonapparates. »Frau Jung?« Ob der Arzt besorgt oder genervt war, ließ sich nicht eindeutig feststellen. »Frau Jung, Sie sollten dringend in meine Sprechstunde kommen, damit wir die Details zur Operation …«

»Operation?!« Franka erwachte aus ihrer Trance. »Meningeom? Gehirntumor?« Sie flüsterte nur noch, während der Typ neben der Telefonzelle erneut gegen die Scheibe hämmerte. Energisch deutete er wieder auf seine Uhr. Franka drehte sich weg von ihm.

»Ja«, seufzte der Mediziner am anderen Ende der Leitung. »Tumor. Wie ich schon sagte. Aber bitte kommen Sie vorbei. Dann erkläre ich Ihnen die Details. Sie müssen das positiv sehen …«

Wie in Zeitlupe entfernte Franka den Hörer von ihrem Ohr und hängte ihn, trotz der noch immer zu hörenden Stimme des Arztes, in die Gabel. Tränen schossen ihr in die Augen, jetzt nahm sie die stinkende, versiffte Telefonzelle nicht mehr nur doppelt, sondern auch noch verschwommen wahr. Tumor? Im Kopf? Wie konnte das sein? Sie hatte weder Schmerzen noch sonstige Beschwerden. Das Auge, ja, das sah zweifach. Aber das war doch so, wenn man schielte, oder? Da konnte doch eine Brille … Alles begann sich um sie herum zu drehen. Der Hörer, der Phallus, die zerkratzte Scheibe, die Tür der Zelle …

Als Letztere plötzlich energisch aufgerissen wurde, fuhr Franka ein kalter Windstoß mit Macht entgegen. »Ist jetzt mal gut mit den romantischen Liebesschwüren?« Der mittlerweile sehr ungeduldige junge Mann stoppte kurz irritiert, als er in Frankas tränennasses Gesicht starrte. »Oh Scheiße. Nix Romantik, oder? Vergiss ihn, Mädel, das ist der Typ eh nicht wert!« Während er frech grinsend versuchte, Franka die Tür aufzuhalten, schob die sich wutschnaubend, aber kommentarlos an ihm vorbei – nur raus, weg von der ekligen Telefonzelle, dem unfreundlichen Kerl und dem pseudofreundlichen Mediziner am Telefon. Weg von der Nachricht, die niemand hören wollte, von der Nachricht, die Frankas ganzes Leben auf den Kopf stellen würde, von der Nachricht, die so unecht wirkte, dass sie sich fühlte, als sei sie plötzlich in den falschen Film geraten.

Sie stolperte noch über das Bein, das unter dem schmutzigen Parka hinausragte, ignorierte das genuschelte »Sorry!« ihres Gegenübers und rannte fast panisch los. Weg, einfach nur weg.

2

Durchnässt und verfroren schloss Franka die Tür zu ihrer kleinen Wohnung auf. Knapp zwei Stunden war sie nun ziel- und planlos durch die Gegend gelaufen, weg von der Telefonzelle, in der man ihr die unglaubliche Nachricht übermittelt hatte. Müde warf sie den feuchten Mantel über die Garderobe und schlüpfte aus den durchweichten Sneakern heraus.

Der Anrufbeantworter blinkte. »Hallo Schatz.« Ihre Mutter klang besorgt. »Ich wollte wissen, wie es beim Arzt war. Warum haben dich denn die Augenärzte gleich zu einem MRT geschickt? Sag mir doch bitte Bescheid, ja?«

Franka seufzte. Ja, warum hatten sie das?

Sie ließ sich fröstelnd auf ihr Bett sinken und sah sich um. So stolz war sie gewesen, als sie endlich von daheim ausgezogen war, ihr Leben ganz allein in die Hand nahm und niemandem mehr Rechenschaft schuldig sein musste darüber, wann sie wie und mit wem die Zeit verbrachte. Ihr Blick blieb an dem großen, farbigen Poster hängen, das sie sich zum Umzug gegönnt und über ihr Bett gehängt hatte: Palmen umrahmten einen feinen Sandstrand bei Sonnenuntergang. Das Leben war plötzlich so aufregend geworden, so neu und offen für alles, die Zukunft lag vor ihr wie das weite Meer an diesem kitschig-schönen Strand – ohne Grenze, verheißungsvoll glitzernd und buchstäblich nach Abenteuern schreiend. Plötzliche Untiefen waren dezent überdeckt, von scharfkantigen Felsen war keine Rede. Doch bevor sie so richtig losgesegelt war, schien ihr Boot schon wieder aufgelaufen zu sein und drohte zu kentern. Franka schüttelte sich, als könnte sie damit die unguten Gedanken loswerden.

Eigentlich hatte sie gar keine Lust, jetzt ausgerechnet ihre besorgte Mutter zurückzurufen; sie wusste schon, was das auslösen würde. Aber es half nichts. Seufzend schnappte sie sich das Telefon, kuschelte sich unter die warme Decke und drückte die Kurzwahltaste »Eltern«.

»Franka?«

»Ja, ich bin's.«

»Wie war's in der Klinik? Was sagt der Professor?«

»Ich war nicht in der Klinik, aber ich habe angerufen. Es ist ein Meningeom, Gehirntumor, aber man kann ihn operieren. Mehr weiß ich noch nicht.« Ganz sachlich betete sie die Informationen herunter, als lese sie den Wetterbericht oder beschreibe den Zustand wildfremder Menschen. Die außergewöhnliche Größe des Tumors ließ sie dabei lieber unter den Tisch fallen. Es genügte, wenn diese Information vor ihr wie ein riesiger dunkler Fels emporragte. Ihre Mutter brauchte diese Bilder nicht. *Bilder* war überhaupt die passende Umschreibung. Franka kam sich noch immer vor wie in einem Film: Alles, was gerade um sie herum passierte, schien so unwirklich, so falsch.

Ihre Mutter schnappte hörbar nach Luft, bemühte sich aber verzweifelt, nicht sofort in Panik zu geraten. »Ein … Gehirntumor? Im Ernst? Das ist ja … Ich meine, wer hätte … Und was wird jetzt?!« Ihre Hilflosigkeit war geradezu greifbar, ihre mütterliche Angst rang deutlich mit dem krampfhaften Bemühen, Franka nicht noch stärker beunruhigen zu wollen. Eine Mutter hat scheinbar stets das Bedürfnis, souverän erscheinen zu wollen: Sie will die Stütze sein, der Beschützer. Gerade beim eigenen Kind – egal, wie alt das ist.

Franka seufzte. Eine unendliche Müdigkeit überkam sie und sie unterdrückte mühsam ein Gähnen. »Ich weiß es nicht, Mama. Ich weiß es wirklich nicht. Ich gehe morgen zu Doktor Schwerdtner und bespreche mit ihm, wie es weitergeht. Dann kann ich dir mehr sagen.«

»Zum Hausarzt?! Was soll denn der …?« Panik machte sich erneut breit, die Stimme der Mutter zitterte.

»Der hat Medizin studiert, Mama. Und Gehirntumore sind nichts wirklich Seltenes. Doktor Schwerdtner wird schon wissen, wie man so was wieder loswird.« Es klang fast, als würde Franka über ein Furunkel reden, einen Pickel mitten auf der Nase. Sprach sie wirklich von einer Geschwulst irgendwo mitten im Gehirn? Der Film, der gerade lief, wurde immer absurder.

»Soll ich kommen, mein Schatz? Magst du reden?«

Franka zögerte einen Moment, schüttelte dann aber den Kopf. »Nein, Mama, alles gut«, sagte sie. »Reden mag ich eigentlich gerade gar nicht. Dazu wissen wir auch noch viel zu wenig. Ich gehe morgen zum Doc und melde mich dann bei dir, okay?«

Die Mutter schluckte hörbar, schien mit sich zu ringen, antwortete dann aber tapfer: »Okay. Aber ich bin hier, ja? Wenn irgendetwas ist, ruf an.«

Ich würde dich gar nicht erreichen, weil du jetzt mindestens Papa und Oma anrufst, dachte Franka und musste ein wenig lächeln. Sie kannte ihre Mama. Die konnte diese Neuigkeit jetzt nur verarbeiten, indem sie sie irgendwie wieder loswurde. Sie zögerte. Ihr selbst ging es überhaupt nicht so. Es schien gar nicht ihre eigene Neuigkeit zu sein, so unwirklich wirkte das Ganze. – Gehirntumor? Das klang so monströs, so drastisch, nach Tod und Elend. Aber sie war eine junge Frau Mitte zwanzig, körperlich fit, klug, mit vielen Ideen und Plänen, dabei, als Journalistin ihren Weg zu machen. Ja, sie schielte plötzlich ein wenig, und wenn man ganz genau hinschaute, konnte man sehen, dass ein Augenlid ein bisschen mehr herunterhing als das andere. Aber genügte das als Beweis für einen Gehirntumor? Ansonsten ging es ihr doch gut.

Ratlos blätterte Franka in einer alten Zeitschrift. »Ex-Model an Brustkrebs erkrankt!«, postete die verknitterte Illustrierte. Ein Zoom auf das sehr plastisch drapierte Dekolleté einer gealterten Schönheit war mit Pfeilen dekoriert, um den Blick des Lesers auf den Herd allen Unglücks zu lenken. Vor Frankas geistigem Auge malte sie bereits in den alten Familienfotoalben mit Edding dieselben Pfeile auf ihren Kopf. »Hier war Franka acht Jahre. Und ihr Krebs noch ein kleines Geschwürchen.«

Genervt warf sie die Illustrierte in die Ecke. Was sollte sie jetzt machen? Das Ganze ignorieren, den Fernseher einschalten und sich bei einem Gläschen Wein von irgendeinem seichten Film berieseln lassen? Oder einfach schlafen gehen?

Seufzend beschloss sie Letzteres, ging ins Bad und war dabei, den Schlafanzug überzuziehen, als es an ihrer Haustür läutete. »Mama«, seufzte Franka gleichzeitig genervt und gerührt und lächelte ein wenig. Sie hätte es wissen müssen. Keine Stunde würde es ihre Mutter daheim aushalten, ohne sie wenigstens kurz in den Arm genommen zu haben. Sie würde reden wollen, über den Tumor und darüber, welche Folgen der nun hätte. Genau über die Dinge, von denen Franka selbst noch überhaupt keine Ahnung hatte – und über die sie gar nicht reden wollte.

Sie zog sich das Oberteil noch vollständig über und tapste dann in Unterhose und mit nackten Füßen zur Tür. »Mama«, sagte sie mit strengem Unterton, während sie die Klinke drückte. »Ich habe doch gesagt, ich brauche keinen Tröster …!« Die Worte blieben ihr fast im Hals stecken, als sie erkannte, dass keineswegs ihre besorgte Mutter vor der Tür stand.

Stattdessen lehnte der unverschämte Kerl von der Telefonzelle am Türstock, grinste breit und antwortete: »Schade.

Als Tröster bin ich echt perfekt. Auch wenn ich dafür eigentlich nicht gekommen bin.«

Franka blieb der Mund offen stehen. Was wollte dieser Kerl hier? Woher wusste er überhaupt, wo sie wohnte? Und warum hatte sie nicht wenigstens die Hose übergestreift? Letzteres schien ihm auch durch den Kopf zu gehen, denn er musterte sie grinsend von oben bis unten. »Wolltest du gerade ins Bett oder soll das eine Einladung sein?« Selbstbewusst strich er sich die Haare aus der Stirn.

»Was willst du hier?«, zischte Franka. »Glaub mir, ich habe keinen eingeladen. Und dich schon gar nicht.«

»Offenbar nicht«, gab der Kerl zurück. »Aber ein wenig freundlicher könntest du trotzdem sein. Immerhin bin ich dir brav bis hierher hinterhergetrabt!«

»Prima. Und warum?« Franka wurde das Ganze jetzt wirklich zu viel. Dieser Tag hatte ihr bisher nur Scherereien gebracht. Ein Gespräch mit einem Fremden, der ihr von Anfang an unsympathisch war, noch dazu geführt in Unterhosen, war der krönende Abschluss vieler verkorkster Stunden. »Was willst du?«

Ihr Gegenüber warf ihr einen Blick zu, der zwischen Neugier, Schmunzeln und Verärgerung schwankte. »Dankbarkeit! Ich bringe dir schließlich etwas Wertvolles, das du vor lauter Aufregung vergessen hast.« Bei diesen Worten zog er ein kleines schwarzes Päckchen aus den tiefen Taschen des grünen Parkas, das eine erschreckend deutliche Ähnlichkeit mit Frankas Geldbeutel hatte.

Richtig! Sie hatte während des Telefonats nach weiteren Münzen gesucht und dann – völlig geschockt von der Information des Arztes und gestresst vom ungeduldigen Klopfen des Fremden – die Telefonzelle Hals über Kopf verlassen. Ihr Portemonnaie hatte sie dabei völlig vergessen. Franka spürte, wie ihr die Röte ins Gesicht schoss – ob aus Scham oder Zorn, hätte sie selbst nicht sagen können. Wahrscheinlich beides. »Danke«, murmelte sie kleinlaut und griff nach dem Täschchen, das nicht nur Geld und Scheckkarten, sondern auch ihren Ausweis enthielt.

»Aber gern, liebe Franka«, antwortete der Typ mit einem gekünstelten, schleimig-freundlichen Unterton.

Jetzt wurde es Franka wirklich zu viel. Es war ja nett, dass er extra vorbeikam, wirklich. Sie war ihm auch dankbar. Und unter anderen Umständen wäre sie bestimmt auch etwas freundlicher gewesen. Aber auf anbiedernde Unterwürfigkeit hatte sie heute und in dieser Aufmachung wirklich keine Lust. »Doch, echt, danke. Ist nett von dir. Aber ich hatte einen wirklichen Scheißtag, bin müde und am Ende. Da reicht es nicht für mehr als für ein Danke. Sorry.« Sie trat zurück, und ehe er noch irgendetwas erwidern konnte, schlug ihm Franka mit einem lauten Knall die Tür vor der Nase zu. »Zicke«, hörte sie ihn laut fluchen. »Ein kleines Trinkgeld als Finderlohn hättest du schon springen lassen können. Ihr Frauen seid doch alle gleich.«

3

Als der Wecker am nächsten Tag läutete, fühlte sich Franka wie nach einer durchzechten Nacht. Nun brummte der Kopf tatsächlich, doch mit dem Tumor hatte das sicher nichts zu tun. Oder vielmehr: indirekt natürlich schon. Stundenlang hatte sie sich in den Kissen gewälzt, nach Perspektiven gesucht und sich gefragt, was die Diagnose für sie und ihr weiteres Leben bedeuten würde. Aus dem Badezimmerspiegel blickte ihr ein verquollenes, ratloses Gesicht entgegen. Hinter dieser Stirn sollte ein riesiger Tumor sitzen? Musste man das nicht irgendwie sehen, irgendwie spüren können? Vorsichtig betastete sie ihre Stirn. So ein Geschwür brauchte doch Platz. Was wurde da drinnen eingequetscht, damit dieser Tumor sich ausbreiten konnte? Und wodurch entstand so ein Monster eigentlich? Sie seufzte und spritzte sich eine ordentliche Ladung kaltes Wasser ins Gesicht. Das machte es auch nicht besser. Franka seufzte erneut. Wirklich munter und frisch würde sie heute wohl nicht aussehen …

Ihr Handy brummte auf dem Nachttisch. Wäre der Akku am Vortag nicht leer gewesen, wäre sie nie in dieser merkwürdigen Telefonzelle gelandet. Auch jetzt, am frühen Morgen, zeigte das Display schon wieder eine Ladeschwäche. Es war Zeit, sich ein neues Handy zu kaufen. Den kurz aufblitzenden Gedanken, ob sich das überhaupt lohnte, verbot sie sich. Niemand konnte doch ernsthaft durchs Leben gehen, indem er sich bei jedem einzelnen Schritt der eigenen Endlichkeit bewusst wurde. Nicht mal jemand mit Gehirntumor. Oder doch?

»Hallo Große. Soll ich mitkommen zum Arzt?« Mama. Wie viele Monate war Franka nun schon von zu Hause ausgezogen und selbstständig? Dass ihre Mutter sie zum Arzt begleiten wollte, war aber auch davor schon ewig nicht mehr vorgekommen. Plötzlich verschob sich alles. Fiel man als Tumorpatient automatisch in den Hilfsbedürftigen-Status? Wurde man sofort wieder Kind? Franka zögerte kurz. Sie wollte ihre Mutter nicht vor den Kopf stoßen. Und vielleicht wäre jemand, der ihr die Hand hielt und die Erklärungen der Mediziner mit über sich ergehen ließ, gar nicht übel gewesen. Aber ihre Selbstständigkeit, die sie mit dem Auszug von daheim endlich erkämpft hatte, war ihr heilig. Schroffer, als es eigentlich klingen sollte, entgegnete sie: »Nein, Mama, danke. Ich schaffe das allein.« Ihre Mutter schwieg kurz. Doch noch bevor Franka eine Erklärung anfügen konnte, seufzte sie: »Okay, mein großes Mädchen. Aber melde dich danach bitte. Ich denke an dich.«

Die Milch kochte auf dem Herd fast über und Franka schäumte sie noch schnell für ihre Tasse Kaffee auf. Auf ein Frühstück konnte sie verzichten, aber der Milchkaffee morgens musste sein. Wuchsen Tumore eigentlich bei falscher Ernährung schneller? Entnervt wischte sie den neuen blöden Gedanken zusammen mit der verschütteten Milch beiseite. Es hatte keinen Sinn, hinter allem im Leben nun nach Spuren dieses Dings zu suchen, nach Schuld oder Verantwortung.

Das Handy brummte erneut. Ungeduldig und ohne genauer auf das Display zu sehen, tippte Franka auf die Taste mit dem grünen Hörer. Ein klarer Vorteil der Telefonzelle früher: Man hatte nicht ständig zurückgerufen oder durch das

Erkennen von entgangenen Anrufen zum Rückruf gedrängt werden können …

Schon wieder Mama? Zu ihrer Erleichterung war es Katja, eine Studienkollegin und enge Freundin. »Hast du Lust auf einen Kaffee heute Nachmittag?« Franka überlegte kurz. Wer weiß, was ihr der Arzt eröffnen würde? Vielleicht wäre ihr dann nicht nach entspanntem Kaffeetrinken zumute. Oder aber es tat erst recht gut, Katja zu treffen, entweder um zu reden oder um sich ablenken zu lassen. Katja hatte derzeit ein Verhältnis mit zwei Männern gleichzeitig, was zu viel Stress und Verwirrungen führte und folgerichtig meist zu einer Menge Erzählstoff. Franka grinste leise vor sich hin. Ob Katja sich irgendwann für einen der beiden entscheiden würde? Sie war sich sicher, wen sie an ihrer Stelle nehmen würde: Tobias war eindeutig der Nettere, Zuverlässigere von den beiden. Auch wenn Marco definitiv mehr Sexappeal besaß. Und wenn man Katja glaubte, konnte er das auch sehr gekonnt umsetzen. Franka lachte leise. Manchmal beneidete sie Katja um ihren ständigen Männerstress. Sie, Franka, war da viel rationaler. Nie würde sie sich auf zwei Beziehungen gleichzeitig einlassen. Und schon gar nicht mit Typen, die sie kaum kannte oder die zwielichtige Vergangenheiten zu verbergen hatten. Katja war da offener, sie nahm mit, was sich anbot auf Partys oder in Bussen, Hörsälen oder sogar beim Zigarettenkauf. Franka schüttelte den Kopf, wenn sie an Katjas Kiosk-Kumpel dachte. Ihre eigenen Bekanntschaften hingegen waren in letzter Zeit eher dürftig ausgefallen. Die einzige feste Partnerschaft mit Jan war ein Jahr her und es war gut, dass sie vorbei war … Für einen Moment erschien das Gesicht des Fremden von der Telefonzelle vor Frankas Augen. Der hatte ganz anders ausgehen als der smarte Jurastudent Jan in seinen Designerklamotten und den glatt polierten Schuhen. Trotzdem sah sie den schmuddeligen

Parka und die verwuschelten Haare vor sich, bevor sie sich innerlich selbst verwarnte: Beziehungsstress war nun wirklich das Letzte, was sie jetzt noch brauchen konnte. Aber stattdessen ein bisschen den von Katja durchzukauen und der Freundin kluge Tipps zu geben, die sie eh in den Wind schlagen würde, war vielleicht keine schlechte Idee. »Ist okay. Treffen wir uns im Café Luigi?«

»In Ordnung. Gegen drei? Ich freue mich!«

Beim Blick auf die Uhr sprang Franka hektisch auf, schlüpfte in die mittlerweile leidlich trockenen Sneaker und ihre regenfeste Jacke, schnappte sich die Haustürschlüssel und den Geldbeutel und eilte los. Fast hätte sie den Termin bei Dr. Schwerdtner verpasst und wäre dann erst nach längerer Wartezeit drangekommen. Der Hausarzt residierte zum Glück um die Ecke und war zu Fuß erreichbar. Wie fast alles hier. Da Franka in diesem Viertel in München aufgewachsen war und mit ihren Eltern und Geschwistern ebenfalls »um die Ecke« gewohnt hatte, kam sie sich oft vor wie auf einem Dorf: Jeder kannte hier – fast – jeden. Und jeder wusste alles.

Wie um dies zu untermalen, begrüßte Frau Schmitz Franka durch die offene Ladentür. Ihre Bäckerei war eines der zentralen Neuigkeiten-Umschlagzentren des Viertels – hier erfuhr man schon beim Morgenkaffee den wichtigsten Tratsch der letzten Tage, tauschte Meinungen über das Wetter und die Frisuren der Nachbarn aus oder wurde von Frau Schmitz darüber belehrt, wie unsinnig die neuesten Entscheidungen des Bürgermeisters und seines Stadtrats seien. Dafür gab es in dem kleinen Laden, der noch immer den Charme der späten Siebziger versprühte und den Kaffee bis heute in kleinen Tassen oder Kännchen servierte, mit furchtbar schmeckender Dosenmilch dazu, die leckersten Rosinensemmeln der Stadt. Franka winkte Frau Schmitz freundlich zu und ging raschen Schrittes weiter, bevor die Bäckersfrau, die Franka noch nie anders als mit ihrer Schürze bekleidet gesehen hatte, das obligatorische »Wie geht's?« anfügen konnte.

Wie ging es ihr denn eigentlich? Gut? Schlecht? Franka hätte die Frage nicht überzeugend oder ehrlich beantworten können. Und allein das hätte Frau Schmitz' angeborene Neugier angestachelt wie ein leckeres Stück Wurst den immer hungrigen Mops ihrer Nachbarin …

Franka eilte zügig weiter die Straße hinunter bis zu dem großen weiß getünchten Haus mit dem Arztschild an der zu den Sprechzeiten stets offen stehenden Tür. Erleichtert drückte sich Franka dagegen und schlüpfte in den Flur der Hausarztpraxis. Dr. Schwerdtner kannte sie schon ewig, sie hatte Scharlach und Windpocken mit ihm überstanden und er hatte rechtzeitig Frankas entzündeten Blinddarm erkannt, bevor ihr dieser wirklich bedrohlich werden konnte. Den Hirntumor aber hatte er wohl übersehen.

»Hallo Franka!« Die leicht beleibte Sprechstundenhilfe mit der Dauerwelle saß auch schon immer hinter dem klassischen weißen Tresen, an dem sich jeder Patient anmelden musste.

»Hallo Karin«, antwortete Franka ganz vertraut, bevor Karin, so wie seit Jahren, fragte: »Was liegt an?«

»Hirntumor«, gab Franka zurück, ebenfalls in demselben Tonfall, in dem sie in all den Jahren zuvor Husten, Erkältung, Kopfweh und Bauchweh verkündet hatte … und jetzt eben Hirntumor.

Der Sprechstundenhilfe entglitten die Gesichtszüge. »Was?! Ein Tumor? Bei dir? Das ist ja furchtbar!« Das Entsetzen war ihr anzusehen, die Stimme hatte sich plötzlich um einiges heller gefärbt. Erst nach einigen Sekunden hatte sie sich wieder im Griff. Sie holte kurz Luft und fügte dann mit gerunzelter Stirn und sichtlich um Professionalität bemüht hinzu: »Entschuldige, ich wollte nicht … Ist ja vielleicht gar nicht so schlimm … Ich … äh … hol mal den Chef.«

Franka blickte ihr mit ratlosem Blick hinterher. Hirntumor war jetzt sicher nichts Schönes, aber sie stand ja nicht sabbernd oder blutend in der Praxis. Und Karin hatte doch täglich mit Kranken zu tun, sodass solch eine Diagnose nicht unbedingt einen großen Schock bei ihr auslösen musste. Diese Hilflosigkeit anderer, die sie auch schon bei dem Telefonat mit ihrer Mutter bemerkt hatte, irritierte sie. Sie machte sich ja auch Gedanken, natürlich, aber von Panik war sie trotzdem weit entfernt. Und außerdem saß dieser Tumor doch bei *ihr* mitten im Kopf, nicht bei den anderen.

»Der Chef kommt gleich«, keuchte Karin, als sie kurz darauf eilig über den Gang zurückkam, »geh doch einfach durch ins zweite Sprechzimmer.«

»Ich kann auch warten«, versuchte Franka zu beschwichtigen, »so eilig ist es nicht.« Doch Karin schüttelte energisch den Kopf.

»Klar ist es eilig, also ich mein, dringend, also wichtig … Ach, geh einfach da rein.« Sie schob Franka drängelnd vorwärts und schloss mit einem vor Mitleid triefenden Blick schnell die Tür hinter ihr, als sie endlich die Schwelle des Behandlungszimmers erreicht hatte.

Franka kratzte sich am Kopf. Natürlich war schon das Wort Hirntumor erschreckend. Für sie als Betroffene. Oder für ihre Familie. Aber dass es bei anderen Leuten solche Reaktionen auslösen würde, damit hatte sie nicht gerechnet. Zudem war das immer noch alles so unwirklich. Ihr Blick wanderte durch den Behandlungsraum. Die klassische Liege mit der weißen, von einer großen Rolle abrollbaren Krepppapierunterlage, der Schreibtisch mit Computer, neben der Tastatur das Stethoskop. Als Kind hatte sie es manchmal aufsetzen und damit den eigenen Atem anhören dürfen. War damals schon ein Tumor in ihrem Kopf gewesen?

Franka zuckte zusammen, als sich die Tür öffnete. Dr. Schwerdtner war ein untersetzter, etwa sechzigjähriger Mann, dem sein Beruf quasi ins Gesicht geschrieben stand. Wenn er die Brille auf der Nase zurechtrückte, sah man die kleinen Lachfältchen rechts und links der Augen. Das mittlerweile schüttere graue Haar war sorgsam zurückgekämmt, unter dem weißen Kittel schauten weiße Stoffhosen und weiße Gesundheitslatschen hervor. Wenn Franka je gefragt hätte, wie ein typischer Arzt für sie aussähe – sie hätte Dr. Schwerdtner beschrieben.

»Nun, Franka, was ist los?«

Franka rutschte wie schon zuvor beim Gespräch mit ihrer Mutter irgendwie zurück in den Kinderstatus, wenn dieser Mann zu ihr sprach. »Hirntumor«, antwortete sie deshalb, auch nach der Erfahrung mit Karin gerade eben, bewusst provokant. Der Arzt zuckte kaum merklich mit den Augenbrauen.

»Wie wurde das festgestellt? Und was genau haben die Kollegen gesagt?«

»Na ja, ich war in einem MRT«, gestand Franka kleinlaut. Sie spürte eine vage Unsicherheit in ihrem Inneren wachsen. »Und Genaues gesagt haben sie eigentlich nicht …«

»Die Kollegen haben dich mit der Diagnose eines Gehirntumors allein gelassen?« Jetzt schaute Dr. Schwerdtner wirklich besorgt.

»Nein«, druckste Franka und rutschte schuldbewusst auf ihrem Behandlungsstuhl hin und her. »Ich hätte eigentlich einen Termin in der Radiologie zur Besprechung des MRTs gehabt, aber … ich bin nicht hingegangen. Stattdessen habe ich nur angerufen – und dann ziemlich schnell aufgelegt.«

Dr. Schwerdtner ließ sich nicht anmerken, ob er sich über solch ein Verhalten lediglich wunderte oder es missbilligte. Stattdessen fuhr er sachlich fort: »In Ordnung. Das erklärt einiges. Warum wurde das MRT überhaupt gemacht?«

»Ich war beim Augenarzt, weil ich dachte, ich brauche eine Brille. Ich sehe seit einiger Zeit irgendwie doppelt.« Jetzt sprudelte Franka los. »Aber die Ärztin dort geriet gleich in Panik. Sie sprach von Tumor oder Schlaganfall und schickte mich als Notfall in die nächste Radiologie. Das war vor zwei Wochen. Ich musste dann erst einmal auf einen Termin warten und gestern hätte ich das Ergebnis bekommen und alles besprechen sollen … Aber ich … na ja … ich weiß auch nicht … Ich war zu feige, glaub ich. Ich bin nicht hingegangen. Ich habe eben nur angerufen. Und da hat mir der Arzt gesagt, es sei ein Tumor, Meningeom, glaube ich, gutartig, aber groß, ziemlich groß …« Fragend hielt Franka, die bisher vor allem das Muster des Praxisbodens angestarrt hatte, inne und blickte Dr. Schwerdtner an.

Der Arzt sah ernst aus, aber nicht panisch.

»Gut. Meningeom ist gut. Das ist ein Tumor, mit dem man leben kann. Diese Tumore sind in der Regel nicht bösartig, klar abgegrenzt und streuen auch nicht. Das ist das Positive daran, sofern ich das alles ohne Unterlagen beurteilen kann. Trotzdem muss man etwas tun, das ist klar, am besten bei einer Operation so schnell und so viel wie möglich vom Tumor entfernen. Das ist aber nicht mein Ressort, sondern das der Neurochirurgen. Ich möchte, dass du dich morgen in der Fachabteilung für Neurologie im Klinikum meldest. Ich gebe denen Bescheid, dass sie dich dazwischenschieben sollen. Die werden dir alles Weitere erklären. Und das wirst du dir dieses Mal auch alles anhören, versprochen?« Franka nickte brav. »Und vorher musst du mir noch ein weiteres Versprechen geben.« Er zögerte und blickte Franka zum ersten Mal sichtlich besorgt an. »Versprich mir, dass du nie, und ich meine wirklich nie, danach googelst. Im Netz steht zu viel Unsinn, zu viel, das Angst macht. Da kann jeder schreiben, was er will, und gern liest man da nur von Patienten, denen es nicht so gut ergangen ist, wie sie erhofft hatten. Glaub mir, die Neurologen wissen, was sie tun. Und wenn du Fragen hast, komm zu mir. Aber lass das Internet als medizinischen Ratgeber außen vor. Versprochen?«

Ein bisschen fühlte sich Franka wie früher, wenn sie ihrem Papa versprechen musste, nicht die Tür zu öffnen, wenn es läutete und sie allein zu Hause war. Das hätte sie sowieso nie getan, schon aus lauter Angst, Dingen oder Menschen ausgesetzt zu sein, die ihr etwas Schreckliches antaten. Sollte das Internet diese Türklingler nun abgelöst haben? Franka zuckte mit den Schultern. »Geht klar.«

Dr. Schwerdtner erhob sich und drückte der jungen Frau kurz den Arm. Sie erwartete, noch ein paar Mut machende Worte von ihm zu hören, doch er nickte nur. »Melde dich, wenn du mehr weißt.« Dann verließ er wort- und grußlos den Behandlungsraum und machte sich auf den Weg zum nächsten Patienten.

4

Unangenehm blies der Wind durch ihre rote Jacke und kurz vor dem Café hatte es auch noch angefangen zu regnen. Erleichtert öffnete Franka die Tür und betrat den wohligwarmen Innenraum des »Luigi«. Kleine runde Tische wurden gesäumt von Polstermöbeln aller Art, altmodische Vasen beherbergten einzelne Gerberablüten in Orange oder Gelb, es roch herrlich nach frisch geröstetem Kaffee und selbst gebackenen Croissants. Angestrengt blickte sich Franka um, um zu sehen, ob Katja schon auf sie wartete. Tatsächlich begannen die Doppelbilder nun, für sie zum Problem zu werden. Der Anblick vieler verschiedener Menschen in bunter, unterschiedlicher Kleidung, kontrastiert mit den bunten Blumen vor den gemusterten Tapeten, strengte sie spürbar an. Es war mühsam, jeden einzelnen Umriss scharf zu erkennen. War das vor dem Befund auch schon so gewesen? Und hatte sie das nur ignoriert? Oder nahm ihr Sehvermögen plötzlich rapide ab? Ungeduldig und etwas verunsichert schüttelte Franka den Kopf, als könne sie die verwirrenden doppelten Bilder auf diese Weise geraderücken. Doch die Doppelbilder blieben.

Katja war noch nicht da, und so wählte Franka einen kleinen Tisch direkt am Fenster aus. Sie versank fast gänzlich in dem gemütlichen Plüschsofa davor und beobachtete, wie die Regentropfen auf der anderen Seite der Glasscheibe langsam hinunterrannen. Das Prasseln des Regens war dank der vielen Geräusche und der Musik im Hintergrund kaum zu hören, aber wenn sie die Augen schloss und sich darauf konzentrierte, vernahm sie es doch. Gleichzeitig verschwammen die Tropfen ineinander – in Wirklichkeit durch ihren Verlauf an der Scheibe, aber auch in ihrem Kopf, als Gedankenschlieren, die sich verdoppelten, vermischten und einen wässrigen Gefühlsbrei bildeten.

»Hey, was ist? Bist du unter die Esoteriker gegangen und meditierst am helllichten Tag mitten in einem Café?« Katja war laut und direkt wie immer und drückte Franka stürmisch zur Begrüßung, während sie gleichzeitig ihre feuchte Jacke auf das Sofa warf, die tropfnassen Locken schüttelte und die Handtasche mit einem Schubs unter den Tisch beförderte. »Boah, das Wetter passt zu meiner Stimmung.« Mit einem kurzen Blick nach draußen und einem Seufzer ließ sie sich Franka gegenüber auf dem zweiten Sofa nieder. »Ich brauche erst mal Alkohol, irgendwas zum Runterspülen meiner Laune. Du auch?«

Franka schüttelte den Kopf, als Ablehnung des Drinks und aus Belustigung über ihre hyperaktive, ungebremst emotionale Freundin, und betrachtete sie grinsend. »Was ist denn schon wieder los? Stress mit deinen Männern?«

Katja verzog das Gesicht. »Ach ja. Ärger mit Tobias. Irgendwie, ich weiß auch nicht genau, wie, hat er von Marco erfahren. Na ja, und da wurde er echt sauer. Also so richtig. Tobi! Kannst du dir das vorstellen?« Die Empörung über diese Reaktion stand ihr ins hübsche Gesicht geschrieben.

Franka nickte. »Vorstellen vielleicht nicht, aber verstehen kann ich ihn.« Sie beobachtete wieder die Regentropfen, die die Scheibe hinabkullerten. Dann wandte sie sich erneut zu Katja: »Doch, ich verstehe seine Wut durchaus. Er hat recht, du verarschst ihn.«

Katja zuckte kurz zusammen, um sich dann im selben Atemzug erneut vor Franka aufzubauen. »Ach komm, ergreif doch nicht gleich Partei. Ich mein, ich kann doch auch nichts dafür. Tobi ist ja süß und so, aber so richtig spannend ist anders, das weißt du doch auch. Der ist so brav und strebsam, stets korrekt. Und Marco … na ja, alt werden will ich mit dem nicht, aber für so'n Quickie in seinem schicken Audi ist der einfach immer zu haben …« Sie grinste anzüglich, und Franka wollte sich die Bilder in Katjas Kopfkino gar nicht genauer vorstellen.

»Katja! Wir sind doch keine sechzehn mehr!« Sie runzelte streng die Stirn. Normalerweise amüsierte sie das Teeniegehabe ihrer Freundin und manchmal beneidete sie sie regelrecht um ihre fast hemmungslose Dreistigkeit. Heute aber kam es ihr irgendwie albern vor. »Gibt es denn für dich nichts Wichtigeres im Leben als Sex?«

Katja schnaufte entrüstet. »Doch, klar, zum Glück. Aber Sex ist doch trotzdem noch lustig, oder? Und jetzt will Tobias keinen mehr mit mir …« Von überschwänglich-aufgedreht kippte Katjas Stimmung nun binnen einer Sekunde auf tieftraurig. Tränen kullerten ihr aus den etwas zu grell geschminkten Augen, ließen die Wimperntusche verlaufen und vermischten sich sofort mit dem starken Make-up auf der Wangenpartie. »Den hätte ich vielleicht irgendwann mal heiraten wollen, echt …«

Franka lachte bei der Vorstellung laut auf. Tobi plante sicher mal eine totale Spießerhochzeit, irgendwo auf dem Land, mit Kutsche, Hochzeitslader und Blaskapelle. Katja würde als Sahnetörtchen-Braut durchaus auch in dieses Bild passen, zumindest an diesem einen Tag. »Er will dich jetzt aber sicher nicht mehr heiraten, und auch das verstehe ich.« Sie ertappte sich dabei, nicht nur sehr direkt, sondern fast ein wenig ruppig zu werden. »Katja, im Ernst. Du kannst nicht einen Mann betrügen und dich dann darüber aufregen, dass ihm das nicht egal ist. Der Kerl liebt dich. Und deshalb hat er dich verlassen. Zu Recht. Du musst irgendwann auch mal Verantwortung übernehmen für das, was du tust.«

Jetzt schniefte Katja erst richtig los. »Ich dachte, du bist meine Freundin und Freundinnen halten zusammen?«

»Natürlich tun sie das.« Franka streichelte Katjas Hand. »Aber manchmal übertreibst du wirklich. Du würdest auch nicht betrogen werden wollen, von keinem der beiden. Warte ab, gib Tobi ein wenig Zeit und dann rede mit ihm. Vielleicht gibt er dir ja doch noch eine Chance. Und wenn nicht – dann kannst du noch immer testen, ob Marco wirklich so verkehrt ist.« Innerlich hätte sie sich für diesen Satz ohrfeigen können. Marco war der Letzte, den sie Katja als ernsthafte Beziehung nahelegen würde, buchstäblich. Doch sie kannte ihre Freundin nur zu gut: Katja hatte genau das hören wollen, und ihre Stimmung wurde sichtlich besser. »Süß ist er schon, oder?«

Franka seufzte. Allmählich nervte sie dieses Gespräch. Wie oft hatte sie dasselbe schon mit Katja geführt? Immer lief es gleich ab: Katja konnte sich nicht entscheiden, plante wild eine Zukunft mit Männern, die eine Woche später längst wieder abgehakt waren, und schien dabei jedes Mal direkt vor dem Abgrund zu stehen. Dabei änderte sich in ihrem Leben nichts, gar nichts. Die Zukunft war offen, rosa und zuckerwattenklebrig. Franka seufzte. »Ja, er ist bestimmt süß. Aber mehr auch nicht …« Sie ignorierte Katjas enttäuschten Blick und fiel ihr ins Wort, bevor sie etwas erwidern konnte. »Komm, lass uns endlich etwas bestellen.«

Frankas Blick irrte ein weiteres Mal durch das volle Café. Wieder verdoppelten sich die Köpfe all derer, die um sie herumsaßen. Wo zum Teufel war denn die Bedienung heute?

»Du hältst den Kopf ganz schief.« Katja beobachtete Franka aufmerksam. »Das ist mir schon ein paar Mal aufgefallen. Und dein linkes Auge ist … irgendwie kleiner.«

Franka suchte noch immer nach einem Kellner. »Weiß ich schon, Hirntumor.«

Katjas Schrei war spitz und laut. »Was?!« Das Gespräch am Nachbartisch verstummte abrupt, und das Pärchen, das dort saß und gerade noch intensiv diskutiert hatte, äugte neugierig zu den zwei jungen Frauen herüber.

»Schrei doch nicht so, Katja. Was ist denn los?«

Doch Katja starrte sie entsetzt an. »Du hast … was?«

»Ich habe einen Hirntumor. Aber gutartig. Der lähmt das Auge, ich muss deswegen also operiert werden.« Allmählich kam Franka diese Aussage vor wie die Ansage ihrer Mailbox: »Hier ist der Anschluss von Franka Jung. Leider habe ich derzeit einen Hirntumor und bin bis auf Weiteres nicht zu erreichen. Nachrichten, gute Wünsche oder sonstige Tipps hinterlassen Sie bitte nach dem Piep.« Franka lachte leise.

Das brachte das Fass zum Überlaufen. »Oh Gott, spinnst du? Du lachst? Das ist nicht witzig! Das ist ganz schrecklich, ganz furchtbar, das ist eine Katastrophe! Wie soll denn das alles weitergehen …?!« Katja sank auf dem alten, plüschigen Sofa sichtlich in sich zusammen. Ihre Hände zitterten, der Körper wurde von Schluchzern geschüttelt und die Tränen rannen über ihr Gesicht wie die Regentropfen die Scheibe hinab. Franka stand auf, setzte sich neben sie und hielt ihre Freundin etwas hilflos im Arm. Das Pärchen von nebenan beobachtete sie noch immer interessiert.

»Pssst, Katja, alles gut.« Franka bemühte sich, leise zu sprechen. »Ich bin doch noch hier. Und das bleibe ich auch. Das Ding da in meinem Kopf ist gutartig, die Ärzte sagen, sie können es operieren. Und dann ist bestimmt ganz bald wieder alles gut.«

Was erzählte sie da eigentlich? Und – wer sagt ihr, dass dem wirklich so sein würde? War sie sich denn da überhaupt selbst schon so sicher? Die Doppelbilder, die Franka sah, schienen auch die Ebenen der Wahrnehmung der ganzen Geschichte zu verdoppeln: Während ihr Umfeld unkontrolliert in Panik ausbrach, wenn es vom Tumor erfuhr, verfiel Franka automatisch in die distanzierte Monotonie einer Maschine, die die Fakten benennt, die Chancen berechnet und schließlich ein beruhigendes Ergebnis ausspuckt.

Katja schluchzte erneut und schob Frankas Arm zur Seite. Sie rutschte ein wenig von ihr weg und fragte skeptisch: »Wie kannst du so ruhig sein? Ich würde schreien, heulen, verzweifeln. Und du sitzt da und willst Kaffee trinken gehen? Einfach so?«

Franka zuckte mit den Schultern. »Was soll ich denn sonst machen? Ich begreife das alles ja selbst noch nicht. Das ist so surreal. Ich habe gemerkt, dass ich manches doppelt sehe, und dachte, ich brauche eine Brille. Und jetzt? Jetzt weiß ich ehrlich gesagt nicht, was eigentlich gerade geschieht, was passieren wird und ob und wie mein Leben danach weitergehen kann. Das ist wie ein Film für mich, verstehst du? Aber ich habe mich um die Hauptrolle gar nicht beworben …!« Das sollte lustig klingen, doch Katja fing sofort wieder an zu schluchzen.

»Und ich dachte, ich habe Sorgen, und rede so einen Scheiß über meine Männer …«

5

In diesem Moment schien der Kellner sie endlich entdeckt zu haben. Er stand plötzlich neben ihnen, räusperte sich und fragte höflich: »Entschuldigt bitte. Möchtet ihr etwas bestellen …?«

Mit verheultem Gesicht blickte Katja auf. »Zweimal Schnaps, bitte, irgendetwas Starkes.«

»Holla, ihr geht ja zur Sache«, kommentierte der Kellner lachend. »Whiskey? Gin?«

»Nein, zwei Ramazzotti«, beschloss Franka und richtete sich auf. »Und zwei große Portionen Waffeln mit Vanilleeis, bitte.« Die letzten Worte blieben ihr fast im Hals stecken, als sie den Kopf endlich so hielt, dass sie ihr Gegenüber klar erkennen konnte.

Auch der junge Mann zuckte sichtlich zusammen, lachte dann aber erneut laut auf, strich sich über die leicht verwuschelten Haare und stellte amüsiert fest: »Na, bei dir geht's ja wirklich täglich ordentlich zur Sache.«

Das war er – der Typ von der Telefonzelle! Der Kerl, der sie während eines der wichtigsten Gespräche ihres Lebens permanent genervt hatte. Und der dann auch noch abends dreist vor ihrer Tür stand. Franka richtete sich unwillkürlich auf und stemmte ihre Arme in die Hüfte. »Und was genau geht dich das an?« Ihr Ton war kühl, die Augen zu Schlitzen verengt.

Irritiert wanderte Katjas Blick zwischen ihrer Freundin und dem Kellner hin und her. Die beiden fixierten sich wie zwei Stiere, die jeden Moment mit den Hörnern aufeinander losgehen wollten. »Man wird ja mal fragen dürfen. Du blockierst Telefonzellen, stürmst dann ohne Rücksicht auf Verluste weg, bist unfähig, dich für irgendetwas zu bedanken, bringst andere ganz offensichtlich zum Weinen und kannst nicht mal einfache Bestellungen aufgeben …«

»Ich habe ganz vorschriftsmäßig bestellt«, stellte Franka ruhig klar. »Aber die Kellner hier sind anscheinend unfähig, simple Bestellungen kommentarlos auszuführen. Und höflicher waren sie früher auch!« Betont lässig lehnte sie sich zurück und wandte sich zu der vor Staunen wortlos erstarrten Katja. »Meinst du, wir bekommen unsere Bestellung heute noch, oder wechseln wir lieber die Location?« Ihre Stimme klang spitz und arrogant, aber der Typ nervte sie wirklich kolossal. Wie unverschämt war der eigentlich? Sie wollte noch etwas hinzufügen, doch der Kellner hatte sich bereits wortlos umgedreht und das Schlachtfeld verlassen. Sieg, triumphierte Franka innerlich. Ich bin hier der Kunde und damit dein König. Deine Königin.

»Was sollte denn das jetzt?« Katja blickte dem Kellner mit noch immer rot verquollenem Gesicht ratlos nach. »Der Kerl hat doch gar nichts gemacht.«

»Doch, der hat mich gestern schon genervt«, gab Franka zurück.

»Gestern? Warst du da auch schon hier im Café?«

»Nein. Ich habe den gestern nur schon mal getroffen … Aber egal. Genug des Frusts, ich mag nicht mehr jammern und jaulen. Oder mir von irgendwem«, ihr Blick traf das noch immer fasziniert lauschende Pärchen am Nachbartisch, das sich daraufhin schleunigst wegdrehte, »die Laune verderben lassen. Komm, wir machen uns einen schönen Nachmittag. Wer weiß, wie viele ich noch habe.«

Franka lachte über ihren Witz und Katja bemühte sich, mit einzustimmen. Doch von der guten Laune, die die Freundinnen sonst meist an den Tag legten, wenn sie sich trafen, konnte nicht mehr die Rede sein. Katjas Gedanken schienen sich ununterbrochen um den Tumor zu drehen, und auch Franka war die Lust auf oberflächlichen Small Talk vergangen. Gleichzeitig verspürte sie wenig Drang, Katjas Fragen zum Thema »Meningeom« zu beantworten. »Ich weiß selbst noch keine Details«, erklärte sie wahrheitsgemäß. »Das Ding ist groß und drückt mein Gehirn ein. Deshalb muss es raus«, fasste sie zusammen.

»Ja, und dann? Welche Folgen hat das? Welche Risiken? Bist du danach wieder wie früher? Und kann dieser Tumor wiederkommen? Woher kommt der eigentlich?« Noch während Katja in alter Kommunikationsgeschwindigkeit die Fragen aus dem Mund sprudelten, tippte sie wie wild auf ihrem Smartphone herum. »Wenn man das googelt, hat man unendlich viele Treffer. Weißt du vielleicht noch ein paar Details, um die Suche einzuschränken? Oder warte, wir schauen mal nach Tumor – Gehirn – Folgen …«

»Halt!« Jetzt wurde Franka laut. »Hör auf damit!«

Katja stoppte irritiert. »Was ist?«

»Wir googeln gar nichts.«

»Warum denn nicht?«

»Weil ich das nicht will!« Trotzig starrte Franka ihre Freundin an.

»Aber man muss sich doch vorbereiten, schlaumachen …«

»Muss man nicht.« Rigoros griff Franka nach Katjas Handy, nahm es ihr aus der Hand und legte es mit dem Display nach unten auf den Tisch. Etwas leiser fügte sie hinzu: »Ich habe meinem Arzt versprochen, nichts zu googeln, deshalb.« Und ich will die ganzen schaurigen Dinge, die passieren können, auch gar nicht wissen, fügte sie innerlich kleinlaut hinzu. Ich will weiter so tun, als bräuchte ich nur eine neue Brille.

Katja zögerte noch kurz, zuckte dann aber mit den Schultern. »Wie du meinst. Ist ja dein Tumor.«

»Genau.« Franka versuchte es ein letztes Mal mit einem Spruch. »Und den gebe ich auch nicht her.«

Völlig unbelächelt verpuffte diese unwitzige Pointe. Aber auch die Männergeschichten, die Katja anschließend etwas bemüht zum Besten gab und die Franka monatelang unterhalten hatten, fingen nun an zu langweilen, wirkten oberflächlich und unnötig.

Katja schien es ähnlich zu gehen, und so verebbte das Gespräch irgendwann komplett, bis sie sich unter dem Vorwand, einen anderen Termin vergessen zu haben, etwas unsicher und steif von Franka verabschiedete. »Wir sehen uns vorher noch, oder?«

»Vor was? Vor meiner OP? Meiner Beerdigung?«

Katja versuchte nicht einmal mehr so zu tun, als fände sie Frankas Umgang mit dem Tumorthema lustig. »Hör auf damit«, bat sie leise. »Du machst es nur noch schlimmer.« Sie legte Franka das Geld für die Rechnung auf den Tisch, drückte sie kurz und verließ eilig das Café.

»Scheißtumor«, fluchte Franka deshalb auf dem Heimweg. »Was für ein misslungener Nachmittag.« Und das lag nicht nur an ihrer Krankheit: Mindestens genauso lästig wie das Tumorthema war dieser Kellner gewesen. Er schien keine Lust mehr gehabt zu haben, ihr noch einmal zu begegnen, und so hatte eine Kollegin von ihm den Tisch der zwei jungen Frauen übernommen. Im Prinzip war Franka froh darum, das ersparte ihr weitere Diskussionen mit dem unverschämten Typen. Und doch gelang es ihm genau dadurch, weiter in ihrem Kopf zu kreisen und ihre Gedanken zu beschäftigen. Einen Tumor und einen unsympathischen Typen im Kopf, seufzte Franka. Beides hätte sie gern umgehend wieder daraus entfernt.

6

Die Sonne kämpfte sich am nächsten Morgen nur mühsam durch die Wolken und Franka zog fröstelnd ihre Strickjacke enger um sich. Zehn Uhr, hatte die Dame am Kliniktelefon zu ihr gesagt, aber sie müsse mit Wartezeiten rechnen, schließlich habe der Professor sie dazwischengeschoben. Doch bei so einem Befund sei das durchaus mal möglich …

Franka seufzte. Nicht einmal der Milchkaffee hatte ihr so richtig geschmeckt heute. Das Handy brummte in der Tasche. Katja, zeigte das Display. »Wo bist du?«, schrieb sie über WhatsApp.

»Auf dem Weg in die Klinik, zehn Uhr Termin.«

»Komme.«

Franka blieb kurz stehen. Typisch Katja. So direkt und manchmal regelrecht taktlos ihre Freundin oft war, so herzlich und treu war sie andererseits. Dass sie am Tag zuvor so verstimmt das Café verlassen hatte, musste ihr aus lauter schlechtem Gewissen bestimmt nachts den Schlaf geraubt haben. Und Franka nun in die Klinik zu begleiten, war ihre Art der Entschuldigung.

Franka überlegte nur kurz. Auch wenn Katja nicht wirklich etwas tun konnte, die Vorstellung, nicht ganz allein in dem anonymen Wartezimmer sitzen zu müssen, hatte etwas Tröstendes. Deswegen antwortete Franka nur mit einem knappen »O. k.«. Abhalten lassen würde sich die Freundin sowieso nicht, das wusste sie.

Keine zwanzig Minuten später stürmte Katja in das schicke weiße Wartezimmer, in dem Franka bereits saß und lustlos in einer Frauenzeitschrift blätterte. »Und? Weißt du schon etwas?«

Franka schüttelte den Kopf. »Nein, ich muss noch warten.«

Fünf weitere Menschen saßen in dem Raum, zwei ältere Pärchen und ein junger Mann. Franka legte den Kopf schief und betrachtete sie verstohlen. Wer war der Patient, wer der Begleiter? Hatten sie alle Tumore im Kopf? Anzusehen war keinem von ihnen etwas. Natürlich nicht. Oder hatte irgendwer ihr angesehen, was da wuchs?

In dem Moment erschien die Vorzimmerdame des Professors, in ein schickes Kostüm gekleidet, in der Tür und nickte Franka freundlich zu. »Frau Jung? Hier hinein, bitte!«

Katja drückte ihr noch schnell die Hand, dann schob sich Franka in den Behandlungsraum.

Der Professor saß hinter seinem Computer und blickte sie über den Rand seiner Brille hinweg freundlich an. »Ich habe hier bereits Ihre Bilder auf dem Monitor, Frau Jung. Ihr Radiologe hat sie mir zukommen lassen. Ich bin kein Freund von Schönreden. Deswegen gleich mal ganz offen und ehrlich: Das sieht nicht wirklich gut aus. Der Tumor ist riesig und liegt denkbar ungünstig. Aber er ist gutartig. Wir werden operieren, mit großem Aufwand. Und danach wird der Tumor einige Wochen lang bestrahlt werden, um ein weiteres Wachstum zu verzögern. Das Ganze ist eine ziemlich aufwendige und große Geschichte. Während meine Assistentin gleich ein paar Tests mit Ihnen durchführt, schaue ich nach einem OP-Termin. In Ordnung?«

Wie ein Film. Es war alles wie ein Film. Franka, sonst nie um eine Antwort verlegen, starrte den netten älteren Herrn schweigend an. Wovon um alles in der Welt sprach er? Aufwendige Operation? Bestrahlung? Weiteres Wachstum? Die Fragen kreisten in ihrem Kopf, doch sie kamen nicht über Frankas Lippen. Stattdessen nickte sie mechanisch und schüttelte der jungen Ärztin im weißen Kittel, die aus dem Hintergrund des Untersuchungsraums hervortrat, wortlos die Hand.

»Bitte, schauen Sie mal auf den Stift.« Die Ärztin bewegte ihren Bleistift vor Franka wie ein Dirigent seinen Dirigentenstab – rauf, runter, links, rechts. »Und nun stehen Sie bitte auf und versuchen, auf einer Linie zu balancieren.«

Mechanisch erfüllte Franka alle Übungen, hüpfte auf einem Bein, fasste sich mit geschlossenen Augen an die Nase, ließ den Kopf kreisen. All das erinnerte sie mehr an Tests für betrunkene Autofahrer. Konnte man so wirklich Hirntumore diagnostizieren?

»Sind Sie sicher, dass Sie immer ohne Probleme laufen konnten? Sie sind nicht gestolpert, irgendwo gegengerannt?« Die Assistenzärztin blickte sie mit zusammengezogenen Augenbrauen ernst an.

Franka schüttelte erstaunt den Kopf. »Nein, nie.«

»Und atmen – das ging auch immer? Keine Aussetzer? Keine Störungen?«

»Nein. Wieso denn?«

Die junge Ärztin musterte sie lang. »Der Tumor ist sehr groß. Und er umwächst die Hauptschlagader. Das Stammhirn ist um etwa zwei Drittel eingedrückt.«

Franka wartete, ob dazu eine Erklärung folgte, eine Erläuterung, welche Konsequenzen so etwas habe. Doch die Ärztin schwieg. Dann fuhr sie fort mit ihren Untersuchungen und begann, die Reflexe der Knie zu testen.

Nach zehn Minuten war alles vorbei und der Professor tauchte erneut auf. »Die Operation ist ziemlich aufwendig. Sie müssen mit einer Narkose von bis zu acht Stunden rechnen«, erläuterte er sachlich. »Deswegen dauert es auch, für einen solchen Eingriff einen Termin zu bekommen. Der nächste freie wäre in drei Wochen. Ist das in Ordnung? Bis dahin sollten Sie sich schonen. Und die Zeit genießen. So fit wie jetzt werden Sie so schnell nicht mehr sein.« Wieder nickte Franka wortlos. Sie fühlte sich wie eine Maschine, ein Roboter, der mit Informationen gefüttert wurde, um diese optimal zu verarbeiten. »Haben Sie noch Fragen?« Wider besseren Wissens schüttelte Franka stumm den Kopf. Viel zu viel war gerade auf sie eingeströmt, sie konnte die Flut der Informationen gar nicht sortieren, geschweige denn, zu ihr Stellung nehmen. »Dann gehen Sie bitte noch einmal zu meiner Assistentin in das Vorzimmer, die gibt Ihnen die Unterlagen mit, die die Details zum Krankenhausaufenthalt und den nötigen Voruntersuchungen enthalten. Auf Wiedersehen, Frau Jung. Wir sehen uns vor der Operation.«

Wie eine Schlafwandlerin betrat Franka kurze Zeit später mit den Unterlagen in der Hand das Wartezimmer.

Katja sprang aufgeregt auf. »Und? Was sagen die?«

Franka blickte sie fast überrascht an. Stimmt ja, Katja wartete. Die hatte sie fast vergessen. »Operation, dauert ungefähr acht Stunden, danach Bestrahlung. Und der Termin ist in drei Wochen.«

Katja öffnete den Mund, um entrüstet loszusprudeln – und schloss ihn wieder. Leise fragte sie dann: »Bestrahlung? Warum? Was wird da denn noch bestrahlt hinterher? Ist der Tumor dann nicht weg?«

»Ich weiß es nicht, ich glaube, der Tumor ist zu groß. Sie haben gefragt, ob ich überhaupt noch laufen und atmen kann.«

»Laufen und atmen?!« Katjas Stimme kippte fast. »Wieso das? Ist das so schlimm? Ich mein, kannst du umfallen und ersticken? Oder was?«

Franka seufzte. »Ich weiß es wirklich nicht. Lass uns gehen. Ich möchte hier raus. Und ich sollte die nächsten drei Wochen tatsächlich genießen, fürchte ich. Wer weiß, ob es mich danach noch gibt.«

Katja wurde blass. »Jetzt hör aber auf!«, schimpfte sie. »Was sollen denn solche Sprüche?! Du musst das Ganze positiv sehen, das ist bei so was ganz wichtig!« Die Hilflosigkeit, aus der dieser Rat entsprang, war geradezu greifbar. Positiv denken – das riet ausgerechnet eine von denjenigen, die allein bei der Erwähnung des Tumors in blanke Panik gerieten.

Das war der Moment, in dem Franka zum ersten Mal spürte, wie wütend sie dieser gut gemeinte Ratschlag werden ließ. »Hör auf, Katja. Was ist denn da positiv? Ich hab ein riesiges Ding im Gehirn, das offensichtlich eine Menge anrichten kann. Positiv ist das letzte Wort, das mir dazu einfällt. Aber es nutzt doch auch nichts, sich verrückt zu machen. Ich habe jetzt drei Wochen, in denen ich wohl noch ganz gut laufen und atmen kann. Was danach ist, weiß ich nicht. Aber ich werde mich jetzt weder verkriechen und den Kopf in den Sand stecken noch werde ich es schönreden. Ende!« Und mit bemüht sanfterer Stimme fügte sie hinzu: »Momentan habe ich Hunger und brauche dringend einen Kaffee. Gehst du mit etwas trinken?«

Betreten blickten die anderen Leute im Wartezimmer, die alle unfreiwillig Zeugen dieser kurzen, aber heftigen Diskussion geworden waren, zu Boden. Nur die ältere Dame musterte die junge Frau mit Neugier. Vielleicht kannte sie solche Diskussionen. Vielleicht hörte sie aber auch einfach nur gerne, wie andere stritten.

Katja starrte Franka entsetzt an. »Aber wir können doch jetzt nicht einfach weitermachen, als wäre nichts …«, stammelte sie.

»Sondern? Trauerkartentexte entwerfen? Lieder für die Beerdigung aussuchen?« Franka spürte, wie die Aggressivität erneut sprunghaft in ihr anstieg und sie dabei ganz bewusst ungerecht wurde. Katjas Unfähigkeit, sich tatsächlich mit der Realität auseinanderzusetzen oder sie wenigstens kommentarlos hinzunehmen, löste eine unendliche Wut in ihr aus. Es nutzte weder etwas, mit einem pauschalen »Denk positiv!« alles abzutun, zu verharmlosen, noch war es sinnvoll, ob des tragischen Schicksals alles zu dramatisieren und ständig in Tränen auszubrechen.

Franka packte ihre Freundin am Arm und zog sie mit sanfter Gewalt mit sich. »Komm, ich will raus aus dieser Klinik, ich fürchte, hier bin ich noch lange genug. Wir holen jetzt meine Unterlagen und dann ab ins Café, okay?«

Katja nickte stumm und stolperte neben ihr her. »Aber wir gehen nicht wieder zu Luigi, oder? In deiner Stimmung schüttest du dem armen Kellner heute bestimmt etwas ins Gesicht.«

Franka verlangsamte ihre Schritte und grinste kurz. Zum ersten Mal, seit sie aus dem Behandlungsraum zurückgekehrt war. »Keine schlechte Idee«, freute sie sich. »Gerade deswegen gehen wir dorthin. Der Kerl kommt mir heute gerade recht.«

7

Er war nicht im Café – und Franka ärgerte sich. Weniger darüber, dass sie von einer netten Kellnerin bedient wurden, an der sie ihre Frustration nicht einmal ansatzweise auslassen konnte, als darüber, dass sie sich selbst immer wieder dabei ertappte, sein Gesicht im Café zu suchen. Dabei hatte Katja doch recht: Heute konnte sie es wirklich nicht brauchen, dass ihr ausgerechnet der nervige Typ über den Weg lief.

Da Katjas Stimmung nach dem Klinikbesuch dauerhaft auf dem Gefrierpunkt zu bleiben schien, fiel ihr gemeinsames Frühstück erneut verhältnismäßig kurz aus. Nicht einmal Nachfragen nach ihren Männergeschichten – sonst Garantie für sehr lange sermonartige Ausschweifungen Katjas – konnten sie aus der Reserve locken. »Funkstille«, wehrte sie Frankas Neugier brüsk ab. »Zumindest mit Tobias. Marco meldet sich schon, er würde gern heute Abend vorbeischauen auf einen Quickie, aber … ich glaube, ich habe keine Lust.«

Frankas grinsende Antwort, das sei ja ein ganz neuer Zustand und vielleicht sei Katja ja die körperlich weit stärker Angeschlagene, konterte diese nur mit einem genervten Seufzer. »Nicht lustig!«

»Ach komm, Katja, jetzt mach mal nicht auf Staatstrauer. Noch bin ich hier«, verkündete Franka fast zickig, winkte aber gleichzeitig der Kellnerin, um zu bezahlen. »Aber nicht mehr lange. Ich zahle jetzt und gehe heim.«

Zu Hause angekommen ließ sie sich auf das Sofa fallen und blickte sich ratlos in ihrem kleinen, leicht chaotischen Appartement um. Drei Wochen – was sollte sie mit dieser Zeit Sinnvolles anfangen? Wie nutzt man Zeit, die einem bis zu einem bestimmten Moment gewährt wird, wenn man nicht weiß, wie viel danach noch kommt? Sollte sie noch einmal gründlich aufräumen, aussortieren, Ordnung schaffen? Oder hatte das jetzt erst recht keinen Sinn? Im Prinzip war doch jetzt nichts anders als letzte Woche. Da war der Tumor schließlich auch schon in ihrem Kopf gewesen. Und sie hatte ganz normal vor sich hin gelebt, war gelaufen, hatte geatmet – ohne wirklich große Einschränkungen. Was war nun anders?

Franka beschloss, den Tumor einfach erst einmal »wegzupacken«, zur Seite zu schieben. Es konnte doch nicht sein, dass dieses Ding, das sich schon länger in ihrem Kopf eingenistet hatte, plötzlich alles blockierte, ihr ganzes Leben bestimmte. Zum Glück waren gerade Semesterferien und dank ihres Stipendiums hatte sie dieses Mal nicht einmal einen Job für die Ferien annehmen müssen. Sonst hatte sie meist in der Lokalredaktion einer der großen Münchner Tageszeitungen ausgeholfen. Nach einem Volontariat vor dem Studium hatte sie dort gute Kontakte und wurde gern als Urlaubsvertretung der Festangestellten engagiert. Franka seufzte. Auch dort würde sie bei Gelegenheit anrufen und sich vorerst krankmelden müssen. Ihr graute bei der Vorstellung, schon wieder dieselben Fragen beantworten, dieselben guten Tipps entgegennehmen zu müssen. Andererseits: Was sollten die Leute denn sonst sagen?

»Heute nicht«, murmelte sie leise vor sich hin, schnappte sich die Fernbedienung und beschloss, sich an diesem Nachmittag einfach mal berieseln zu lassen.

Genau in diesem Moment klingelte das Telefon. »Eltern« erschien auf dem Display. Himmel, die hatte sie ganz vergessen!

»Sorry«, begrüßte Franka ihre Mutter kleinlaut, als sie den grünen Knopf gedrückt hatte, »ich wollte mich eigentlich längst gemeldet haben.«

»Warst du in der Klinik?« Franka nickte, völlig vergessend, dass ihre Mutter das nicht sehen konnte. »Warst du?«

»Ja, Mama.« Allmählich nervte das Thema. »Sie operieren, aber erst in drei Wochen.«

»Erst in drei Wochen? Warum?« Herrgott, wie oft würde sie das noch erklären müssen?

Franka spulte das Band erneut ab, das sie Katja gegenüber schon aufgesagt hatte: Große Operation, lange Narkose, kein Termin frei … Ihre Mutter hielt zwar tapfer die Tränen zurück, doch ihrer zitternden Stimme war deutlich anzumerken, welche Panik diese Informationen in ihr auslösten. »Was willst du machen bis dahin? Magst du zu uns kommen?« Das Angebot war sicher gut gemeint, aber die Vorstellung, wieder daheim bei ihren Eltern einzuziehen, war für Franka alles andere als verlockend.

»Mama, noch bin ich kein Pflegefall. Sollte ich hinterher im Rollstuhl sitzen, nur noch wirr stammeln oder ganz meschugge sein, können wir drüber reden.«

»Franka!« Jetzt klang ihre Mutter wirklich empört. »Du bist unmöglich. Man wird sich doch mal Sorgen machen dürfen!«

»Ja, Mama, das darfst du. Aber noch bin ich fit. Und ich mag nicht jetzt schon zum Invaliden gestempelt werden. Das nützt doch nichts.« Am anderen Ende der Leitung herrschte eisiges Schweigen. Jetzt tat sie Franka fast leid. »Mama«, sagte sie tröstend und bemühte sich, ihre Stimme wieder freundlicher klingen zu lassen. »Ich verstehe ja, dass du dir Sorgen machst. Aber Jammern bringt doch nichts. Noch geht es mir wirklich gut. Es wird doch alles nur schlimmer, wenn ich mir jetzt die Decke über den Kopf ziehe und mich depressiv einigle. Lass uns versuchen, uns nicht reinzusteigern, okay? Lass uns lieber drüber lachen, als jetzt schon drüber zu weinen.«

Noch immer schwieg ihre Mutter. Lachen schien das Letzte zu sein, was ihr in diesem Zusammenhang einfiel. Irgendwann aber hörte Franka ein leises Seufzen. »Okay. Vielleicht hast du recht. Ich versuche es. Es wird nicht immer funktionieren, schließlich bin und bleibe ich eine Mutter. Deine Mutter. Aber ich gebe mir Mühe. In Ordnung?«

»In Ordnung. Und – danke. Ach, Mama?« Gerade noch rechtzeitig war es Franka eingefallen. »Kannst du mir noch einen Gefallen tun? Würdest du Dr. Schwerdtner für mich anrufen? Ich hatte ihm versprochen, mich zu melden, wenn ich mehr weiß. Aber wenn ich da jetzt anrufe, muss ich mir erst wieder kluge Tipps der Sprechstundenhilfe anhören …«

Frankas Mutter holte tief Luft, offenbar hin- und hergerissen zwischen dem Impuls, loszuschimpfen, und dem, laut zu lachen. Zu Frankas Erleichterung entschied sie sich für Letzteres. »Jaja«, brummelte sie halb entrüstet vor sich hin, »dafür sind wir Mütter dann wieder gut, oder?«

8

Der Frühling hatte endlich das nasskalte Aprilwetter vertrieben und Franka versuchte, die Semesterferien tatsächlich zu genießen. Natürlich blieb ein Rest Ungewissheit und der bevorstehende Eingriff lag wie ein riesiger Berg vor ihr, der seine Schatten unangenehm vorauswarf. Faule Nachmittage im nahe gelegenen Stadtpark oder ausgiebige Stadtbummel hatten ihre Ungetrübtheit verloren, wirkten stets ein wenig bemüht. Das lustige Studentenleben hatte plötzlich den schalen Beigeschmack des Banalen. Es war, als zwängen die Doppelbilder Franka, auch das eigene Leben doppelt zu sehen: Hinter der Maske der schönen, heilen Welt zeigte sich auf einmal die Fratze der Realität, die Krankheit und Ängste mit sich brachte.

Auch den Anruf in der Redaktion, der sie immer noch mitteilen musste, dass sie in den nächsten Wochen wohl nicht als Springer zur Verfügung stehen würde, hatte sie täglich vor sich hergeschoben. Dabei hatten die Kollegen schon mehrfach angerufen, wie ihr das Display ihres Handys bestätigte. Als es nun schon wieder aufblinkte, während sie entspannt beim zweiten morgendlichen Milchkaffee saß, nahm sich Franka ein Herz und meldete sich.

»Ach, Franka, schön, du bist aus dem Urlaub zurück, oder? Hast du dich gut erholt? Wo warst du denn eigentlich so spontan? Wir wussten von gar nichts …« Das Klappern der Tastaturen im Hintergrund ließ sofort das Bild des Redaktionsraums vor ihrem inneren Auge erscheinen, in dem sie selbst so viele Stunden ihres Praktikums tippend, recherchierend und telefonierend verbracht hatte.

»Urlaub? Ach so, ja … nein.« Franka zögerte. Sollte sie spontan eine Reise erfinden, ein anderes Praktikum, das sie die nächste Zeit blockieren würde? Auf diese Weise müsste sie nicht schon wieder alles erklären, Tipps und Mitleidsbekundungen entgegennehmen und versprechen, weiterhin und trotz allem alles positiv zu sehen. Sie spürte, wie müde sie wurde, immer dieselbe Geschichte zu erzählen und sich gleichzeitig dafür zu rechtfertigen, dass sie nicht verzweifelt in Panik geriet.

»Kein Urlaub?« Die Kollegin am anderen Ende der Leitung wurde neugierig. »Hast du etwa einen neuen Arbeitgeber und wirst uns untreu?«

Franka lachte. »Nein, natürlich nicht.« Sie holte kurz Luft. »Ich muss in die Klinik, werde operiert. Die haben einen Hirntumor bei mir entdeckt, und der muss raus.«

Für einen Moment blieb es still. »Das tut mir leid. Ganz ehrlich.« Erneute Pause. »Und ausgerechnet mir, die täglich mit Worten um sich schmeißt, fällt gerade echt nichts ein, was ich sagen könnte. Darf ich es den anderen erzählen?«

Franka nickte erleichtert. »Klar darfst du, es wäre mir sogar sehr recht. Ehrlich gesagt mag ich auch gar nicht mehr darüber reden. Sag allen liebe Grüße, ich melde mich, wenn ich wieder fit bin, okay?«

»Okay, tu das. Ich … ich denke an dich.«

Franka atmete tief durch. Endlich. Eine ganz normale Reaktion. Man konnte einfach mit dieser Krankheit umgehen wie mit anderen auch. Krankheiten waren schließlich nie angenehm. Keiner gratulierte dem anderen dazu. Aber man musste doch auch nicht immer gleich den Grabschmuck entwerfen, wenn der Begriff Tumor fiel …

Sie nahm den letzten Schluck Kaffee aus der Tasse und warf einen Blick aus dem Fenster. Die Sonne ließ die Knospen an den Bäumen aufblühen, und das junge Grün an den Zweigen wirkte frisch und verbreitete gute Laune. Franka beschloss, heute einfach das zu tun, was sie sonst – ohne diese Damoklesschwert-Diagnose – auch getan hätte: sich den endlich aufsteigenden Frühlingsgefühlen hingeben, irgendwo in ein Café setzen und nach hübschen Jungs Ausschau halten. Einfach so. Weil sie jung war, die Sonne schien und ihr die Zukunft offenstand. Zumindest theoretisch.

Dass ihre Wahl dabei auf das »Luigi« fiel, stand außer Frage. Bei all dem Chaos der letzten Tage ging ihr dieser nervige Kellner einfach nicht aus dem Kopf. Was auch immer es war, das sie so reizte – sie brannte darauf, mehr über ihn zu erfahren. Und auch wenn das streng genommen jetzt noch überflüssiger war, als es sonst gewesen wäre, wollte sie diesem Verlangen einfach mal nachgeben. Schließlich kann jede Sache von zwei Seiten betrachtet werden: In ihrer Situation hatte sie – zumindest was diesen Kellner anging – gerade nichts zu verlieren.

Tatsächlich sah sie seinen blonden Struwwelkopf sofort, als sie das »Luigi« betrat. Der kleine Fenstertisch vom letzten Mal war leider besetzt, doch am Tisch daneben schien der Platz frei zu sein. Franka gab sich einen Schubs und setzte sich.

»Na, bist du heute mal besser gelaunt?« Er hatte sie auch wiedererkannt und schüttete sofort Öl ins Feuer.

»Ich war nie schlecht gelaunt«, konterte Franka nicht ganz wahrheitsgemäß und musterte ihn herausfordernd. »Mich nervt nur schlechter Service in meinem Lieblingscafé.«

»Von schlechtem Service zu sprechen ist eine echte Frechheit, aber die Bezeichnung Lieblingscafé gleicht das wieder aus. Eins zu eins, würde ich sagen.« Der Kellner grinste sie an. Ein Grübchen in der linken Wange verlieh diesem Lächeln etwas Jungenhaftes.

»Ist das hier ein Battle? Muss man punkten, um bestellen zu können?« Franka blickte provozierend zu ihm hoch, musste sich aber selbst das Grinsen mühsam verkneifen.

Der Kellner verdrehte die Augen und antwortete bemüht korrekt und sachlich: »Keineswegs. Was kann ich für Sie tun?«

»Freundlich sein und mir einen Milchkaffee …«, begann Franka, als ein lautes »Leon! Wo bist du denn schon wieder so ewig?« aus der Küche erscholl.

Der Kellner zuckte zusammen.

»Leon? Du diskutierst offensichtlich mal wieder zu lange«, kommentierte Franka frech. Jetzt wusste sie zumindest auch seinen Namen, nicht nur er den ihren. »Und ich hätte gerne einen Milchkaffee.«

Serviert wurde ihr der Kaffee dann wieder von einer Kollegin. Leon selbst blieb in der Küche, bis Franka bezahlte. War das Zufall? Aber warum sollte sich der Typ vor ihr verstecken? Süß war er ja. Aber irgendwie auch dreist, fast unverschämt. Und warum machte sie sich überhaupt Gedanken darüber? Sie hatte nicht einmal das Kaffeetrinken wirklich genießen können. Lustlos hatte sie abwechselnd in einer Illustrierten geblättert und aus dem Fenster auf den sonnigen Platz geschaut. Mütter schoben eisverschmierte Kleinkinder im Kinderwagen vorbei, Rentner saßen auf den Parkbänken in der Sonne, Spatzen pickten die Reste einer abgestürzten Eiswaffel vom Asphalt auf.

Franka zuckte die Achseln. Der Tag war zu schön und hell für dunkle Gedanken und so beschloss sie, beides erst einmal wieder beiseitezuschieben: Leon ebenso wie dieses Ding in ihrem Kopf. Statt kostbare Zeit damit zu verschwenden, über so etwas nachzudenken, könnte sie auch Sinnvolleres tun, vielleicht etwas, das in den nächsten Wochen nur unter größeren Schwierigkeiten möglich sein würde. Sie blickte sich ratlos um, als ihr Blick an einer zerlesenen Tageszeitung auf dem Nachbartisch hängen blieb, in der jemand offensichtlich nach aktuellen Filmen gesucht hatte. Spontan nahm sie, obgleich sie ihre Jacke bereits übergestreift hatte, noch einmal auf dem durchgesessenen Sofa Platz und überflog das aktuelle Kinoprogramm. Eine 3-D-Science-Fiction-Saga? Ein kunterbunter Drachenfilm? Oder eine romantische Liebeskomödie?

»Der soll gut sein.«

Erschrocken blickte Franka zu der Stimme auf, die zu dem Finger gehörte, der sich mit seinem kurz gekauten Nagel gerade auf ihrer Zeitung platziert hatte. Leon. Natürlich. »Welcher? *Ziemlich beste Freunde?* Das ist doch so Betroffenheitskitsch, oder? Ich hätte gedacht, du stehst eher auf Zombie-Streifen …«

Leon lachte. »Sehe ich so aus?«

»Wie ein Zombie? Nein, das nun wirklich nicht«, rutschte es Franka raus. Verdammt, das klang ja richtig nett. Bald würde sie ihm noch Komplimente machen. Ärgerlich zog sie die Zeitung weg. »Auf Betroffenheitskitsch habe ich gerade gar keinen Bock.«

Leon zuckte mit den Schultern. »Dann nicht. Ich wollte nur helfen.« Er wischte den Tisch ab, murmelte ein wenig freundliches »Servus« und verschwand erneut.

Blöder Affe. Hielt er sie für so eine rosa Zicke, die gern bei Liebeskomödien schmachtend in den Kinosesseln versank? Sie ärgerte sich über sich selbst. Warum hatte sie bei diesem Leon ständig das Gefühl, sich rechtfertigen zu müssen? Und warum mischte er sich andauernd in ihr Leben ein?

9

Sich über sich selbst ärgernd verließ sie das »Luigi« und beschloss, auf dem Heimweg noch schnell im Büro der Universität vorbeizuschauen. Noch waren Semesterferien, aber ihre Operation fiel ziemlich genau auf den Anfang des nächsten Semesters. Die Ärzte hatten zwar keine Details genannt, aber Franka ging nicht davon aus, dass sie fit genug wäre, um gleich danach regelmäßig an Seminaren und Vorlesungen teilzunehmen. Und nachdem die Absage in der Redaktion morgens so erfreulich unkompliziert vonstattengegangen war, beschloss sie, sich auch vom Studium erst einmal beurlauben zu lassen.

Als sie das Sekretariat kurze Zeit später betrat, blickte die ewig streng auftretende Büroangestellte ihres Fachbereichsleiters mit dem immer gleichen Dutt genervt von ihrem Monitor auf.

»Ja bitte?«

»Entschuldigen Sie die Störung«, begann Franka umständlich, wohl wissend, dass Frau Minster großen Wert auf Höflichkeit legte. »Ich würde gerne meine Beurlaubung für das nächste Semester beantragen.«

Die Falte zwischen Brille und Haaransatz auf Frau Minsters Stirn vertiefte sich sofort. »Urlaub? Praktikum? Oder …«, sie seufzte mit ironisch angehauchtem Unterton, »kreative Pause?«

»Hirntumor.«

Ganz offensichtlich war dieser Grund kein Bestandteil des Spektrums täglich vorgetragener Ausreden, denn Frau Minsters Miene veränderte sich schlagartig. Mit weit aufgerissenen Augen starrte sie Franka an.

»Hirntumor?! Du selbst? Oh Gott, wie schrecklich! Mädchen …!«

Binnen Bruchteilen einer Sekunde hatte sich die Haltung der Sekretärin komplett verändert. Eben noch der reservierte, leicht genervte Vorzimmerdrache, mutierte sie übergangslos zur Leiterin der Heilsarmee.

»Kindchen, Kindchen … Das ist ja furchtbar, ganz schrecklich. Hoffentlich nicht bösartig. Dann wuchert's nicht. Operation, oder? Die können ja wirklich schon viel mittlerweile, die Ärzte. Unglaublich. Da darf man die Hoffnung nie aufgeben. Die machen das bestimmt gut. Und das Leben muss ja weitergehen. Positiv. Ja, positiv denken, das ist das Wichtigste. Nur wer positiv denkt, schafft so etwas. Das hört man immer wieder. Ich denke da ganz fest an Sie. Wissen Sie, ich kenne das. Die Tochter meiner Nachbarin …« Hier wurde die Stimme leiser, begann zu zittern. »Die süße Kleine meiner Nachbarin, wissen Sie, die hatte auch Krebs. Auch so einen Tumor. Aber nicht im Kopf. Sie ist trotzdem daran gestorben …« Erschrocken riss Frau Minster nun die Augen wieder auf, die zwischenzeitlich bedenklich feucht geworden waren. Unsicher und etwas peinlich berührt begann sie, Frankas Hand zu tätscheln, die diese reflexartig vom Tresen zog. Frau Minster seufzte laut und wiederholte mantramäßig: »Deshalb ist das so wichtig: positiv denken!«

Franka starrte die Frau, von der sie schon so oft Rüffel für zu spät abgegebene Seminararbeiten oder Verschiebungen im Uni-Stundenplan erhalten hatte, sprachlos an. Positiv denken – gekoppelt mit der Information, dass ein junges Mädchen daran gestorben war? Wie absurd war das denn? Und warum glaubten die Menschen, dass Kranke unbedingt die Geschichten anderer Kranker interessierte? Ganz abgesehen davon fühlte sich Franka gar nicht krank.

»Noch nicht …«, murmelte sie vor sich hin.

»Bitte? Noch nicht positiv denken? Falsch! Ganz falsch! Gerade jetzt! Positiv denken und nach vorne sehen …«, echauffierte sich Frau Minster.

»Vorne ist gerade schwierig«, gab Franka lachend zurück. »Da sehe ich alles doppelt!«

Die Sekretärin lächelte unsicher, ganz offensichtlich verwirrt, sei es durch die merkwürdige Antwort, sei es durch Frankas amüsierten Tonfall. Gerade die Menschen, die positives Denken einforderten, schien Humor im Zusammenhang mit dem Tumor geradezu aus der Bahn zu werfen. Der Ratschlag, optimistisch zu bleiben, entpuppte sich in Frankas Augen zunehmend als verzweifelter Versuch, sich mit der unangenehmen Komplexität des Lebens, das eben auch dunkle Seiten aufzuweisen hat, gar nicht erst auseinanderzusetzen. »Think positive« als Allheilmittel ließ alle Zweifel im Keim ersticken, verdrängte die Ängste, statt sich ihnen zu stellen, stülpte der Furcht vor der Zukunft eine leere Hülle über, die jedem ernsten Gespräch die Luft nahm.

»Bekomme ich nun meine Beurlaubung?«, versuchte Franka, die Aufmerksamkeit wieder auf das für sie Wesentliche zu lenken.

»Beurlaubung? Ach so, ja, selbstverständlich, gar kein Problem. Unbefristet. Ich mache das gleich heute fertig, lass es absegnen und schick es Ihnen nach Hause, Frau Jung.« Frau Minster überschlug sich geradezu in ihrem Übereifer, offensichtlich froh, etwas zu tun zu haben. »Sie kümmern sich jetzt mal nur um sich. Und wie gesagt: Alles positiv sehen, dann wird das schon.«

Die Antwort: »Ja, so wie bei der Tochter Ihrer Nachbarin, oder?«, verkniff sich Franka. Stattdessen nickte sie resigniert und verabschiedete sich höflich.

10

Die Schlange an der Kasse vor dem großen Multiplexkino war lang. Für romantische Spaziergänge wehte der Wind abends noch zu kalt, und so zog es eine Menge Pärchen ins Kino. Kuschelnd standen sie händchenhaltend nebeneinander und zeigten jedem, der es sehen wollte, und jedem, der es nicht sehen wollte, wie rosarot die Welt der Verliebten sein konnte.

Franka drängte sich ungeduldig an ihnen vorbei und warf einen kritischen Blick auf die Wand mit den Kinoplakaten. Actionstreifen, Science-Fiction-Quatsch und ein lustiger Animationsfilm für Kinder füllten das Abendprogramm. Und natürlich der Kassenknüller, der seit Tagen die Medien beherrschte und schon vor der Oscarverleihung in aller Munde war: *Ziemlich beste Freunde,* der Film um einen Rollstuhlfahrer und seinen Pfleger, der angeblich so unendlich berührend und doch witzig sein sollte. Betroffenheitskitsch halt. Franka seufzte. Aber nach Action und Science-Fiction stand ihr nun auch nicht der Sinn.

Noch während sie hin und her überlegte, legte sich plötzlich eine Hand auf ihre Schulter. »Immer noch nicht entschieden? Fehlt dir das Angebot einer romantischen Liebeskomödie? Oder warst du etwa die, die heimlich Zombies und sonstige

Untote verehrt?« Natürlich – Leon. Der Typ entwickelte sich zum Stalker. Konnte sie nichts mehr machen, ohne ihm zu begegnen?

Den Gedanken, dass sie Leon eigentlich nur deshalb wiedergesehen hatte, weil er einmal so nett war, ihr ihren Geldbeutel hinterherzutragen, und sie danach schon zweimal bei seiner Arbeit aufgetaucht war, verdrängte Franka sofort wieder.

»Sag mal, spionierst du mir nach? Hast du nichts Besseres zu tun? Oder willst du behaupten, du bist zufällig heute auch im Kino?« Provozierend schaute sie zu ihm hoch.

Doch statt ertappt zu wirken, verdunkelte sich dessen Miene jetzt ebenfalls. »Ich glaube, du überschätzt dich da gewaltig, Süße. Den Plan, ins Kino zu gehen, hatte ich schon lange vor unserem Gespräch im Café heute. Ich bin nämlich mit Freunden verabredet – anders als du anscheinend.« Sein Blick schweifte kurz durch die Menge, und als offensichtlich niemand als Frankas Begleitung fungierte, huschte ein kurzes, triumphierendes Grinsen über sein Gesicht. »Außerdem hattest du recht deutlich zu verstehen gegeben, dass dich hier eigentlich keiner der Filme wirklich interessiert – insofern hätte ich ja nicht einmal damit rechnen können, dich ausgerechnet hier zu treffen. Und drittens: Warum überhaupt sollte ich das wollen?«

Bevor Franka auf dieses unverschämte Geschwätz Kontra geben konnte, rief ein blondes Mädchen aus dem Hintergrund: »Leon, wo bleibst du denn? Willst du auch Popcorn? Ich möchte nicht, dass du mir schon wieder meins wegfutterst!«

Leon nickte Franka zu, drehte sich wortlos um und schob sich durch die Menge direkt zu der hübschen Blonden, die ihn an der Hand fasste und mit sich zur Schlange vor dem Süßwaren- und Getränketresen zog.

Franka war völlig überrumpelt zurückgeblieben. Was bildete sich der Typ eigentlich ein? Vielleicht ging sie ja gern allein ins Kino? Dem war nicht so, aber das konnte er ja nicht wissen. Kino allein war immer irgendwie traurig, weil man hinterher mit niemandem über das Gesehene reden konnte. Überhaupt war ihr jetzt die Lust auf Kino gründlich vergangen … Andererseits wollte sie sich die Blöße, wie ein zickiges Girlie beleidigt abzuziehen, ausgerechnet vor Leon nicht geben. Und die Vorstellung, daheim allein vor dem Fernseher zu landen und sich lustlos durch das Programm zu zappen, erschien auch nicht gerade verlockend. Seufzend stellte sich Franka doch noch an der Kasse an und beschloss, sich tatsächlich *Ziemlich beste Freunde* anzusehen – jetzt erst recht. Zudem konnte sie dann endlich mitreden – und wenn sie die Einzige sein würde, die diesen Betroffenheitskitsch verteufelte.

Bis Franka endlich ihre Karte und dann ebenfalls noch die obligatorische Tüte Popcorn in der Hand hielt, waren Leon, die Blonde und seine Freunde längst im bereits verdunkelten Kinosaal verschwunden. Recht so, dachte Franka, auf eine weitere Bemerkung über mich und den Film hab ich wirklich keine Lust. Als eine der Letzten betrat sie den Saal und setzte sich auf einen der wenigen freien Randplätze. Während auf der Leinwand der Vorspann anlief, versank sie wohlig ins Polster, futterte das süß-klebrige Popcorn und beschloss, den Abend trotzdem zu genießen.

Gefühlt viel kürzer als die tatsächlichen zwei Stunden später lief der Abspann. »Keine Arme – keine Schokolade.« Franka kicherte leise vor sich hin, während das Licht den Kinosaal erhellte und die Zuschauer aus den Reihen Richtung Ausgang drängten. Lange hatte sie im Kino nicht mehr so gelacht. Und das bei einem so ernsten Thema. Wie konnte man Krankheit so verpacken? Und mit dem Thema Angst vor dem Tod so umgehen?

Während sie versuchte, ihre Jacke und ihr Halstuch anzuziehen, den Schirm unter den Arm zu klemmen und gleichzeitig die mit Krümelresten gefüllte Popcorntüte nicht fallen zu lassen, schlurfte sie als eine der Letzten zur Tür. »Keine Arme – keine Schokolade«, das würde ihr Motto werden. Lachen statt weinen, leben statt vor sich hin zu vegetieren. Franka stolperte über eine zurückgelassene soßenverschmierte Tacoverpackung. Ihre Popcorntüte rutschte ihr dabei aus den Fingern und der klebrige Inhalt aus ungepoppten Maiskörnern und Zuckerkrümeln ergoss sich über den Teppich. Hektisch kniete Franka nieder und versuchte, wenigstens das Gröbste aufzusammeln.

»Na, war der Tipp so übel?«

Ertappt blickte Franka auf. Lässig an die Wand vor dem Damenklo gelehnt, grinste Leon auf Franka herab, die sich mühsam die Popcornreste von den Fingern zu wischen versuchte. Wahrscheinlich schminkte sich die blonde Tussi noch das tränenverschmierte Make-up neu und er wartete auf sie. Wie ein Fernsehtopmodel war die gestylt gewesen, erinnerte sich Franka, die selbst selten geschminkt war, weniger aus Prinzip als vielmehr aus Unvermögen. Nie hatte ihr jemand beigebracht, Eyeliner und Wimperntusche ordentlich zu verwenden, ohne sich angemalt wie ein Faschingsclown zu fühlen. »War doch gut, oder? Keine Arme – keine Schokolade!« Leon lachte und schaute Franka erwartungsvoll an. Wieder erschien das nette Grübchen auf seiner Wange.

»Stimmt.« Franka erhob sich und hätte fast den Schirm auf den Boden fallen lassen, den Leon geschickt auffing und ihr zurückreichte.

»Irgendwie muss ich dir andauernd deine Sachen hinterhertragen.« Wieder grinste er frech. Doch bevor Franka sich entschieden hatte, ob sie darauf nun zickig oder eher witzig antworten sollte, öffnete sich neben ihm die Klotür und die kleine Blonde stapfte heraus. Selbstbewusst schnappte sie sich Leons Arm und schob sich darunter.

»Fertig? Lass uns nach Hause gehen!« Ohne eine Antwort auf die wohl eher rhetorisch gemeinte Frage abzuwarten, stiefelte sie auf ihren hohen Absätzen los und zog Leon resolut mit sich.

Nach Hause? Na bitte. Das hätte sie sich ja denken können, dass der ausgerechnet mit einem solchen Malkasten-Model zusammenlebte. Ein zuckersüßes »Tschüss, Leon, bis bald!« konnte sie sich trotzdem nicht verkneifen – jetzt erst recht.

Tatsächlich wand sich Leon kurz aus der blonden Umarmung und drehte sich nochmals zu Franka um. »Ciao, Franka.«

Verblüfft sah sie ihm nach, wie er fröhlich winkend mit der Blonden im Arm aus dem Kino verschwand. Woher wusste der Typ ihren Namen? Spionierte er ihr nach? Da fiel ihr der Geldbeutel wieder ein und dass er ja darin nicht nur ihre Adresse, sondern natürlich auch ihren Namen gelesen hatte. Immerhin hat er sich ihn auch gemerkt, schoss es ihr durch den Kopf, wobei sie sich im selben Moment allein für den Gedanken am liebsten geohrfeigt hätte. So wurde das nichts mit dem Beiseiteschieben! Sie war doch keine fünfzehn mehr. Und außerdem hatte sie gerade genug anderes zu tun, als sich mit einem dahergelaufenen und noch dazu ganz offensichtlich in festen Händen befindlichen Macho zu beschäftigen. Beziehungsstress war das Letzte, was sie derzeit gebrauchen konnte. Sie würde jetzt heimgehen, sich einen Tee kochen und Katja anrufen, beschloss Franka. Vielleicht hatte die ja Neuigkeiten von Tobias und Marco zu berichten. Das Beziehungschaos anderer war Stress genug. Ein eigenes Gefühlschaos konnte sie nun wirklich nicht gebrauchen, niedliche Grübchen hin oder her.

Während sich Franka das Halstuch umwickelte und in den Jackentaschen nach der dünnen Wollmütze suchte, öffnete sich die Tür zum Kino erneut. Erstaunt und ein wenig triumphierend registrierte sie, dass noch einmal Leon mit vom Rennen geröteten Wangen vor ihr stand.

»Gut, dass ich dich noch erwische«, japste er.

Kondition scheint jetzt ja nicht deine Stärke zu sein, dachte Franka und wartete ab, was Leon von ihr wollte. Hatte sie schon wieder etwas verloren, was er ihr nachtragen wollte? Vielleicht hatte ihr Hirn ja tatsächlich schon Aussetzer, die sie für ihre Umwelt hilfsbedürftig erscheinen ließen.

»Nächstes Wochenende ist erster Mai«, keuchte Leon. »Da ist bei Luigi immer ein großes Fest, Mainacht halt. Magst du nicht kommen?«

»Mainacht?« Franka bemühte sich, betont gelangweilt zu klingen. »Das ist doch so'n Kitsch für Pärchen mit roten Herzchen und Maibäumen aufstellen und so, oder? Ich weiß nicht, ich hab's nicht so mit so was …«

»Nee, bei uns ist das eigentlich immer ganz cool. Da kommt ein guter DJ, es gibt Cocktails zum halben Preis und leckeres Essen. Überleg's dir, ja?«

»In Ordnung. Aber warte mal nicht auf mich. Und jetzt renn zurück zu deiner Begleitung, die wartet sicher schon ungeduldig.« Der letzte Satz war völlig überflüssig, aber sie hatte ihn einfach anhängen müssen.

»Stimmt!« Leon schien sich selbst innerlich auf die Stirn zu schlagen. »Bis zum Wochenende dann!«

»Ich hab doch gesagt, ich weiß …«, begann Franka entrüstet, doch da war Leon längst wieder durch die Tür geschlüpft und in der kühlen, dunklen Nacht draußen verschwunden. Blödmann. Was bildete der sich eigentlich ein? Franka schüttelte den Kopf. Mainacht. Als Single. Sie konnte sich wahrlich Verlockenderes vorstellen, als ausgerechnet auf diese Weise in den Frühling zu starten.

11

Müde betrat Franka am nächsten Morgen die Bäckerei. Wie jeden Tag staute sich die Reihe der hungrigen, zum Teil noch schlaftrunkenen Menschen, die sich vor der Arbeit mit Semmeln, einer Zeitung oder einem Kaffee versorgten. Während sie ein leises Gähnen unterdrückte, stellte sich Franka hinten an und sog genüsslich den Duft von frischem warmen Gebäck in die Nase. Ihre Freundin Brit hatte sich heute selbst zum Frühstück eingeladen, weil sie endlich mal wieder einen Vormittag frei hatte. Brit finanzierte sich ihr Studium der Sozialpädagogik über einen anstrengenden, aber gut bezahlten Job in einem Callcenter und litt zum Teil sehr unter dem wechselnden Schichtdienst und dem ununterbrochenen Quasseln, das sowohl Arbeitgeber als auch Kunden von ihr verlangten. Franka fand genau das manchmal ganz praktisch: Wenn sie sich mit Brit traf, konnte es passieren, dass sie einfach gemütlich eine Flasche Wein leerten und Musik hörten, ohne viel zu reden. Keine kruden Männergeschichten oder begeisterte Online-Shopping-Attacken wie bei Katja, keine unangenehmen Diskussionen über die Zukunft wie mit ihrer Mama.

»Franka?« Die freundliche, aber immer einen Tick zu laute Stimme von Frau Schmitz riss sie aus ihren Gedanken.

Offensichtlich war sie schon an der Reihe. Doch bevor Franka ihre Bestellung aufgeben konnte, legte Frau Schmitz bereits los: »Frankalein, Mädel, was machst du denn? Wie kann denn so was sein? Wie kannst du uns denn so einen Schrecken einjagen?« Franka starrte Frau Schmitz irritiert und völlig überrumpelt an. Doch die kam gerade erst richtig in Fahrt. »Stimmt denn das überhaupt? Man sieht ja gar nichts. So was muss man doch merken, oder? Ich mein, Krebs hat man doch nicht von heute auf morgen, oder? Kindchen, jetzt sag doch was.«

»Gehirntumor.« Franka schoss das Wort aus dem Mund wie eine Pistolenkugel. Wie um Himmels willen hatte Frau Schmitz denn schon davon erfahren?

»Tumor?!« Der Schrei, in den die füllige Bäckersfrau das neue Schlagwort in Frankas Leben kleidete, zerschnitt das Gemurmel der anderen Kunden und Angestellten, die alle selbst in Verkaufsgespräche oder Nachbarschaftstratsch verwickelt waren. Plötzlich schien sich die volle Konzentration auf Franka zu richten. »Tumor?! Kind, das ist ja furchtbar! Deine Mutter sagte nur was von schwerer Krankheit, so was wie Krebs … Aber Gehirntumor?!«

Aha, Mama. Hatte sie es nicht für sich behalten können. Franka stöhnte genervt auf. Na warte, Mama, das klären wir. Aber jetzt war es zu spät. Ein Blick aus dem Augenwinkel machte Franka klar, dass mindestens drei ältere Damen aus der Nachbarschaft unter den Kunden waren, die hinter ihrem mitleidigen Blick ihr triumphierendes Grinsen darüber, endlich wieder eine ordentliche Neuigkeit im Viertel verkünden zu können, kaum zu verbergen versuchten. Franka konnte ihnen die Endorphine quasi an der Nasenspitze ansehen, die ihr »trauriges Schicksal« in den alten Tratschweibern gerade hervorsprudeln ließ.

Frau Schmitz hingegen stand blass und leicht schwankend hinter der Theke und wartete offensichtlich auf weitere

Auskünfte. Franka war hin- und hergerissen, entschied sich dann aber dafür, die nette Frau, die ihr schon als kleines Mädchen stets eine Brezel oder einen Lolli zugesteckt hatte, nicht völlig vor den Kopf zu stoßen.

»Ja, Tumor. Aber gutartig. Kann man operieren. Alles nicht so schlimm.« Fast wäre ihr ein Grinsen entwichen, so lächerlich kam sie sich selbst dabei vor. Nicht schlimm war ja prima. Wieso musste sie eigentlich ständig alle anderen beruhigen? Sie selbst war doch die Kranke, Bemitleidenswerte. Andererseits konnte sie gerade das kaum ertragen, dieses Mitleid, diese offen zur Schau getragene Hilflosigkeit, diese Unfähigkeit, sich der Tatsache zu stellen, dass das Leben eben nicht nur aus Eisschlecken bestand. Franka spürte, wie sich die Semmeln, Croissants und Baguettes in der Auslage vor ihr vor Anspannung wieder verdoppelten, wie sich die Bilder verschoben. Angestrengt kniff sie die Augenlider zu.

»Ja, und wird das dann wieder?« Frau Schmitz ignorierte die Schlange, die sich längst hinter Franka gebildet hatte. »Man muss das ja positiv sehen. Wunder gibt es immer wieder. Wobei – Ärzte sind Menschen, die machen oft Fehler! Ich habe erst gestern Abend bei RTL2 so eine Doku gesehen, das war eine Frau mit Brustkrebs und die …«

Franka öffnete die Augen wieder und bemühte sich, die Bäckerin so zu fixieren, dass sie nur einmal vor ihr stand – wenn sie auch für zwei redete. »Danke, Frau Schmitz, ich sehe das bestimmt alles sehr positiv. Aber jetzt habe ich es leider eilig, ich bekomme gleich Besuch zum Frühstück und brauche Semmeln.«

»Semmeln?« Frau Schmitz stand ganz offensichtlich noch immer neben sich. Doppelt sozusagen. »Ach ja, natürlich. Was magst denn, Kind?«

Das Kind, Mitte zwanzig, stöhnte innerlich auf, riss sich aber zusammen und bestellte höflich: »Zwei Rosinensemmeln und zwei Vollkorn, wie immer.«

»Ja, wie immer«, bestätigte Frau Schmitz und verpackte die gewünschte Ware. »Nimm sie so, Mädel, das hast du dir heute verdient.«

Franka, die kurz überlegte, ob sie eine Diskussion darüber beginnen sollte, ob es Sinn hatte, die Schwere einer Krankheit in Rosinensemmeln umzurechnen, biss sich auf die Lippen, dankte knapp und verließ fluchtartig den Laden.

»Und denk dran«, rief Frau Schmitz ihr mit besorgter Stimme nach. »Immer positiv denken. Dann schaffen wir das schon!«

Ihrer Mutter würde sie was erzählen! Ausgerechnet Frau Schmitz als eine der Ersten zu informieren, war wirklich das Letzte, was sie gewollt hätte. In Windeseile würde nun jeder in der Gegend von ihrem »tragischen Schicksal« wissen. Was das zur Folge haben würde, wollte sich Franka lieber gar nicht ausmalen.

12

Vor ihrer Haustür wartete Brit bereits ungeduldig. »Wo warst du denn so lange? Und warum guckst du so grantig?«, fragte sie, während sie ihre Freundin umarmte.

»Ach, erzähle ich später«, wehrte Franka ab und schloss auf. »Jetzt brauche ich erst einmal einen Milchkaffee und etwas zu essen!«

Eine halbe Stunde, zwei Milchkaffees und eine halbe Flasche Prosecco später hakte Brit erneut nach. »Welche Laus ist dir denn vorhin über die Leber gelaufen? Du hast ausgesehen, als würdest du dem Nächsten, der dir begegnet, in die Weichteile treten …«

Franka seufzte laut. »Über den Tumor, würde ich sagen, nicht über die Leber.«

Brit hob erstaunt den Kopf. »Über was?«

»Ich habe einen Tumor im Gehirn, ziemlich groß, beschissen platziert. Und meine Mutter war anscheinend so geschockt, dass sie die Neuigkeit ausgerechnet bei unserem Bäcker kommuniziert hat. Jetzt stand ich heute Morgen vor versammelter Mannschaft schon vor einer Art jüngstem Gericht.« Die Erinnerung an Frau Schmitz' Vortrag und ihre wenig motivierenden Tipps bezüglich der Wahrscheinlichkeit eines ärztlichen

Versagens brachte Franka im Nachhinein zum Lachen. »Das war echt absurd, wie im Film. So fühle ich mich gerade andauernd – als wäre ich einfach im falschen Film.«

»Mitten in einer Tränendrüsenschmonzette?«

»So ungefähr. Mitten in so 'nem Mist, den ich mir nie freiwillig anschauen würde. Da stehst du verschlafen morgens beim Bäcker und darfst Fragen zum Sinn deines Lebens beantworten. Das ist doch absurd! Ich mag die alte Schmitz, aber ich habe keine Lust, mit ihr meine Grundeinstellungen zu meiner Zukunft zu diskutieren.«

Brit rührte in ihrem Milchkaffee.

»Auch wenn ich Gefahr laufe, dasselbe zu tun, ich frage es trotzdem: Was passiert jetzt? Wie geht es weiter? Musst du operiert werden?«

Franka pickte Stück für Stück die Rosinen aus ihrer Semmel. Das hatte sie schon als kleines Mädchen getan – und ihre Mutter damit stets erfolgreich auf die Palme gebracht, weil hinterher Unmengen zerbröselter Semmelstücke auf dem Teller lagen. Aber sie liebte diese kleinen süß-klebrigen Kugeln im weichen weißen Teig so sehr, dass sie stets versuchte, sich das Beste zuerst herauszupicken, bevor sie die zerpflückten trockenen Reste später herunterspülte – früher mit Kakao, heute eben mit Milchkaffee.

»Na ja, er ist gutartig, das ist schon mal positiv.« Innerlich zuckte sie bei dieser Formulierung spontan zusammen. Schon das Wort »positiv« löste in ihr eine Art Abwehrhaltung aus – sogar wenn sie es selbst verwendete. »Trotzdem ist eine große Operation nötig und danach wird bestrahlt.« Wieder kam sich Franka vor, als hätte sie diesen Text auswendig gelernt wie ein Gebet in der Kirche, das die Gemeinde monoton aufsagt, ohne persönlich etwas damit zu verbinden.

Brit sah sie an, schwieg einen Moment und sagte dann schlicht: »Scheiße.«

Ja, Scheiße. Das war es. Das traf zu, und zwar völlig. Und wieder, wie schon bei der Redaktionskollegin am Telefon, fühlte sich Franka verstanden. Scheiße war es. Mitten im Leben, völlig unerwartet, warf sie dieser verflixte Tumor komplett aus der Bahn, machte sie zur Kranken, obwohl sie nicht unfitter war als noch in der Woche zuvor. Konfrontierte sie mit Reaktionen, die sie selbst überhaupt nicht nachvollziehen konnte. Riss ihr den Boden unter den Füßen weg und war gleichzeitig so surreal, dass sie es noch gar nicht wirklich begreifen konnte.

»Ja, scheiße. Aber so richtig.« Franka schmunzelte. »Du bist eine der Ersten, die das begreift.« Am liebsten wäre sie aufgestanden und hätte Brit umarmt.

Ein kurzes Schweigen herrschte zwischen ihnen, und für einen Moment fürchtete Franka, dass die Stimmung nun doch ins mitleidige Think-positive-Gehabe abrutschen könnte.

»Also hör mal …«, begann Brit, »machen wir einen Deal. Ich hasse ja Krankenhäuser und so was. Aber ich komme dich besuchen – unter einer Bedingung.«

»Und die wäre?«

Positiv denken, stöhnte Franka innerlich, an das Gute glauben, nicht aufgeben …

»Wenn du bei der Bestrahlung eine Glatze kriegst, will ich dabei sein, wenn du eine Perücke kaufst.«

Franka verschluckte sich an dem Prosecco, den sie gerade hinunterkippen wollte, um die erwarteten Ratschläge besser zu ertragen. »Du willst was?«

»Hey, komm, das ist doch cool! Ich wollte schon immer mal eine Perücke haben. Was würdest du nehmen? Blond und lang? Schwarz und kurz? Locken?« Brit strahlte ihre Freundin begeistert an und Franka starrte stumm vor Überraschung zurück. Plötzlich begann sie zu kichern.

»Brit, du bist gut, echt. Du bist genau das, was ich gerade brauche. Ja, ich verspreche es, wir suchen gemeinsam nach

Perücken. Und wir werden eine ganze Menge Spaß dabei haben.«

»Komm, hol mal dein Tablet!«, forderte Brit. »Lass uns einfach schon mal schauen, man kann nie früh genug damit anfangen. Und wer weiß, wie du dann drauf bist. Vielleicht weißt du gar nicht mehr, wer du bist und was du eigentlich willst. Da macht es doch Sinn, das vorher zu klären. So wie eine Art Testament. Zu vererben hast du nicht viel …« Sie blickte sich in Frankas chaotischem Appartement um, in dem sich Stapel zerlesener Bücher neben Bergen ungewaschener Wäsche türmten. »Dann hinterlass mir wenigstens deinen konkreten Wunsch für eine Perücke.«

Franka stockte kurz. Die Vorstellung, so sehr die Kontrolle verlieren zu können, hatte sie bisher erfolgreich verdrängt. Aber im Prinzip hatte Brit recht.

»In Ordnung. Komm, wir füllen den Prosecco auf und dann geht's ins Internet. Was meinst denn du? Echt blond und lang?« Für einen kurzen Moment schoss ihr das Bild der kleinen Blonden durch den Kopf, die Leon bei sich gehabt hatte. Ob der auf blond stand? »Blond mal gar nicht!«, beschloss sie deshalb sofort. »Aber rot fände ich witzig.«

Gemeinsam beugten sie sich über das Tablet und begannen zu googeln. Gackernd wie Teenager klickten sie sich durch die Modelle, fanden Seiten, in denen man sein Foto hochladen und die unterschiedlichen Perücken ausprobieren konnte. Sie variierten die Farben und die Längen, bis sie beide leicht beschwipst kichernd auf dem Sofa lagen.

»Genau so möchte ich damit umgehen«, japste Franka. »Das ist die einzige Chance, mit diesem Scheißteil im Kopf klarzukommen.«

Das Lachen verstummte sofort und Brit blickte ihrer Freundin ernst in die Augen. »Dann mach es genau so, Franka.« Sie rang ganz offensichtlich mit sich, gab sich dann innerlich einen Schubs und fragte: »Hast du Angst zu sterben?«

Eine merkwürdige Stille herrschte plötzlich dort, wo gerade eben noch herumgealbert und gelacht worden war. Franka spielte mit den Fransen ihrer kuscheligen Sofadecke.

»Ich weiß nicht«, antwortete sie leise. »Angst ist ein großes Wort. Und sterben – darüber nachzudenken habe ich mich bisher gar nicht getraut. Das war noch so weit weg.«

Brit, sonst eher distanziert und, ganz anders als Katja, eine, die sich nur ungern körperlich näherte, indem sie ihr Gegenüber stürmisch umarmte oder sich fröhlich unterhakte, streichelte ein wenig hilflos über Frankas Handrücken. »Und plötzlich ist es ganz nah, oder?«

Franka nickte. Genauso war es. Themen, die sie sonst eher der Generation ihrer Oma oder den Damen bei Bäcker Schmitz zuschob, bauten sich auf einmal riesengroß und bedrohlich vor ihr auf. Und die Themen, die sonst ihren Alltag dominierten, die Uni, die Partys, die Klamotten, das alles war schlagartig unwichtig geworden. Ihr ganzes Leben war bis auf die üblichen Querelen als Teenager oder den ein oder anderen Liebeskummer um mehr oder weniger begehrenswerte Männer bisher so unbeschwert verlaufen, dass es ihr rückblickend fast naiv, ja verschwendet erschien. Doppelbilder, schoss es ihr durch den Kopf. Ich fange tatsächlich an, alles aus einer zweiten Perspektive zu sehen.

»Ich denke nicht wirklich über Dinge wie den Tod nach, das ist mir zu abstrakt«, überlegte Franka laut vor sich hin. »Aber abends, im Bett, wenn ich mir die Decke über den Kopf ziehe, dann ertappe ich mich schon dabei, mir zum Beispiel zu überlegen, ob es überhaupt Sinn hat, mein Studium zu beenden, weitere Praktika zu machen. Werde ich je wirklich arbeiten?« Brit schaute sie einfach an. Antworten auf solche Fragen gab es vielleicht tatsächlich keine. Einen Moment blieb es still. »Auch was Männer angeht, Beziehungen …« Franka zögerte. Schon wieder tauchte Leon vor ihr auf. Bei aller Skepsis schien er irgendetwas an sich zu haben, das sie nicht mehr losließ. »Ich könnte mich doch gar nicht auf jemanden einlassen jetzt. Den würde ich in so viel Stress mit reinziehen. Und ich weiß doch auch nicht, ob ich überhaupt irgendeine Zukunft habe, die ich mit ihm planen und mir erträumen kann.«

»Ich würde dir die Angst gerne nehmen«, murmelte Brit. »Aber ich weiß echt nicht, wie.«

»Vielleicht geht es gar nicht darum, sie mir zu nehmen«, überlegte Franka weiter. »Vielleicht geht es darum, sich ihr zu stellen, sie anzunehmen. Natürlich besteht die Gefahr, nicht mehr aus der Narkose aufzuwachen. Das kann man nicht schönreden. Und man sollte es auch nicht. Aber ich will mich auch nicht völlig verrückt machen. Nur positiv sehen funktioniert nicht. Im Gegenteil, dieses Think-positive-Gerede ist die verlogenste Methode überhaupt. Und es macht mich aggressiv.« Franka hatte wieder begonnen, mit den Semmelresten auf ihrem Teller zu spielen, als sich ihr Gesicht erhellte und sie wieder zu ihrer Freundin schaute. »Aber mit dir trotzdem noch Spaß zu haben, so wie eben mit den Perücken, das tut gut. Schreckliche Frisuren aussuchen und trotzdem lachen – das hilft.« Dankbar strahlte sie Brit an und drückte ganz kurz ihre Hand.

Brit nickte. »Das klingt gut. Ich habe irgendwann mal einen Spruch gehört, den fand ich wirklich genial, weil er genau das auf den Punkt bringt. Ich glaube, den hat einer gesagt, der wusste, dass er seine Krebserkrankung nie besiegen wird. Und gerade deshalb war ihm klar, nicht ständig dagegen kämpfen, sondern mit ihr leben zu müssen, ihr sogar am besten mit Humor zu begegnen.«

»Und was genau war dann sein Motto?« Franka schaute Brit erwartungsvoll an.

»Tumor ist, wenn man trotzdem lacht.«

Franka griff nach ihrem Proseccoglas, hob es an wie zu einem Toast und verkündete: »Jawohl. Das wird mein Motto: Tumor ist, wenn man trotzdem lacht!«

13

Das Handy klingelte, als Franka nachmittags auf dem Weg zu ihrer Mutter war, um den Geburtstag der Oma im Detail zu planen. »Franka? Ich musste dich einfach anrufen. Stimmt es, was Frau Minster sagt? Du kommst erst einmal nicht zurück an die Uni?«

Steffi war eine Kommilitonin, mit der Franka oft gemeinsam Seminare belegte, weil sie als Team gut zusammengearbeitet und schon so manche Seminararbeit in langen Nachtschichten kurz vor Abgabetermin gestemmt hatten. Eine Freundschaft war daraus nicht geworden, aber als Studienkolleginnen hatten die beiden schon oft voneinander profitiert. Steffi zu benachrichtigen und darüber zu informieren, dass sie als Co-Autorin erst einmal ausfallen würde, hatte Franka völlig verschwitzt. Ein schlechtes Gewissen machte sich sofort in ihr breit.

»Oh Mist, tut mir leid, Steffi. Ich hab es vergessen. Aber mal ganz davon abgesehen: Das ist ja schon ein wenig dreist, wenn Frau Minster meinen Tumor ausposaunt. Von Datenschutz hält die gute Frau auch nichts, oder?« Das andere Ende der Leitung blieb kurz still. »Steffi? Bist du noch da?«

»Ja, klar. Ich … wusste nur gerade nicht, was ich antworten soll«, gab Steffi offenbar betroffen zu. »Von Tumor hat die Minster nichts gesagt. Ich dachte, du nimmst dir halt frei.«

Franka lachte leise, doch schnell hatte sie der Ernst wieder eingeholt.

»Das wäre schön. Nein, ich falle aus. Gehirntumor, große Operation. Die nächste Arbeit wirst du ohne mich schreiben müssen.«

Steffi schwieg wieder. Sie schien krampfhaft zu überlegen, wie man mit solchen Neuigkeiten angemessen umgehen sollte. Sie passten nicht in die schöne, spaßige Welt des Studentenlebens, in dem es meist mehr um Events ging als um ernste Inhalte. »Das ist … ja nicht schön. Also gar nicht schön. Aber immerhin hast du Pause, oder?«

»Pause?«

»Na ja, sozusagen Urlaub. Sonderurlaub. Genieß die Zeit doch einfach. Ist doch auch mal prima, so ein freies Semester, oder? So viel Zeit für dich hast du vielleicht nie wieder.« Das Schweigen, das dieser bemüht fröhlichen Feststellung folgte, war unangenehm.

Franka blieb mit dem Handy am Ohr stehen. Meinte Steffi das wirklich ernst?

»Also Urlaub, ich weiß nicht. Den stelle ich mir anders vor. Ich mache das ja nun wirklich nicht freiwillig«, begann sie zu erklären.

Doch Steffi, ganz offensichtlich völlig überfordert, fiel ihr ins Wort: »Ja, nee, schon klar. Du, Franka, sorry, aber ich muss los. Es tut mir echt leid und ich melde mich mal wieder. Mach's derweil gut und halt die Ohren steif, ja? Und: Hals- und Beinbruch, das wird schon.«

Ein leises »Klick« beendete das Gespräch. Franka starrte irritiert auf ihr Handy. Konnte es sein, dass Menschen so hilflos waren, wenn die Realität in ihre rosarote Welt einbrach? Bestand das nette Studentenleben aus oberflächlichen Banalitäten, vorgehaltenen Masken, hinter denen sich, einmal heruntergerissen, nur Fratzen verbargen? Aus Beziehungen und Freundschaften, die nur so lange funktionierten, wie alles glattlief und problemlos funktionierte? Und war sie bisher ein brav angepasster Teil davon gewesen?

Seufzend setzte sich Franka wieder in Bewegung. Die Unfähigkeit ihres Umfelds, ihrer Situation irgendwie sachlich zu begegnen, begann langsam, sie wütend zu machen. Natürlich war es nicht einfach, in so einer Situation die richtigen Worte zu finden. Aber »Hals- und Beinbruch« war nun wirklich absurd.

Leise schnaufend schloss Franka die Tür zur Wohnung ihrer Eltern auf, die sie mittlerweile erreicht hatte. Hier würden ihr die nächsten Gespräche bevorstehen, so viel war klar.

»Hallo Franka«, rief ihre Mutter aus der Küche, als sie den Schlüssel in der Tür vernahm. »Schön, dass du da bist. Geht es dir gut, Schatz?«

»Mama, wieso hast du ausgerechnet Frau Schmitz vom Tumor erzählt?« Der Ärger über das Gespräch mit Steffi und die Wut über die Situation am Morgen in der Bäckerei potenzierten sich plötzlich.

Erstaunt drehte sich ihre Mutter zu ihr um. »Frau Schmitz? Wieso denn nicht? Die hat gefragt, wie es dir denn ginge, und was sollte ich antworten? – Gut?«

Franka seufzte. »Nein. Aber du hättest ja nicht so konkret werden müssen.«

»Stimmt.« Ihre Mutter setzte sich zu ihr. »Aber weißt du, ich mache mir Sorgen. Du willst das nicht hören und das ist vielleicht auch gut so. Aber ich habe Angst, kann nachts nicht schlafen. Und ich kann das nur verarbeiten, wenn ich darüber rede. Es ist doch auch kein Geheimnis, Franka.«

»Nein, natürlich nicht. Aber ich will auch nicht von jedem angesprochen werden und gute Tipps bekommen.«

»Ach, Kind. Die Leute meinen das nett.«

»Nett? Wenn sie mir erzählen, was die Ärzte alles für Fehler machen und dass die Tochter der Nachbarin daran gestorben ist?«

Die Mutter riss die Augen auf. »Die Tochter unserer Nachbarn ist tot?! Das wusste ich ja noch gar nicht …«

Franka stöhnte. »Nein, Mama! Ist sie nicht. Setz bloß keine Gerüchte in die Welt. Ich rede von der Tochter einer Nachbarin der Unisekretärin.« Sie kam sich plötzlich albern vor. »So weiß jeder eine Geschichte, von allen Seiten hört man von Leuten, die auch jemanden kennen, der einen Tumor hatte. Ich will das nicht!«

Frankas Mutter streichelte ihrer Tochter über den Kopf. »Ich weiß. Aber du musst die Leute verstehen. Die sind unsicher, wissen nicht, wie sie reagieren, was sie sagen sollen. Und sie meinen das dann eigentlich nur lieb.«

»Lieb!? Ich glaub, die haben einfach nur Angst, selbst betroffen sein zu können! Die sehen plötzlich, wie nah so ein Schicksal ist, dass es sie selbst genauso ereilen könnte. Wie schnell so eine Heile-Welt-Fassade bricht. Und das versetzt sie in Panik. So einfach ist das. Mit mir hat das erst mal gar nichts zu tun. Ich habe nur das große Los gezogen und darf als Preisgeld auch noch das dumme Gerede über mich ergehen lassen.«

Die Mutter seufzte erneut.

»Wahrscheinlich hast du recht. Und trotzdem darfst du das nicht verurteilen. Sieh es selbst positiv.«

Laut fluchend sprang Franka auf und ihre Mutter zuckte erschrocken zusammen. »Ich kann das Wort nicht mehr hören! Positiv!? Was genau soll ich positiv sehen? Dass ich dieses Teil da im Kopf habe, aber noch nicht sabbere, humple oder alles vergesse? Soll ich mich freuen, dass ich derzeit noch lebe – wer weiß, wie lang? Ist es positiv, dass vor mir Wochen liegen, die alles andere als lustig sein werden? Und dass ich überhaupt nicht weiß, was danach kommt? Dass ich nicht einmal weiß, ob ich überhaupt noch eine Zukunft habe?« Franka wurde rot und laut vor Zorn.

Ihrer Mutter rannen die Tränen über das Gesicht. »Nein. Nein. Du hast ja recht. Das sagt man halt so. Und es nutzt doch auch nichts, sich da hineinzusteigern, sich verrückt zu machen. Man muss doch hoffen, an das Gute glauben …«

»Und weil du das tust, erzählst du allen davon? Hausierst beim Bäcker mit den Neuigkeiten, obwohl du weißt, dass es dann jeder weiß?« Franka bebte vor Wut.

Nun wurde auch die Mutter zornig. Sie erhob sich ebenfalls vom Stuhl, stemmte die Hände in ihre Hüfte und stand Franka jetzt auf Augenhöhe gegenüber. »Jetzt ist aber gut. Ich verstehe dich ja, aber ich lasse mir auch nicht den Mund verbieten. Du musst damit leben – genau wie ich. Und am besten, wir kriegen das gemeinsam hin. Ich sehe ja ein, dass dich das nervt, aber wir können nun mal nichts daran ändern.«

»Nein, können wir nicht.« Von einer plötzlichen Müdigkeit übermannt, ließ sich Franka wieder auf die Eckbank sinken. Diese Küche war ihr schon immer der liebste Raum im Haus ihrer Eltern gewesen. Der alte Wamsler-Herd in der Ecke, der im Winter mit Holz geschürt wurde, verströmte eine heimelige, angenehme Wärme und erinnerte an Bratäpfel-Nachmittage ihrer Kindheit. Die Eckbank war der zentrale Ort der Familie: Spieleabende, Geburtstagsessen, Vokabelpauknachmittage – alles hatte sich hier abgespielt. Die Wanduhr tickte und schlug einmal pro Stunde. Das alles gab ihr das Gefühl, daheim und sicher zu sein. Natürlich hatte es auch immer mal Ärger und Diskussionen gegeben. Frankas ersten Freund fanden ihre Eltern fürchterlich, ihre Kleider waren eine Weile durchweg zu kurz gewesen und das Piercing im linken Nasenflügel der Anlass zu wochenlangen Streitgesprächen. Aber im Großen und Ganzen hatte sich Franka mit ihrer Familie immer gut verstanden. Und sosehr sie sich freute, endlich eine eigene Wohnung zu haben, so gern kehrte sie doch ab und zu an den heimischen Küchentisch zurück.

»Franka.« Jetzt war ihre Mama wieder ganz Mama und setzte sich zurück an den Tisch. »Hey. Ich verstehe dich. Oder –

eigentlich kann ich das wahrscheinlich gar nicht. Niemand kann das. Niemand kann sich vorstellen, was gerade in dir vorgeht. Aber wir sind alle da. Und wir haben alle Angst. Doch gemeinsam werden wir mit allem fertig. Vielleicht hast du recht – das Schönreden hilft nichts. Aber Panik machen auch nicht. Und streiten schon gar nicht. Okay?«

Franka blickte auf und nickte. »Okay.«

»Und jetzt lass uns Omas Geburtstag planen«, wechselte Frankas Mutter das Thema. »Der steht nämlich erst mal an. Womit sollen wir beginnen? Mit der Kuchenliste?«

Franka nickte wieder.

In den nächsten zwei Stunden planten die beiden die Feier in jedem Detail. Einladungskarten, Gästeliste, das Menü – Oma sollte den Tag so richtig genießen. Achtzig. Stolzes Alter. Ob sie selbst je so alt werden würde? Vielleicht war jetzt, mit Mitte zwanzig, alles vorbei. Würde für sie jemals jemand zum Achtzigsten Torten backen und Gäste einladen? Vielleicht war ihr letzter Geburtstag längst vorbei.

Auch diese Gedanken beschloss Franka beiseitezuwischen. Es nutzte tatsächlich nichts, Panik zu machen. Im Gegenteil: Sie wollte die Feste feiern, wie sie fielen. Dazu gehörte jetzt Omas Geburtstag. Und, fügte sie plötzlich von tiefem Frust auf prickelnde Euphorie umschwenkend hinzu, sie würde auch auf die Maifeier im »Luigi« gehen – warum denn nicht? Was hatte sie zu verlieren?

Durch diesen Gedanken neu motiviert, begann sie vergnügt vor sich hin zu summen.

Ihre Mutter sah erstaunt auf, schaute ihrer Tochter eine Weile zu und schüttelte dann den Kopf. »Du bist ein verrücktes Huhn«, sagte sie leise. »Aber ich bin froh, dass du so bist.«

14

In der Mainacht war das Café »Luigi« schon um acht gut besucht. Franka und Katja schoben sich an den Rauchern vor dem Eingang vorbei, die sich unter Heizstrahlern aneinanderdrängten, und wurden bereits im Flur von lauter Musik empfangen.

»Ist das live?«, fragte Katja und sah sich um.

Franka zuckte mit den Schultern. Sie hatte überhaupt keine weiteren Informationen zum Programm des Abends. An Mamas Küchentisch war der Beschluss gefallen, auch diese Party einfach mitzunehmen – danach hatte sie versucht, die aufkommende Unruhe, die sie damit in sich auslöste, möglichst im Keim zu ersticken.

Katja war natürlich sofort begeistert gewesen, als sie von Frankas Wochenendplänen hörte. Ihre Freundin auf chillige Partys zu begleiten, fiel ihr ungemein leichter, als mit ihr in nach Desinfektionsmittel riechende Kliniken zu gehen. »Ist da nicht auch dieser Kellner, der dir so gefällt?«, fragte sie, als sie Franka abholte und diese ratlos vor dem Spiegel vorfand.

»Ich weiß nicht, wovon du redest!«, behauptete diese einen Tick zu schnell, während sie sich entnervt das dritte Oberteil in Folge vom Leib riss und es ungeduldig zu Boden warf.

»Dafür ist es dir aber ziemlich wichtig, dich in Schale zu schmeißen.« Katja legte nur zu gern den Finger in die Wunde. »Nimm das Rote, das steht dir am besten.«

Widerwillig schlüpfte Franka in die Bluse, die ihr Katja grinsend hinhielt, nickte dann einigermaßen befriedigt ihrem Ebenbild zu und trat die restlichen Kleidungsstücke schwungvoll auf die Seite.

»Ich geh für mich da hin«, betonte sie unterwegs mantramäßig. »Weil ich Lust dazu habe und weil ich einen netten Abend haben will. Mehr nicht.«

Im Hauptraum des Cafés angekommen, blickte sich Franka schnell um.

»Suchst du jemanden?« Katja grinste. Ertappt.

»Nee. Wieso?« Franka schüttelte energisch den Kopf mit den schulterlangen Haaren.

»Du schaust so suchend. Vielleicht doch den schnuckeligen Kellner?«

»Ich weiß nicht, wen du meinst«, konterte Franka schnippisch, aber wieder zu schnell, um glaubwürdig zu erscheinen.

Ihre Freundin lachte. »Natürlich weißt du das. Und er auch. Er hat dich längst im Visier.« Ihr Kopf zuckte zum anderen Ende des Raumes.

Franka schnellte herum und erspähte Leon hinter der Theke, der neugierig zu ihr hinübersah. Als er ihren Blick bemerkte, winkte er und rief etwas.

»Was hat er denn?«

Katja warf ihrer Freundin einen verschwörerischen Blick zu, aber Franka tat, als sei ihr egal, was Leon wollte. Katja winkte fröhlich zurück. »Ich versteh ihn nicht, aber vielleicht will er uns einen ausgeben. Komm, wir gehen hin. Marco ist eh noch nicht hier.«

»Marco kommt auch?« Franka konnte ihre Enttäuschung nicht verbergen und stoppte abrupt. Sobald dieser coole

Schönling auftauchte, wäre Katja den Rest des Abends beschäftigt, das kannte sie schon. Und sie würde alleine dastehen. Konnte sich ihre Freundin nicht mal in solchen Situationen Zeit für sie nehmen? Schon wieder ertappte sich Franka bei diesen verflixten »Doppelbildern« – einerseits forderte sie, normal behandelt zu werden und ihr altes Leben weiterführen zu dürfen, andererseits beanspruchte sie durchaus besondere Aufmerksamkeit.

Katja war zu sehr in Feierlaune, um sich von Frankas schlechter Stimmung herunterziehen zu lassen. »Na los.« Sie schob die widerstrebende Franka Richtung Theke. »Was zickst du denn so? Sei mal freundlicher, sonst wird das nie etwas …« Die letzten Worte hatte sie nur noch herübergezischt. »Hi!« Jetzt strahlte sie Leon über das ganze Gesicht an. »Hast du uns so nett zugewunken?«

Wem denn sonst?! Franka verdrehte die Augen.

»Allerdings. Vor allem Franka.«

Katja zog die frisch gezupften Augenbrauen überrascht nach oben. »Oh, là, là, ihr kennt euch also doch schon näher?« Ihr Blick wanderte zwischen dem grinsenden Kellner und ihrer schnippisch dreinschauenden Freundin hin und her. »Wusste ich ja gar nicht.«

»Nicht? Wir waren sogar schon zusammen im Kino«, behauptete Leon frech. Um dann, als er Frankas wütende Reaktion sah, etwas unsicherer hinzuzufügen: »Also wir waren gleichzeitig da.«

»Im Ernst?!« Jetzt sah Katja Franka vorwurfsvoll an. »Hast du mir gar nicht erzählt. Das ändert einiges. In welchem Film wart ihr denn?«

»Ziemlich beste Freunde.« Leon zögerte.

»Oh, das ist aber … also, wie passend zur Situation …«, wollte Katja gerade erklären, als Franka ihr ärgerlich dazwischenfuhr.

»Ist doch jetzt egal. Gibt's hier nichts zu trinken? Ich dachte, du bist Kellner!«

»Heute mal wieder schlecht gelaunt?«, fragte Leon merklich kühler und wich einen Schritt zurück. »Was darf ich euch anbieten?«

»Gin Tonic.« Franka gelüstete es nach Betäubung, möglichst kühl und möglichst schnell.

Als sich Leon umdrehte, um die Getränke zu holen, fuhr Katja Franka ungeduldig an: »Was soll denn das? Der Typ ist doch echt nett. Und anscheinend kennt ihr euch ja auch. Warum lässt du denn deinen Frust schon wieder an dem aus? Ich verstehe ja, dass dich das alles nervt, und vielleicht wäre ich auch schlecht drauf, wenn ich so krank wär, aber …«

»Jetzt hör mir mal zu, Katja.« Franka trat ganz nah an ihre Freundin heran. »Ich bin nicht schlecht gelaunt. Mich nervt der Typ. Und ich will nicht, hörst du, gar nicht, dass heute Abend irgendwie über den Scheißtumor geredet wird. Ist das klar?« Ihre Stimme war laut geworden.

»Jaja, ist ja okay«, nickte Katja leise und sichtlich erschrocken. »Ist ja gut. Deswegen musst du doch nicht so austicken.«

Wortlos stellte Leon die Getränke ab und markierte die Pappdeckel darunter. Schuldbewusst blickte Franka ihn an, doch bevor sie irgendetwas als Entschuldigung über die Lippen brachte, hatte er sich bereits umgedreht und den nächsten Gästen gewidmet.

Dann halt nicht, dachte Franka und wandte sich wieder Katja zu. Doch auch die war mittlerweile in der Menge verschwunden. Na prima, stöhnte Franka, keine zehn Minuten vor Ort und zwei Leute verprellt. Die einzigen zwei, die ich kenne. Das scheint wirklich die Party meines Lebens zu werden.

Sie schnappte sich ihr Glas und beschloss, erst einmal die Räumlichkeiten zu erkunden. Die Sofas waren alle an den Rand gerückt, um in der Mitte des Cafés eine kleine Tanzfläche zu schaffen, die für die frühe Stunde schon ganz gut besucht war. Daneben war tatsächlich ein kleines Schlagzeug aufgebaut. Sein Besitzer hämmerte hingebungsvoll darauf ein, während neben ihm ein Bassist und ein Sänger ihre Songs zum Besten gaben. Der Sound war gar nicht so schlecht, und Franka beschloss, sich endlich auf das Jetzt zu konzentrieren und den Abend zu genießen. Sie stellte ihren Gin Tonic ab und schlenderte Richtung Tanzfläche.

Tanzen war nicht wirklich ihre Stärke, aber sie musste hier ja nicht, wie damals beim Abschlussball, mühsam eingeübte Schrittfolgen einhalten. Sie lachte kurz auf bei der Erinnerung an den langen Abend in der Turnhalle des Gymnasiums, bei dem ihr ihr damaliger Freund so oft auf die Füße getreten war, dass ihr die Zehen noch Tage später schmerzten. Umso wohltuender war es doch nun als Single, sich ganz allein und ohne das Risiko, verletzt zu werden, von der Musik mitreißen zu lassen, ganz ohne Nachdenken, einfach mal abschalten.

Drei Songs später machte die Band Pause und Franka steuerte ihren Gin Tonic wieder an, in dem das Eis längst geschmolzen war. Sie kippte ihn leicht angewidert hinunter und beschloss, vor dem nächsten Drink erst einmal die Toilette aufzusuchen.

Das Neonlicht im Waschraum der Damen blendete Franka und ließ die Doppelbilder, die sie ständig verfolgten, noch krasser erscheinen. Erschöpft lehnte sie kurz die Stirn an den kühlen Spiegel, der ihr Antlitz doppelt zurückwarf, und schloss die Augen.

»Hey«, sagte da jemand neben ihr, »du bist doch die aus dem Kino, oder?«

Na klar, Blondie war auch hier, das hätte sie sich denken können. Die hatte ihr jetzt gerade noch gefehlt. Franka blickte auf. »Ja«, murmelte sie und begann, sich die Hände zu waschen.

»Alles okay mit dir?«

»Ja.«

»Du siehst blass aus und dein linkes Auge …«

Franka ignorierte sie und trocknete sich die Hände an dem unsäglichen Handföhn, nach dem man sich immer noch einmal die feuchten Handflächen am Hosenboden schrubben musste, um sich einigermaßen getrocknet zu fühlen. Dann eilte sie Richtung Tür. Doch Blondie war schneller.

»Leon hat von dir erzählt. Hat er schon gesehen, dass du da bist? Das freut ihn bestimmt.« Wollte die Tante sie verarschen?

»Ich … ähm … ja, hat er.« Franka wusste nicht recht, was sie antworten sollte. Blondie ignorierte das.

»Schön. Ich hol mir noch mal was. Willst du auch?«

Franka starrte auf das Glas in ihrer Hand, das sie gerade eben vom Rand des Waschbeckens mitgenommen hatte. Leer. Eindeutig.

»Ich weiß nicht, also … ach, egal. Ja, klar, ich komme mit.«

Gemeinsam kämpften sich die beiden Frauen erneut durch das Gewühl Richtung Bar. Die Blonde schien nach Leon zu suchen, Franka war es nur recht, dass er gerade nicht in Reichweite war.

»Was willst du?«

»Gin Tonic.«

»Zwei Gin Tonic«, bestellte Blondie bei einer hübschen Braunhaarigen, die Franka auch als Mitglied von Luigis Stammbelegschaft erkannte. »Wo ist denn Leon, Sabrina?«

»Weiß nicht, im Zweifelsfall macht er schon wieder eine Rauchpause.« Sabrina reichte ihnen die zwei Gin Tonic, eisgekühlt. Blondie prostete Franka zu.

»Ich bin Sarah. Und du Franka, richtig?«

»Richtig.«

Franka nahm einen tiefen Schluck. Eigentlich war Sarah gar nicht so unsympathisch. Und wer ihr Freund war, konnte ihr ja nun wirklich egal sein.

Sie nahm einen tiefen Zug Gin und beschloss, ab jetzt einfach freundlich zu sein.

»Und was machst du so, Sarah?«

»Ich arbeite in einem Büro. Aber eigentlich wäre ich gern Model, ich bin ganz neu in der Branche. Ach, das ist so aufregend!« Die kleine Blonde quietschte vor Vergnügen.

»Im Ernst? So richtig profimäßig?« Franka spürte einen Hauch Neid in sich aufkeimen.

»Na ja, noch nicht so richtig. Ich wurde jetzt mal für ein kleines Modehaus in einem Vorort fotografiert, das war bisher der größte Auftrag. Was dann noch kommt, bleibt abzuwarten. Wie jedes Model träume ich von Paris oder New York, aber bis dahin ist es weit. Und mit Freund und Familie auch nicht einfach …«

»Was sagt denn Leon dazu?« Franka konnte sich die Neugier nicht verkneifen.

»Der findet das gar nicht gut, erzählt mir ständig, dass das zu nichts führt, dass ich nur ausgenutzt werde, dass ich was Richtiges machen soll, etwas mit Zukunft und sicherem Einkommen.«

»Wie als Kellner?« Franka grinste hämisch, doch Sarah schien verwirrt.

»Na ja, das ist ja nur sein Job. Eigentlich studiert er doch Architektur. Wusstest du das nicht?«

»Nein.« Franka blickte sich betont lässig im Raum um. Wo war er denn eigentlich, der Herr Architekt? Hatte er schon gesehen, dass sie ausgerechnet mit seiner Liebsten plauschte?

Tatsächlich tauchte er just in diesem Moment aus der Menge auf und stutzte kurz, als er sie neben Sarah erblickte.

»Na, ihr habt euch ja offensichtlich schon kennengelernt. Sarah – Franka.« Abwechselnd deutete er mit der Hand auf die jeweils andere.

»Wissen wir«, fuhr ihm Sarah dazwischen. »Aber stell dir vor, Franka wusste gar nicht, dass du Architektur studierst. Sie dachte, du bist echt Kellner.« Ihr Kichern ging in der wieder lauter werdenden Musik fast unter. »Dabei wusstest du doch genau, dass sie Journalistin wird, derzeit ebenfalls noch studiert und gleich beim Bäcker Schmitz um die Ecke …«

»Sarah, ist gut.« Offensichtlich konnte auch Leon laut und deutlich werden.

Jetzt hatte Franka endlich die Oberhand. Sie nahm noch einen Schluck Gin Tonic, beugte sich vor, blitzte ihn an und fragte herausfordernd: »Ich dachte, du spionierst mir nicht mehr nach?« Ihr war es egal, ob seine Freundin neben ihr gleich die Krise kriegen würde. Sollte sie ruhig wissen, was für einen Hund sie da an der Leine hatte!

»Tue ich nicht! Habe ich noch nie getan!« Leon wirkte jetzt eher unsicher als wütend. »Ich hab halt mal gegoogelt, nur so, weil … weil du da in der Telefonzelle und hinterher so durcheinander gewirkt hast. Und im Netz fand ich dann einen Artikel von dir aus der Unizeitung. Und deine Adresse hatte ich ja eh … ach, ist doch scheißegal. Ich immer mit meinem bescheuerten Helfersyndrom. Man kann es euch eh nie recht machen!«

Wutschnaubend schob er die Tanzenden vor ihnen beiseite und verschwand erneut zwischen den schwitzenden Leibern. Ratlos blickte Franka zu Sarah. Die schien die ganze Situation völlig kaltzulassen. Von Eifersucht oder Unverständnis war jedenfalls nicht viel zu spüren.

»Ist der immer so schnell sauer?«

Sarah zuckte mit den Schultern. »Eigentlich nicht. Nur wenn ihm etwas wichtig ist.« Sie grinste.

Himmel, wo war sie gelandet? Wie war die denn drauf? Wenn Leon ihr, Frankas, Freund gewesen wäre, dachte Franka irritiert, dann hätte sie das nicht so kaltgelassen. Schon als seine Nicht-Freundin brachte der Typ ihr Blut in Wallung. Als seine Freundin hätte sie ihm wahrscheinlich die Augen ausgekratzt.

Aber Sarah stand seelenruhig da und schlürfte mit ihrem Strohhalm die Ginreste zwischen den Eiswürfeln heraus.

»Was starrst du mich denn so an? Leon war schon immer so, ich bin daran gewöhnt. Ich rege mich schon lange nicht mehr über ihn auf.«

In diesem Moment kam von hinten ein junger Mann auf Sarah zu, packte ihre Taille und riss sie stürmisch herum, sodass sie mit Schwung in seinen Armen landete. Mit einem dicken Kuss schloss er ihren Mund, bevor sie auch nur einen Laut von sich geben konnte. Entsetzt sah Franka zu, wie Sarah, statt den Typen von sich zu stoßen, den Kuss innig schmatzend erwiderte. Gerade dass der Sabber nicht noch deutlicher floss … Franka schüttelte sich. Manche Beziehungen musste man nicht verstehen.

Endlich hatten die zwei Feuchtfröhlichen aufgehört, einander niederzuknutschen.

»Darf ich dir Sascha vorstellen, Franka? – Sascha, das ist Franka.«

»Freut mich.« Stahlblaue Augen, dunkle Haare und ein grübchenverziertes Grinsen.

»Hi.« Süßer Typ.

»Franka ist wegen Leon hier«, erläuterte Sarah.

»Nein. Das stimmt nicht. Gar nicht!«, protestierte Franka, doch Sarah lachte nur.

»Klar ist sie das. Und Leon springt voll drauf an.«

Nun wurde es Franka tatsächlich zu bunt. Erstens war sie keinesfalls wegen Leon hier, oder zumindest nicht offiziell, also eigentlich war sie eher trotz als wegen Leon da. Und dann – wieso schien Sarah sich genau darüber so zu amüsieren? Schaffte ihr das freie Bahn für – wie hieß der Schönling? Sascha?

»Also wenn du mich als Alibi brauchst, um Leon zu betrügen, dann kannst du das vergessen«, zischte sie erbost.

Sascha gluckste und sein Blick sprang zwischen den beiden Frauen hin und her wie ein Pingpongball.

»Leon betrügen?«

Auch Sarah grinste. Plötzlich wurde Franka klar, wie unglaublich absurd sie sich gerade verhielt.

»Du hast nicht ernsthaft geglaubt, Leon und ich …« Sarah grölte lauthals los. »Leon ist mein Bruder! Das nervigste Mannsbild meines Lebens, der, der mir schon im Sandkasten die Schaufel geklaut und später lebendige Spinnen ins Bett gelegt hat. Er kann ja ein netter Kerl sein, zu anderen Frauen jedenfalls, aber egal, was ihr an ihm findet – mir wäre er echt zu anstrengend. Dazu die chaotischen Familienverhältnisse, die wir mitbringen … Leon ist nicht einfach, das sag ich dir. Und zuverlässig auch nicht.« Sie stoppte, überlegte kurz und fuhr dann etwas ruhiger fort: »Was nicht heißt, dass ich ihn dir ausreden will …«

Franka spürte, wie ihr die Röte ins Gesicht schoss. Ausreden? Was bildete sich die Kuh eigentlich ein?

Sie hatte genug, endgültig. Die zwei Gin Tonics, die laute Musik, viele Lichter und die meisten davon doppelt gesehen, Katja, die sie einfach stehen ließ, der Frust über Leon und nun auch noch so eine blödsinnige Diskussion – sie hatte die Nase voll. Ohne ein Wort der Verabschiedung machte Franka auf dem Absatz kehrt und eilte nach draußen. Weg von den Leuten, der Party, dem Krach. Und weg von Leon.

15

Ein wenig ratlos stand sie fröstelnd vor dem Café. Und nun? Sollte sie nach Hause gehen? Die Mainacht hatte eigentlich noch gar nicht richtig angefangen. Gleichzeitig hatte sie keine Lust, sich auf die Suche nach Katja und ihrem hormongesteuerten Marco zu machen und den beiden beim Kuscheln zuzuschauen.

Die kühle Luft tat ihrem Kopf gut. Erst jetzt spürte sie, wie sehr sie die vielen Menschen und die laute Musik anstrengten. War das schon immer so gewesen? Oder nahm sie das alles jetzt nur ganz anders wahr?

Aus dem Schatten seitlich der Mauer trat ein junger Mann heraus, die Zigarette zwischen den Fingern. »Na, das war aber ein kurzes Gespräch mit Sarah. Hat sie dich inzwischen aufgeklärt?«

»Du machst aber oft Rauchpausen. Hat dein Chef nichts dagegen?« Sie wusste auch nicht, warum, aber bei Leon konnte sie stets nur Kontra geben. »Und dein verwandtschaftliches Verhältnis zu Sarah ist mir ziemlich egal.«

»Aha, hat sie also. Meine Sarah kann den Mund nie halten …« Leon lachte.

»Hätte sie das nicht tun sollen? Wolltest du mir weiter vorgaukeln, dass sie deine Freundin ist?« Franka musterte den Kellner kritisch, aber der grinste frech.

»Habe ich das? Und – hat dir das etwas ausgemacht?«

Franka tat so unbeteiligt wie nur möglich. »Wieso sollte es? Ist doch mir egal, mit wem du zusammen bist.«

Leon warf die Kippe zu Boden und trat sie aus. »Stimmt ja. Fräulein Rührmichnichtan weist alle stets von sich und braucht gar niemanden auf der Welt. Schade eigentlich. Ich glaube, wir würden uns eigentlich echt gut verstehen.« Er zuckte die Schultern und wandte sich zum Gehen. Endlich gab sie sich innerlich einen ordentlichen Schubs.

»Leon, warte. Tut mir leid. Ich bin eigentlich gar keine solche Zicke. Es ist zurzeit einfach … schwierig.«

Unsicher standen die beiden sich gegenüber.

»Wolltest du schon gehen?« Leon versuchte ganz offensichtlich, das Gespräch irgendwie am Laufen zu halten.

»Ich weiß es nicht.« Franka war sich wirklich nicht sicher, was sie gerade vorhatte. »Meine Freundin hängt irgendwo mit ihrem Freund ab, deine Sarah mit ihrem Sascha …«

»… und ich muss leider wieder arbeiten«, vollendete Leon den Satz, ganz offenbar darauf spekulierend, dass er der nächste in der Aufzählung sein würde. Neugierig auf ihre Reaktion schaute er sie an.

Franka schwieg.

Zögernd fügte er hinzu: »Aber um elf habe ich Feierabend. Wenn du so lange durchhältst, trinken wir danach noch etwas. Hast du Lust?«

Franka zuckte die Schultern. Eigentlich war sie müde. Und warum sollte sie ausgerechnet auf Leon warten?

»Komm schon. Zeig mir, dass du keine Zicke bist.« Sein Hundeblick hätte auch die Herzen der verbittertsten Emanzen zum Schmelzen gebracht.

Franka gab sich noch einen Ruck.

»In Ordnung. Ich warte.«

Leon strahlte. »Gut, dann bis später!« Und ehe sie noch etwas erwidern oder ihre Zusage zurückziehen konnte, war er bereits im Café verschwunden.

Jetzt hatte sie den Salat. Noch knapp eine Stunde dauerte es bis zu seinem Feierabend. Und dann? Was, wenn sich da wirklich etwas anbahnte? Für einen neuen Freund hatte sie weder die Zeit noch die Nerven. Und außerdem wusste Leon ja gar nichts von der ganzen Geschichte. Wie würde er reagieren, wenn er erfuhr, dass sie eigentlich todkrank war und vor ihr Wochen in der Klinik lagen? Romantische Sommer sahen weiß Gott anders aus, als Stunden auf linoleumverkleideten Krankenhausgängen zu verbringen. Cola light in der Cafeteria statt Eisbecher im Straßencafé. Rollstuhlschieben im Klinikgarten statt Nachmittage im Freibad. Antithrombosestrümpfe statt Bikini. Hier musste Franka selbst ein wenig kichern. Die Vorstellung, vor Leon im OP-Hemd mit den Stützstrümpfen herumzuhüpfen, war schon absurd. Wie groß war das Risiko, dass er dann nur aus Mitleid bei ihr blieb? Konnte, ja, durfte man jemand anderen ganz bewusst in eine solche Geschichte mit hineinziehen? Wenn man schon lange beieinander war, war das sicher etwas anderes. Aber ganz am Anfang, in den ersten Wochen einer Beziehung – konnte so etwas gut gehen? Oder würde nicht jeder Anflug von süßem Geschmack durch den Ernst der Situation verbittert werden?

Die Kälte kroch ihr in die Jacke, und nach kurzem Zögern beschloss sie, doch wieder ins Café zurückzukehren. Leben im Jetzt hieß, nicht ständig nur an die Operation und ihre Folgen zu denken. Noch wusste Leon von nichts und das sollte erst einmal so bleiben. Sie wollte heute Spaß haben, wenn es sich ergab, auch gern mit ihm. Irgendwie hatte es ihr dieser Kellner einfach angetan. Wer weiß, vielleicht sollte man sich einfach noch einmal eine nette Nacht gönnen – bevor die Haare ausfielen und die gelüpfte Perücke bei einem potenziellen Lover jede Erektion zusammenfallen ließ.

Entschlossen drängte sich Franka erneut durch die tanzenden Gäste, stapfte zielstrebig auf Leon zu, der längst wieder fleißig hinter der Theke werkelte, und rief: »Hey, könnte ich noch einen Gin Tonic haben? Ich muss ein wenig Zeit überbrücken, weil ich später noch ein Date habe. Das würde das echt erleichtern.«

Erfreut blickte Leon auf und zwinkerte ihr zu. »Erleichtern? Was? Das Warten oder das Date?«

Franka lachte. »Warten wir's ab.«

16

Die Stunde verging schneller als erwartet und schon bald stand Leon leicht verschwitzt vor Franka – erneut mit zwei randvollen Gläsern Gin Tonic in der Hand. Er beugte sich zu ihr, um die mittlerweile sehr laute Musik zu übertönen, und krächzte ihr ins Ohr: »Ich hab da hinten im Eck einen Tisch für uns reserviert. Da haben wir wenigstens die Chance, uns zu unterhalten.« Bevor Franka antworten konnte, marschierte er los und sie folgte ihm.

Tatsächlich wartete im hintersten Eck des überfüllten Cafés ein winziger Tisch mit je einem kleinen Sessel auf jeder Seite. Ganz der Kellner servierte Leon die Drinks und zog Frankas plüschige Sitzgelegenheit so vor, dass sie sich bequem setzen konnte, bevor er sich selbst, auf einmal ziemlich erschöpft wirkend, auf der seinen niederließ.

»Prost.« Einladend erhob Leon sein Glas.

Franka zögerte kurz. Der wievielte Gin war das jetzt? Der vierte? Schon beim Gedanken daran wurde ihr leicht flau im Magen. Die Vorstellung, die Nacht auf dem Klo zu verbringen, war nur bedingt romantisch … Egal. Sie gab sich einen Ruck, ergriff ebenfalls ihr Glas und prostete zurück.

»Du siehst müde aus«, teilte sie Leon mit, nur um das Gespräch irgendwie ins Laufen zu bringen.

Leon lachte. »Das hätte ich mir denken können, dass du unseren gemeinsamen Teil des Abends erst einmal damit beginnst, an irgendetwas herumzunörgeln«, konterte er. Franka zuckte kurz ertappt zurück, doch sein Grinsen beruhigte sie wieder. »Hey, war 'n Witz. Ich weiß selbst, dass ich nach so einem Dienst nicht gerade wie ›Der Bachelor‹ daherkomme. Ich bin auch echt fertig. Aber der Job bringt Geld und das finanziert mir mein Studium.« Er unterdrückte nur mühsam ein Gähnen.

»Architektur, oder?« Endlich wusste Franka auch etwas über ihn.

Leon nickte. »Das war immer mein Traum. Schon als ich mit Windelpo Sandburgen gebaut habe, wusste ich, dass ich das irgendwann wirklich machen wollte. Aus Sandburgen wurden dann Lego-Türme, aus Kinderbildern dreidimensionale Skizzen und jetzt studiere ich tatsächlich Architektur. Und irgendwann, irgendwann, da baue ich mir mein eigenes Haus, genauso, wie ich mir das schon als kleiner Junge erträumt habe.«

Franka beobachtete Leon amüsiert, der regelrecht glänzende Augen bekam, wenn er von seinem Lebensziel schwärmte. Ein bisschen naiv, aber irgendwie niedlich.

»Und wie sieht das dann aus?« Während Leon strahlend begann, ihr einen enthusiastischen Vortrag über Glasfassaden, begrünte Dächer, Terrassen und ökologisch sinnvolles Bauen zu halten, glitten Frankas Gedanken immer wieder ab. Was war das für ein Typ, der ihr hier inmitten von lauter Musik und stark angetrunkenen Menschen – sie selbst inklusive – seinen Lebenstraum aufmalte? Und warum hörte sie sich das an? War ihr Lebenstraum nicht gerade ein ganz anderer geworden? Wie eine rosa Seifenblase zerplatzt, mutiert zum kurzen Albtraum oder zumindest zum grauen Nebelnichts mit offenem Ende? Ein dunkler Tunnel, an dessen Eingang sie stand und von dem sie keine Ahnung hatte, ob er überhaupt einen Ausgang haben würde? Konnte man ernsthaft erwägen, da jemanden, der seine Zukunft so leuchtend bunt sah, an die Hand zu nehmen und mit ins Dunkel zu ziehen?

»… hättest du da Lust?«

Verwirrt blickte Franka auf. »Was?«

Leon schüttelte den Kopf. »Ich langweile dich, oder? Ich wollte wissen, ob du Lust hättest, nach Pfingsten mit nach Florenz zu fahren, auf einen Architektur-Workshop. Über den könnte man sicher auch ein paar interessante Artikel verfassen. Und Florenz im Juni ist ein Traum …«

»Ich, äh … Juni … also …« Franka geriet ins Stottern. Was sollte sie jetzt antworten? Im Juni würde sie sich von Schonkost ernähren statt von italienischen Antipasti, Antibiotika wären ihr Dope, nicht Rotwein und Ramazzotti … »Also, ähm, das ist echt nett und ich würde wirklich gern, aber … ich hab da keine Zeit.«

»Nicht?« Leon, der ihr mittlerweile – vielleicht nur der besseren Verständigung wegen – recht nahe gerückt war, zuckte reflexartig und ganz offensichtlich enttäuscht ein wenig zurück. »Schade. Das wäre witzig gewesen. Wir sind da eine echt nette Truppe … Was hast du denn vor?«

Jetzt geriet Franka wirklich ins Schlingern. Der Gin in ihrem Kopf beschleunigte das Gehirn auch nicht gerade, und so wand sie sich hilflos und peinlich stammelnd auf der Suche nach einer plausiblen Ausrede, die Leon nicht gleich wieder vor den Kopf stieß. »Ja, also, ich … bin nicht da. Es ist … noch nicht offiziell …« Hilflos malte sie Muster auf den schmierigen Glastisch zwischen ihnen.

Leons Gesicht hellte sich auf. »Hast du einen Job?«

»Ja!« Dankbar ergriff Franka den rettenden Strohhalm. »Genau. Job. Ich … ich mache ein Praktikum. In … London. Total cool. Eine Riesenchance. Und da, da bin ich eben erst mal weg.« Uff. Geschafft.

Leon nickte. »Super. Das verstehe ich. London. Das ist ja toll. Wie lange bleibst du?«

Wie lange war man nach einer Hirnoperation im Krankenhaus? Und wie lange fiel man danach aus? Die Bestrahlung konnte man vielleicht vertuschen. Es musste ja keine rote Perücke werden. Eine aschblonde, so unscheinbar wie ihre Haarfarbe jetzt, wäre vielleicht eh sinnvoller, und dann würde Leon vielleicht gar nichts merken und …

»Franka? Ich glaube, das nächste Mal serviere ich dir weniger Gin. Ich hab das Gefühl, du driftest allmählich etwas weg …« Lachend strich er ihr eine Haarsträhne aus der Stirn.

Franka durchzuckte es, als hätte sie einen Stromschlag versetzt bekommen. »Nein, äh, sorry, ich hab gerade nur überlegt, wann ich den Flieger … also, sechs Wochen, glaube ich.«

»Sechs Wochen? Das ist mir zu lang! Da besuche ich dich. London wollte ich schon immer mal sehen. Wo wohnst du da? Meinst du, ich könnte ein paar Tage bei dir übernachten?« Schon wieder sprudelte er vor Begeisterung und Elan. In was um alles in der Welt war sie hier geraten? Franka seufzte und versuchte, ebenfalls fröhlich zu wirken.

Stattdessen kippte ihre Stimme allmählich ins Hysterische. »Ja. Nein. Weiß ich noch nicht. Kannst du dir das denn überhaupt leisten von deinem Gehalt als Kellner – erst Florenz und dann London?«

Leons Miene verdunkelte sich schlagartig. Ganz offensichtlich war Geld ein eher heikles Thema. »Das lass mal meine Sorge sein«, antwortete er unwirsch. »Ich kriege das schon hin. Ein paar Sonderaufträge, und dann geht das schon.«

Franka war erleichtert, das Thema London etwas abgewürgt zu haben, und hakte deshalb gleich noch einmal nach: »Wie machst du das denn überhaupt? Wo wohnst du und wann bist du in der Uni, so viel Zeit, wie du hier bei Luigi verbringst?« Die Gelegenheit war zu günstig, um endlich mehr von ihrem

Gegenüber zu erfahren. Seine Träume vom Bauen waren ja recht und schön, aber darüber hinaus wusste sie eigentlich gar nichts über ihn.

Leon schien es lieber dabei belassen zu wollen. »Willst du noch einen Gin Tonic?« Er flüchtete sich sofort in die Kellner-Rolle und versuchte aufzuspringen, um neue Getränke zu besorgen, doch Franka war schneller und schnappte nach seinem Arm.

»Nein danke, ich habe genug. Bleib doch mal sitzen und erzähl mir von dir. Hast du noch mehr Geschwister als Sarah? Was machst du außer Gin Tonic mischen und Häuser planen? Ich will mehr von dir. Also mehr wissen, meine ich.« Etwas verlegen fuhr sie sich durch die Haare. Der hohe Alkoholpegel senkte ganz offensichtlich sämtliche Hemmschwellen.

Leon rutschte unruhig auf seinem Sessel hin und her. »Ich weiß.« Er seufzte. »Aber das ist … Es ist alles nicht so einfach, und ich würde gerne ein paar Dinge erledigen, bevor … Frag einfach nicht so viel, okay?« Das schlechte Gewissen war ihm ins Gesicht geschrieben und Franka fühlte sich unwohl neben ihm. Er musste ihr ja nicht seine Lebensgeschichte beichten, aber ein paar Informationen waren wirklich nicht zu viel verlangt. Oder gab es da vielleicht doch noch eine andere Frau, selbst wenn sie nicht Sarah hieß?

Die Doppelbilder begannen allmählich, sich zusätzlich zu drehen. Frankas Kopf schwirrte und ihr wurde schlagartig klar, dass sie ein weiteres Getränk kaum bei sich behalten würde. Entschlossen stand sie deshalb auf und verkündete: »Du, ich glaube, das war wirklich zu viel Gin. Ich muss heim, habe morgen viel zu tun … Danke für den netten Abend.«

Leon, gerade noch distanziert und eher abweisend, blickte sichtlich enttäuscht. »Echt? Schade. Es ist doch noch nicht mal Mitternacht. Ich wollte dich nicht verärgern. Bitte versteh das, ich habe gerade ein paar Probleme, in die ich dich nicht mit hineinziehen will.«

Franka zuckte mit den Achseln. »Kein Problem, das geht mich ja nichts an. Aber davon abgesehen liegt es wirklich am Gin.« Sie grinste. »Du solltest dein Gegenüber vielleicht nicht ganz so schnell abfüllen, wenn du noch etwas vorhast.«

Leon nickte. »Stimmt. Gibst du mir noch deine Handynummer? Dann muss ich nicht hier warten, bis du endlich mal wieder vorbeischaust, um ordentlich rumzumotzen. Oder unangekündigt vor der Tür stehen und dich in Unterwäsche überraschen. Wobei ich damit schon leben könnte …« Schon wieder hatte sich seine Laune sprunghaft geändert. Er blinzelte sie frech an.

»Unverschämter Kerl!«, entgegnete Franka und gab ihm spontan einen Kuss auf die linke Wange. Nüchtern wäre ihr das niemals passiert. Um abzulenken, fingerte sie einen Kuli aus ihrer Handtasche, schnappte sich die Serviette unter ihrem leeren Gin-Tonic-Glas und kritzelte ihre Mobilnummer darauf.

Als sie aufsah, stand Leon leicht verlegen vor ihr. »Um zwölf wäre Mainachtbescherung gewesen«, murmelte er, plötzlich ganz unsicher wirkend. Auf ihren fragenden Blick hin fügte er hinzu: »Da schenkt man derjenigen ein Herz, na ja, also, derjenigen, der man eben ein Herz schenken will …« Die leise Röte auf seinem Gesicht war nicht zu übersehen. »Aber wenn du jetzt schon gehst, kriegst du es eben jetzt.« Wie ein kleiner Junge, der seiner Mama unter dem Tannenbaum das selbst gemalte, leicht verknüllte Gemälde entgegenstreckt, zog er jetzt ein in Folie gewickeltes Lebkuchenherz, das er offenbar zuvor heimlich hinter seinem Sessel deponiert hatte, hervor und drückte es Franka in die Hand. »Willst du?« stand in Zuckerschrift in der Mitte. Fragend sah Franka ihn an. »Zicke war ausverkauft«, feixte Leon verlegen.

Franka lachte laut auf. »Danke.«

Sie beugte sich spontan vor, um ihm mit einem weiteren Bussi zu danken. Doch Leon hatte exakt dieselbe Idee, sodass ihre Stirnen schmerzhaft gegeneinanderknallten. »Au, Scheiße!«, schrie Leon auf und rieb sich die Stirn. »Sorry!«

Auch Franka spürte, dass sie am nächsten Morgen wahrscheinlich eine hübsche Beule zieren würde. »Es bleibt kompliziert. Tut mir leid. Ich wollte …«

Doch Leon würgte ihre Entschuldigung einfach ab. Seine Lippen trafen ihre, und Franka war sich nicht sicher, ob ihr vom Gin, ihrem Kreislauf oder dem plötzlichen Flattern im Bauch so schwindelig wurde. Sie taumelte leicht und versuchte, sich am Tisch aufzustützen. Leon hielt sie fest und begann erneut, laut zu lachen.

»Ich wusste vom ersten Moment in der Telefonzelle, dass ich mit dir eine Menge Ärger haben würde.«

Franka richtete sich auf und versuchte krampfhaft, das Gleichgewicht wiederzuerlangen. Wenn du wüsstest, welchen Ärger ich mit mir bringe, schoss es ihr durch den Kopf. Doch der Alkohol, die laute Musik und Leons Strahlen übertünchten die ernsten Gedanken. Wie war das? Leben hier und jetzt. Sie versuchte, sich noch einmal vollständig aufzurichten, ihn anzuschauen, und verkündete feierlich: »Ich will.« Als ihnen die Absurdität dieser Situation vollends klar wurde, prusteten beide gleichzeitig los.

»Na dann, das ist eine Ansage!«, feixte Leon.

Und Franka kicherte: »Langweilig wird es mit mir sicher nicht. Ruf mich an.«

Mit einem weiteren, dieses Mal nur kurzen, aber zärtlichen Kuss verabschiedete sie sich und stürmte mit weichen Knien und dem klebrigen Lebkuchenherz in der Hand ein letztes Mal durch die Menge an Leuten, deren Zahl sich durch die Doppelbilder zu potenzieren schien. Ob das nun vom Gin kam oder vom Tumor oder vom Glück, das sie plötzlich von Kopf bis Fuß durchströmte, war doch wirklich egal. Zumindest heute.

17

Der schrille Klingelton ihres Handys riss sie unsanft aus dem Schlaf.

»Nee. Jetzt nicht!«, stöhnte Franka und stülpte sich das dicke Daunenkissen über den Kopf, der ganz furchtbar dröhnte. Kein Wunder, nach so viel Gin an einem Abend. Viermal, dann verebbte das nervige Klingeln. Sollte doch auf die Mailbox quatschen, wer wollte.

Kaum war Franka wieder weggeschlummert, ertönte das Handy erneut. Franka presste sich das Kissen auf die Ohren. Sie wollte nicht! Wer besaß die Frechheit, am Morgen nach der Mainacht anzurufen? Beim Stichwort Mainacht aber fuhr sie wie angestochen in die Höhe. Party. Luigi. Handy. Leon? Plötzlich hellwach blickte sie sich verwirrt um. Wo hatte sie das verfluchte Handy hingelegt? Neben dem Bett auf dem Fußboden, irgendwo unter dem Klamottenstapel dudelte es vor sich hin. Sie sollte sich langsam mal einen anderen Klingelton zulegen – »Don't worry, be happy« wirkte in der momentanen Situation mehr als geschmacklos. Mühsam durchwühlte sie die Jeans, das verschwitzte Oberteil und den BH, bis sie endlich das Handy fand.

»Hä?« Zu mehr Artikulation war sie derzeit nicht fähig, aber Hauptsache, Leon legte nicht gleich wieder auf. Noch einmal würde er es bestimmt nicht versuchen!

»Na, du klingst ja fit!« Die Stimme am anderen Ende war deutlich wacher als sie. Und es war nicht Leon. »Ich habe schon gehört, dass du gestern ordentlich gesoffen hast!« – Katja.

Franka seufzte genervt. »Warum rufst du hier in aller Frühe an?«, keifte sie.

Katja lachte schallend. »Hey Süße, es ist fast halb zwei. Und ich platze sonst vor Neugier! Wo warst denn du gestern plötzlich? Der Kellner scheint ja doch nicht so blöd zu sein, wie du behauptest. Im Gegenteil, Marco sagt, du hast sogar rumgeknutscht?! Stimmt das? Wieso weiß ich nichts davon?«

Franka verdrehte die Augen und ließ sich stöhnend zurück in die Kissen sinken. »Du nervst«, knurrte sie ins Telefon. »Ich habe Kopfweh.«

»Oh nein. Der Tumor?« In Katjas Stimme schwang sofort wieder eine ordentliche Portion Mitleid mit.

»Nein. Der Gin.« Franka lachte. »Es war viel zu viel. Das hätte mich auch ohne Tumor ausgeknockt.«

»Weißt du denn dann überhaupt noch, was war gestern?« Katja schien sich ebenso schnell wieder beruhigt wie aufgeregt zu haben. Wie immer überwog die Neugier bei ihr. »Jetzt sag schon, hast du jetzt echt was mit dem Kellner? Oder …« Sie quiekte kurz – ob vor Entsetzen oder Freude, war nicht wirklich auszumachen – und flüsterte, als könne sie jemand belauschen, verschwörerisch: »Oder liegt er vielleicht gerade noch nackt neben dir?«

Vorsichtshalber warf Franka selbst schnell einen Blick auf ihr Bett. Wer weiß, was sie alles nicht mehr wusste?! Doch der Rest des schlichten Ikea-Futons war leer. Leider.

Ein wenig enttäuscht sank sie erneut zurück. »Quatsch.«

»Was? Nicht geküsst? Marco hat euch aber gesehen!«

»Doch. Geküsst. Ganz kurz. Aber jetzt ist er nicht hier.« Auf Frankas Gesicht machte sich ein wohliges Grinsen breit, als sie an den Kuss am Abend zuvor dachte. Wie zärtlich er ihn erwidert hatte … Sie könnte sich davon durchaus mehr vorstellen. Länger. Intensiver. Ein wohliger Schauer durchlief ihren Körper.

»Dann ist ja gut.« Katja klang eindeutig eher erleichtert denn enttäuscht.

»Wieso gut?«, fragte Franka skeptisch. »Ich denke, du findest den so nett?«

Katja zögerte. »Ja, nett schon. Aber … na ja … ganz ehrlich … Eine neue Beziehung kannst du gerade gar nicht gebrauchen, oder?«

Jetzt wurde Franka wütend. »Was soll denn das heißen? Du darfst wild durch die Gegend vögeln und ich soll brav in der Ecke sitzen, oder was? Und warten, dass mir der Tod die Hand hinhält anstatt eines netten, knackigen Kellners?«

Katja schnappte hörbar nach Luft. »Also Franka! Was soll denn das? Und was sagst du denn da? Wer redet denn hier vom Tod? Ich meine doch nur, du hast doch jetzt echt anderes im Kopf und weißt ja auch gar nicht, wie die nächsten Wochen laufen und was dann so kommt …« Der Zorn wich zunehmend einer Unsicherheit, bis die Stimme verebbte.

Frankas Wut hingegen hatte endlich wieder ein Ventil: »Genau. Ich habe anderes im Kopf. Wie geschmackvoll, Frau Besserwisser! Ich habe einen Tumor im Kopf, ja. Aber vom Tod soll ich nicht reden?! Lieber positiv denken. Aber gleichzeitig mal besser nicht weiterleben. Also nicht aktiv. Ich kann ja neben dir sitzen und dir beim Knutschen zuschauen. Das muss reichen. Ich muss ja froh sein, wenn ich das noch kann! Oder?« Das andere Ende der Leitung blieb still. Franka keuchte. »Hallo? Hat es dir jetzt die Sprache verschlagen?! Oder gehen dir lediglich die klugen Tipps aus? Ich sag dir was, ich schnapp mir diesen Leon. Jetzt erst recht. Und ich werde ihn vögeln, was das Zeug hält. Wer weiß, ob ich das danach noch kann. Und das lass ich mir von niemandem verbieten. Schon gar nicht von dir.« Wieder blieb die Leitung tot. Franka schnaufte. »Und noch etwas, wo wir schon dabei sind: Leon weiß von nichts – und das soll auch so bleiben. Ist das klar? Wehe, du erzählst ihm irgendwas davon! Haben wir uns verstanden? Sonst ist das Erste, was stirbt, unsere Freundschaft! Das ist allein meine Sache! Krieg lieber dein verkorkstes Privatleben auf die Reihe. Um meins kümmere ich mich ganz allein.«

Mit einem letzten Schnauben drückte sie auf den roten Hörer. Gespräch beendet, teilte ihr das Display mit. Franka starrte es fassungslos an. Sie konnte sich vorstellen, wie Katja nun ebenfalls dasaß und entsetzt das Telefon in den Händen hielt. Sie hatten sich des Öfteren mal angezickt, klar, aber so einen Streit wie gerade eben hatte es noch nie gegeben. Franka drückte beherzt auf den Rückrufknopf, doch bevor der Apparat die Verbindung hergestellt hatte, legte sie wieder auf. Katja musste warten. Sie selbst war noch viel zu durcheinander, um jetzt ein klärendes Gespräch zu führen. Und, ganz ehrlich, worüber? Im Prinzip hatte Katja ja nur Salz in die Wunden gestreut, die Fragen ausgesprochen, die Franka sich gar nicht erst stellen wollte. Konnte sie in dieser Situation tatsächlich guten Gewissens eine Beziehung aufbauen? Und müsste sie dann nicht wenigstens Klartext reden? Außerdem – wer war dieser Leon eigentlich? Nach dem innigen Kuss fiel ihr nun auch das letzte Gespräch wieder ein, in dem er davon geredet hatte, Probleme zu haben, in die er sie nicht hineinziehen wollte.

Genervt stülpte sich Franka wieder das Kissen über den Kopf, dieses Mal aber, um sich vor den eigenen Gedanken zu verkriechen. Prompt klingelte das Handy erneut.

»Katja, ich will jetzt nicht reden, ehrlich. Lass uns das alles ein anderes Mal klären. Ich weiß nicht, ob ich gerade eine Beziehung will …«

»Beziehung? Mit Katja? Was ist denn bei dir los?«

Ein schneller Blick auf das Handy und Franka wurde klar, dass sie zum zweiten Mal an diesem Morgen danebenlag. »Oh, hi, mit dir hatte ich jetzt nicht gerechnet, Mama.«

»Kindchen, was ist passiert? Du klingst ganz verwirrt.«

»Alles gut. War gestern etwas lang und feuchtfröhlich. Aber nicht tragisch.«

»Na ja, das klang aber ganz anders. Und bist du sicher, dass Alkohol jetzt wirklich sinnvoll ist, Schatz? Ich meine, andererseits musst du natürlich noch ausnutzen, wie gut es dir geht …«

Franka rieb sich die schmerzende Stirn. Einen zweiten Vortrag darüber, was im Moment für sie sinnvoll war und was nicht, würde sie nicht schadenfrei überstehen. »Mama, alles gut, habe ich gesagt. Ich hatte lediglich ein wenig Stress mit Katja, das gibt sich wieder. Was kann ich für dich tun?« Die Gute-Tochter-Nummer war in solchen Situationen die einzige Chance, das Ruder herumzureißen. Auch dieses Mal mit Erfolg.

»Also, ja, wegen Omas Geburtstag. Ich wollte nur fragen, ob es für dich okay ist, wenn ich den Verwandten vorher von deinem Schicksal erzähle. Also nur grob, keine Details. Aber … dann wissen einfach alle Bescheid. Und dann nervt dich vielleicht nicht jeder Einzelne mit Fragen.«

Franka wurde ganz schlecht. Natürlich würden sie das tun, dann erst recht. Aber was sollte sie machen? Die meisten wussten wahrscheinlich eh schon Bescheid. Und irgendwann musste sie sowieso durch die Inquisition der lieben Familie. »Nee, klar, Mama, prima. Das wird bestimmt eine ganz besonders innige Feier.« Die Ironie in ihrer Stimme war nicht zu überhören, aber ihre Mutter tat, als merke sie die nicht.

»Das denke ich auch. Familie ist doch ein ganz besonders wichtiger Halt, wenn es einem schlecht geht, oder?«

Mir geht es eigentlich noch gar nicht schlecht, dachte Franka, doch sie sparte sich die Antwort, um nicht die nächste Diskussion anzuzetteln. »Genau, Mama. Kuss.«

Sich ein viertes Mal das Kissen über den Kopf zu stülpen, wagte sie nicht. Stattdessen beschloss sie, sich einen Milchkaffee zu kochen und mit nun endlich wacher Stimme und dem klebrigen Lebkuchenherz auf dem Tisch auf den Anruf zu warten, auf den sie als einzigen tatsächlich hoffte. Zumal ihr nun bewusst wurde, dass sie zwar brav ihre Handynummer herausgegeben, aber wieder keine Nummer von Leon bekommen hatte.

Ausgerechnet dieser Anruf aber blieb aus.

18

Drei Tage lang drehte Franka das Lebkuchenherz wieder und wieder in den Händen. Warum rief der Idiot nicht an? Immer wieder war sie kurz davor, sich auf den Weg ins »Luigi« zu machen, einmal hatte sie sogar schon Jacke und Schuhe an, doch an der Tür drehte sie sich abrupt um. Er hatte gesagt, er riefe an, damit er sie nicht erst im Café wiedersehen würde … Dann sollte er sich auch melden!

Trotzdem nahm sie das Handy überall mit hin – immer in Griffweite, den Klingelton ganz gegen ihre Gewohnheit auf laut gestellt, war es sogar auf dem Klo dabei. Zweimal schon hatte ihre Mutter angerufen wegen weiterer Geburtstagsplanungen für die Oma, einmal hatte es Katja versucht, einmal Brit. Aber nie Leon.

Als Franka am vierten Morgen gerade genüsslich unter der Dusche stand, grölte Bobby McFerrin erneut laut seinen Optimismus-Song »Don't worry, be happy« durch ihr Badezimmer. Fast wäre Franka auf dem nassen Boden ausgerutscht, als sie hektisch den Duschvorhang zur Seite schob und nach dem Handy griff. »Ja?«

»Na, du klingst ja, als hätte ich dich gerade so richtig gestört.«

Frankas Herz machte seinen Satz – Leon.

»Nö, gar kein Problem«, presste sie betont lässig hervor, während ihr das Wasser über den Körper lief und sich auf dem Boden eine bedrohliche Pfütze bildete. »Alles gut.«

»Sicher?« Leon blieb skeptisch.

»Nein, wirklich. Passt schon«, antwortete Franka und versuchte, sich das Handy zwischen die nasse Wange und die feuchte Schulter zu klemmen, um gleichzeitig das Handtuch zu angeln, das sie vorher nachlässig ins Waschbecken geworfen hatte. Doch schon während sie sich Richtung Handtuch beugte, entglitt ihr Leon und knallte ungebremst auf den Kachelboden.

»Scheiße.« Franka bückte sich. »Leon. Bist du noch da?«

»Klar. Aber was war das? Bist du sicher, dass ich nicht später …? Was treibst du denn?«

»Ganz ehrlich? Ich steh pitschnass und splitterfasernackt in meinem Bad und frier mir den Hintern ab.«

»Oh, aber hallo! Da wär ich jetzt lieber live dabei als nur telefonisch!«, gluckste Leon.

»Blödmann!«, zischte Franka. »Aber ja: Gib mir zwei Minuten. Oder sagen wir fünf. Wenn du dann noch mal anrufst, sitze ich brav angezogen am Tisch und bin ganz Ohr, ohne dass du mir aus den Händen flutschst. In Ordnung?«

Leon kicherte. »Eigentlich schade. Die Vorstellung, mit dir nackt zu telefonieren, hat auch was. Oder dir aus den Händen zu flutschen.« Franka spürte, wie sie wider Willen rot anlief. »Aber bevor du dir den Tod holst, melde ich mich gleich noch mal. Ciao.« Aufgelegt.

Franka sah sich etwas ratlos um. Das Bad schwamm inzwischen, das feuchte Handtuch war in die Pfütze gefallen, der Spiegel komplett beschlagen. Als sie ihn freiwischte, schaute sie sich selbst kritisch an. Besonders verführerisch fand sie sich nicht mit den tropfnassen Haaren und dem ungeschminkten Gesicht. Vielleicht besser, dass Leon jetzt nicht da war. Andererseits …

Franka holte tief Luft und verbot sich jeden weiteren Gedanken. Drei Tage hatte der Kerl sie warten lassen und sie träumte als Dankeschön von Nacktszenen unter der Dusche?!

Resolut wischte sie die Pfütze auf, trocknete sich ab, band die Haare in einem Handtuch hoch und schlüpfte in den alten Jogginganzug. Am Telefon würde Leon sie ja nicht sehen, nur hören. Sie kochte einen weiteren Milchkaffee, platzierte das ebenfalls sorgsam abgetrocknete Handy auf dem Tisch neben der Tasse und begann zu warten.

Fünf Minuten waren längst vorbei, zehn, dann fünfzehn. Ungeduldig untersuchte Franka das Display. Wenn Leon nicht anrief, dann würde sie halt die Initiative ergreifen. Mist – Anrufer unbekannt. Warum unterdrückte er eigentlich seine Nummer? Was hatte dieser Architektur-Kellner zu verbergen? Und warum sollte sie immer wieder dasitzen und auf seine Gunst warten?

Noch während sie darüber grübelte, ob sie ihm das nun übel nehmen sollte oder nicht, klingelte es an der Tür. Erschrocken sprang Franka auf und schaute durch den Spion. Ein freches Grinsen erschien auf der anderen Seite.

»Na, ordentlich angezogen?«

Franka öffnete und stammelte: »Nein, eigentlich nicht.«

»Immerhin hast du dieses Mal eine Hose an«, frotzelte Leon und schob sich unaufgefordert an Franka vorbei. »Krieg ich auch etwas zu trinken? Ich hatte das mit dem Milchkaffee quasi als Einladung verstanden. Und dass ich dich in Unterwäsche überraschen würde, hatte ich ja bereits angekündigt.«

Nach einem letzten verzweifelten Blick in den Spiegel und auf ihr schludriges Jogging-Outfit schloss Franka die Tür. »Du bist ganz schön dreist, weißt du das? Das habe ich schon damals in der Telefonzelle gespürt. Und irgendwie scheint sich das ununterbrochen zu bestätigen. Ich weiß nicht, ob …« Zum Rest des Satzes kam sie nicht mehr. Leon hatte sich plötzlich umgedreht, die Arme um sie geschlungen und seine Lippen auf die ihren gepresst. Zärtlich drückte er Franka an sich, begann, seine Hände über ihren Rücken wandern zu lassen, ihr das Handtuch vom Kopf zu ziehen und ihr die feuchten Haare zu streicheln. Franka, die erst vor Überraschung in Abwehrhaltung ging, brauchte ein paar Sekunden, um die plötzliche Attacke genießen zu können. Erst dann war sie so weit, dass sie die Küsse erwidern und sich in seine Arme kuscheln konnte. Ihr Herz raste und das Schwindelgefühl, das sie schon beim ersten Kuss im Café ergriffen hatte, machte sich wieder breit. Langsam zog sie Leon in die Richtung ihres – natürlich von der Nacht noch völlig zerwühlten – Bettes. So ein Ein-Zimmer-Appartement hat doch seine Vorteile, schoss es ihr durch den Kopf. Das Bett direkt neben der Eingangstür war ihr noch nie so praktisch erschienen. Mit einem leisen Stöhnen ließ sie sich auf die zerknautschte Decke fallen.

»Na, du gehst ja ran. Das hätte ich so einer Zicke wie dir gar nicht zugetraut«, flüsterte Leon Franka ins Ohr.

»Halt die Klappe«, gab die zurück und biss ihm sanft auf die Lippen.

Seine Hände wanderten vorsichtig ihren Körper entlang. Wer hätte gedacht, dass die Finger, die vor gar nicht so langer Zeit so ungeduldig an die Scheibe der Telefonzelle geklopft hatten, nun ihre Brüste erkunden würden? Franka musste leise lachen.

»Was ist los? Bist du kitzelig? Ist das unangenehm?«

»Nein. Im Gegenteil.« Franka presste sich noch enger an Leon. »Mach weiter.« Auch ihre Hände glitten unter sein T-Shirt. Seine Haut war warm und weich, sie spürte die Muskeln darunter und fuhr vorsichtig daran entlang. Wieder begann er, sie zärtlich zu küssen, und Franka spürte, wie sie allmählich die Kontrolle verlor.

Sie schob gerade sein T-Shirt nach oben, um seine Hosenknöpfe zu öffnen, als die Türklingel erneut schrillte. Beide zuckten wie ertappt zusammen.

»Erwartest du Besuch?«

Franka schüttelte den Kopf. Die Türglocke schrillte erneut.

Seufzend erhob sich Franka und bedeutete dem sehr enttäuscht dreinblickenden Leon, dasselbe zu tun. Während er sich aufsetzte und sein T-Shirt ordentlich in die Hose steckte, ging Franka zur Tür und schaute durch den Spion. Brit. Strahlend, mit einer Bäckertüte in der Hand.

»Überraschung!«, tönte sie laut durch den Hausflur. »Ich habe spontan dienstfrei und dachte, ich überrumple dich mit einem Frühstück, um dich abzulenken von allzu viel positivem Denken!« Bevor Brit genauer auf diesen Themenkomplex eingehen konnte, riss Franka die Tür auf.

»Hi!«, rief sie verlegen, als ihr klar wurde, dass Brits Blick sofort an ihr vorbei zu Leon glitt, der sich gerade eiligst von ihrem Bett erhob. »Oh, du bist … ähm, also ich bin … oh Scheiße. Sorry, ihr zwei! Ich dachte nicht, dass du das Leben gleich so positiv angehst.« Brit errötete bis zum Haaransatz. »Ich störe, oder?«

»Nein!«, betonten beide so eifrig im Chor, dass sie sich selbst auf der Stelle der Lüge entlarvten. Die peinliche Stille, die danach entstand, machte das Ganze noch absurder.

Franka beschloss, die Situation zu retten, indem sie die Initiative ergriff. »Egal. Komm rein, Brit. Leon, das ist Brit. Brit – Leon.« Höflich schüttelten sich die beiden die Hände. »Ich mach uns jetzt erst mal allen einen Kaffee!«, rief Franka betont gut gelaunt, froh, sich damit kurz aus der Affäre ziehen zu können. Während sie den Espresso und die Milch aufsetzte, nahmen die anderen beiden am Esstisch Platz. »Leon studiert Architektur und jobbt als Kellner bei Luigi«, rief sie dann aus dem Hintergrund, um das Gespräch ein wenig in Gang zu bringen.

»Aha.« Brit, die sonst nie um eine Antwort verlegen war, schien immer noch zu überrascht, um sich in der Situation zurechtzufinden.

»Ich hab ihn in der Telefonzelle kennengelernt, als ich … Ach, egal.«

Bewaffnet mit einem Tablett und drei randvollen Tassen gesellte sich Franka zurück an den Tisch. Sie öffnete die Tüte mit Rosinensemmeln und bot Leon eins an. »Bäcker Schmitz, oder?« Ihre Frage ging an Brit, aber ihr Blick hing noch immer an Leon.

»Klar.« Allmählich schien sich Brit zu fangen.

Leon griff zu und biss genüsslich in seine Semmel. »Mh, die ist echt gut. Muss ich mir merken …«

»Du schläfst mit Franka und kennst diese Rosinensemmeln noch nicht?«, frotzelte Brit, endlich wieder ganz die Alte. »Wie ist das möglich? Franka isst die fast täglich. Also, eigentlich zerfleddert sie sie vor allem, weil sie immer zuerst die Rosinen herauspopelt …«

»Brit!«, schrie Franka auf, aber Leon lachte.

»Erst vernasche ich das eine, dann das andere«, verkündete er großspurig. Und mit einem an Brit gerichteten Grinsen fügte er hinzu: »Aber dank dir hat sich die Reihenfolge gerade drastisch geändert.«

Brit prustete ihren heißen Milchkaffee über den Tisch. »Sorry, Mann, war keine Absicht.«

Da das Eis nun endgültig gebrochen war, entspannte sich die Lage spürbar. Brit begann von ihrem Job im Callcenter zu erzählen, Leon von seinem im Café. Beide litten unter den ständig wechselnden Dienstzeiten und der schlechten Bezahlung und schienen froh, einen Verbündeten gefunden zu haben.

Franka lehnte sich erleichtert zurück und beobachtete die beiden amüsiert.

»Trotzdem, bei Luigi, das ist kein schlechter Job«, lenkte Leon gerade ein.

»Aber kann man denn davon leben und ein Studium finanzieren?«, fragte Brit, die stets auf der Suche nach neuen Arbeitsstellen war, die das nervige Callcenter ersetzen könnten.

Leon zögerte. »Na ja, es ist schwierig«, druckste er herum, »aber mit dem Trinkgeld und so, das geht schon …«

Das Schweigen, das danach den Raum füllte, war eher unangenehm. Franka überlegte kurz nachzuhaken, ob seine aktuellen Probleme vielleicht damit zusammenhingen, dass ihm sein Einkommen nicht reichte, doch sie wollte weder den bisher so entspannten Tag verderben, noch Leon vor Brit bloßstellen.

Auch Brit schien die plötzlich entstandene Spannung zu spüren und wechselte abrupt das Thema: »Und ihr zwei, ihr habt euch ganz plötzlich gefunden«, stellte sie lächelnd fest. »Hast du ihn schon gefragt, ob er dich auch in Rot nehmen würde? Oder sollen wir dann doch auf die klassische Blondine zurückgreifen, jetzt, wo ein Mann im Spiel ist?«

Während Leon irritiert zwischen den zwei Frauen hin- und herschaute, hielt Franka entsetzt die Luft an. Auch ihre Probleme hatten an diesem Morgen hier nichts verloren! Sie versuchte, Brit mit den Augen klarzumachen, dass sie keine Lust hatte, darüber zu sprechen.

»Was?« Ihre Freundin schien nicht zu kapieren, was sie wollte. »Doch Schwarz?«

Franka schüttelte energisch den Kopf, sprang auf und räumte die Tassen zusammen. »Gar nichts. Meine Haare bleiben, wie sie sind. Alles Geschwätz.«

Leon schien noch immer verwirrt. »Wolltest du dir die Haare färben?«

Bevor Brit antworten konnte, fuhr Franka dazwischen: »Genau. War Brits Idee. Aber ich halte gar nichts davon. Gar nichts. Das ist kein Thema. Jetzt nicht. Basta.«

Während Leon etwas von »Und schon wieder zickig« murmelte, schien Brit endlich zu begreifen, was Franka ihr klarzumachen versuchte. Schnell sprang sie in die Bresche.

»Stimmt, hast ja recht, war eine Schnapsidee von mir. Wir lassen das einfach, okay?«

Wieder entstand eine peinliche Stille. Leon blickte auf die Uhr.

»Mist. Ich habe in einer Viertelstunde einen Termin, ich muss los.« Er wandte sich Franka zu, nicht sicher, ob sie noch immer gereizt oder aber wieder guter Laune war. »Es tut mir leid. Sehen wir uns die nächsten Tage? Samstag?«

»Da hat meine Oma großen Geburtstag. Sonntag wär gut.«

»Sonntag geht, aber erst nachmittags ab vier, vorher habe ich Dienst. Holst du mich bei Luigi ab?«

Franka nickte und Leon beugte sich zu ihr und gab ihr einen langen, zärtlichen Kuss. »Schade wegen gerade eben. Und: Ich finde dich immer sexy: braun, blond, rot, schwarz, mit und ohne Jogginghose …«, flüsterte er ihr ins Ohr.

Franka grinste und schob ihn spielerisch entrüstet von sich. »Bis Sonntag.«

19

Als sich die Tür geschlossen hatte, schaute Brit Franka lange an.

»Ich weiß schon«, begann Franka mit leicht aggressivem Unterton. Sie fühlte sich ertappt. »Ausgerechnet jetzt mit einem neuen Typen etwas anzufangen ist unsinnig. Ich habe anderes zu tun als rumzuknutschen. Und ihm obendrein nichts von alledem zu erzählen ist unfair. Ich sollte mich um mich und meinen Tumor kümmern – der ist jetzt der Kerl in meinem Leben. Nicht so ein …«

»Hallo?« Brit hieb mit der flachen Hand auf die Tischplatte, um Frankas Sermon zu unterbrechen. »Ich wollte dir eigentlich gerade gratulieren. Ein süßer Typ. Und sorry für den verpatzten Sex. Wenn ich das geahnt hätte, hätte ich noch ein paar Minuten gewartet. So wie ihr zwei ausgesehen habt, hätte das nicht allzu lang gedauert.« Sie grinste und schnappte sich noch eine Rosinensemmel, in die sie so genussvoll hineinbiss, dass Franka zu erkennen glaubte, welches Kopfkino sich da gerade in ihren Gedanken abspielte.

»Blöde Kuh!« Franka lachte. »Aber meinst du das ernst? Kann ich guten Gewissens etwas mit Leon anfangen, ohne dass er Bescheid weiß?« Sie jedenfalls fühlte sich, als sei ihr das schlechte Gewissen geradezu auf die Stirn tätowiert.

»Na ja, wirklich richtig ist es wahrscheinlich nicht. Und irgendwann wirst du es ihm sagen müssen. Aber dass es beim ersten Mal in der Kiste nicht gerade anturnend ist, über die Größe des Tumors zu diskutieren statt über die Größe seines besten Stücks, ist doch auch klar.«

Franka verschluckte sich an einer Rosine vor Lachen. Doch dann wurde sie schnell wieder ernst. »Trotzdem. Im Prinzip belüge ich ihn ja.«

Brit stellte ihre Tasse ab und legte das angebissene Rosinenbrötchen langsam beiseite.

»Stimmt. Hast du dich mal gefragt, warum? Allen anderen gegenüber bist du ja ziemlich offen, thematisierst den Tumor, wie er halt ist, bist so direkt, wie du schon immer warst. Warum nicht bei Leon?«

Franka zerbröselte die Krümel, die sich auf ihrem Teller fanden. Je nachdem, wie sie den Kopf hielt, konnte sie sie einfach oder doppelt sehen. Der Tumor war da, ob sie nun über ihn sprach oder nicht. Weglügen ging nicht.

»Ich glaube, genau das ist der Punkt«, begann sie zögernd. »Ich war schon immer die, die alles auf die Reihe bekommt. Schule, Uni, Jobs, Freunde … Geht alles und meistens ziemlich gut. Ich lasse mich nicht herunterziehen, ich bin ein Macher, habe das alles im Griff. Auch die Typen. Meine Männer mochten an mir immer, dass ich selbstständig war, meinen eigenen Kopf hatte …«

»Halt einen Dickkopf, und nicht selten warst du eine Zicke – aber deine Männer scheinen auch darauf zu stehen«, fügte Brit schmunzelnd ein.

»Ja. Auch das.« Franka lächelte. »Ich glaube, ich wollte, dass Leon sich genau in diese alte Franka verliebt, in die, die ich vorher war. Ohne Tumor. Nicht in eine kranke, bemitleidenswerte Person, die dem ganzen Umfeld leidtut. Ich wollte noch einmal, ein einziges Mal, ich sein.« Zweifelnd blickte sie ihre Freundin an.

Brit erwiderte den Blick, ernst, aber weder mitleidig noch vorwurfsvoll.

»Verstehe ich. Aber ganz ehrlich: Das funktioniert nicht. Du hattest den Tumor schließlich auch vorher schon. Du hast es nur nicht gewusst. Natürlich ändert so eine Diagnose erst einmal eine Menge. Aber du bist und bleibst du. Und du wirst, egal, wie das jetzt läuft, damit leben müssen. Oder glaubst du ernsthaft, du kommst aus der Klinik und alles ist, wie es vorher war?«

»Nicht, oder?« Hier wurde Franka ganz leise und zum ersten Mal spürte sie einen Kloß im Hals. Die ganze Zeit über hatte sie nicht verstehen können, warum ihr Umfeld so emotional reagierte, warum alle bereits Rettungsaktionen für sie zu planen schienen. Bis jetzt hatte sie allem wie in einem Film zugeschaut, befremdet, irritiert, aber selbst meist nur bedingt emotional betroffen. Nun empfand sie sie zum ersten Mal tatsächlich – die Angst. Tränen schossen ihr in die Augen.

Wie würde ihre Zukunft aussehen? Würde sie den Tumor je wieder loswerden? Und wenn nicht – konnte sie dann überhaupt noch eine Beziehung, ihr Studium, eine Zukunft planen?

»Hat es denn überhaupt Sinn, sich ausgerechnet jetzt einen Freund zu suchen? Ist das fair?«

Brit rückte ihren Stuhl neben den von Franka und legte ihr den Arm um die Schultern. »Hey. Jetzt krieg mal nicht gleich die Krise.«

Franka zog lautstark die Nase hoch und wischte sich über das Gesicht. »Wenn du jetzt sagst: Denk positiv, schmeiße ich dich raus!«

Brit lachte. »Nee, das hatte ich nicht vor. Aber hineinsteigern nutzt auch nichts. Du musst dich dem stellen, was da kommt. Aber das heißt doch nicht, dass du gar nicht mehr leben darfst.«

»Und was mache ich jetzt?«

»Mit Leon? Du wirst es ihm sagen müssen. Wenn er dann sauer ist und dich hängen lässt, kannst du ihn eh in den Wind schießen. Wenn nicht, ist es doch vielleicht schön, sich auf die Zeit nach der OP zu freuen. Neben Medikamenten, Bestrahlung und Kontrollterminen erwartet dich dann vielleicht auch kuscheln und küssen. Das macht es doch deutlich angenehmer, oder?« Franka schien noch nicht wirklich überzeugt. »Hör mal, Süße …« Brit klang jetzt ein wenig wie Frankas Lehrerin in der ersten Klasse, als sie ihren Abc-Schützen erklärte, wie wichtig Hausaufgaben waren – auch wenn sie ihnen lästig erschienen. »Das mit dem Tumor ist scheiße. Immer noch. Aber es ist nicht alles. Hör auf, alles nur noch daran festzumachen. Wieso solltest du keine Beziehung eingehen? Weil die Zukunft offen ist? Ist sie doch immer – vielleicht ist Leon gerade eben auf dem Weg ins Café vom Bus überfahren worden. Weißt du's? Dann bin ich schuld, dass ihr nicht ein einziges Mal richtig Spaß hattet. Muss ich mit klarkommen. Und wer weiß denn, was Leon so an Problemen mit sich bringt?«

Damit goss sie – ohne es zu ahnen – Öl ins Feuer. Franka runzelte die Stirn.

»Das wüsste ich auch gern«, gab sie zu. »Im Prinzip weiß ich nämlich gar nichts über ihn. Und das kommt mir schon sehr merkwürdig vor.«

Brit schaute erstaunt auf. »Hast du da echt Sorgen? Ich fand den jetzt eigentlich sehr nett. Warte doch erst einmal ab und mal nicht gleich wieder den Teufel an die Wand. Wo ist nur meine optimistische Franka geblieben? Seit du vom Tumor weißt, siehst du vieles viel negativer.«

Franka zuckte die Schultern. »Nicht negativer. Kritischer«, erklärte sie. »Aber das gehört vielleicht dazu.«

Brit wischte mit einem Schwung die Krümel vom Tisch, holte Luft und verkündete entschlossen: »So. Genug davon. Gib diesem Leon doch erst einmal eine Chance. Jammern kannst du hinterher. Und ich wollte eigentlich einen gemütlichen Vormittag mit dir verbringen und dich gerade von diesen ständigen Problemdiskussionen ablenken, statt neue mit dir zu führen. Hast du noch so einen Milchkaffee? Oder hast du – in Anbetracht der Tatsache, dass ja deine OP bevorsteht und du nicht weißt, ob du danach noch Geschmacksnerven hast, die Kaffee schmecken – schon jetzt keine Vorräte mehr?«

»Blöde Kuh!« Franka sprang auf und setzte noch einmal Kaffee auf. »Weißt du, was?«, fragte sie mit dem Rücken zu ihrer Freundin, die genüsslich in die letzte Rosinensemmel biss. »Du solltest eigentlich umsatteln auf Psychologie. Das wäre wirklich dein Metier.«

»Oh nee, wirklich nicht!«, protestierte Brit mit vollem Mund. »Damit ich täglich solche Leute wie dich um mich habe? Nein danke. Dann lieber weiter meine Beschwerdekunden an der Hotline. Die beschimpfen mich zwei Minuten, ich lasse das über mich ergehen, dann legen wir beide auf. Und beiden geht es in dem Moment besser.«

Franka lachte und brachte zwei volle Kaffeetassen.

»Hast ja recht. Trotzdem danke.«

20

Die Tage bis zum Wochenende zogen sich wie Kaugummi. Immer wieder spielte sich die Szene mit Leon im Bett vor Frankas innerem Auge ab. Was wohl noch passiert wäre, wenn Brit nicht geklingelt hätte? Wie ein pubertärer Teenager schlich sie durch ihre Wohnung, zog Kreise um ihr Handy und wartete sehnsüchtig auf einen Anruf. Bis Sonntag war es noch so lang hin …

Und noch immer hatte sie keine Nummer von ihm. Warum eigentlich sollte sie warten – auf seine Anrufe, auf seine Besuche? Was glaubte er denn, wer er war?

Kurz entschlossen schnappte sich Franka Fahrradschlüssel, Geldbeutel und Handy und ließ die Tür hinter sich ins Schloss fallen. Wenn der Prophet nicht zum Berg kam, dann kam der Berg eben zum Propheten. Und das »Luigi« mauserte sich soeben zu ihrem neuen Stammlokal. Franka grinste.

Das Radeln durch die angenehm warme Frühlingsluft tat ihr gut und schien ihr den Kopf buchstäblich freizupusten. Nur noch dazusitzen und zu warten, konnte es nun wirklich nicht sein. Überall schoss frisches Grün aus den Zweigen, die Vögel zwitscherten und Kinder eroberten nach monatelangem Spielen daheim endlich wieder kreischend die Schaukeln und

Rutschbahnen der Spielplätze. Franka bremste kurz ab und sah sich um. Eine junge Mutter schob einen Kinderwagen an ihr vorbei, während eine zweite junge Frau mit dick gewölbtem Babybauch neben ihr herstiefelte. Die beiden unterhielten sich angeregt, während das kleine Kind im Wagen genüsslich an einer Brezel mümmelte. Franka spürte einen Stich bei der Vorstellung, selbst vielleicht nie solch brezelverschmierte kleine Hände in den ihren zu halten.

Je weiter sich die zwei Frauen aus ihrem Blickfeld entfernten, desto stärker verdoppelten sich sofort wieder die Bilder, die von ihnen vor Frankas Augen entstanden. Franka sprang erneut auf ihr Fahrrad und trat in die Pedale. Stehen bleiben und dem Leben neidvoll zuschauen, war auch keine Lösung. Selbst leben hatte sie doch als Motto erwählt – Tumor ist, wenn man trotzdem lacht.

Wenige Minuten später erreichte sie leicht verschwitzt das »Luigi«. Leon stand davor, als habe er auf sie gewartet.

»Na, das ist ja ein Empfang«, keuchte Franka, nachdem der Kellner sie strahlend vom Sattel gezogen und ihr einen dicken Kuss auf den feuchten Mund gedrückt hatte. »Aber gib's zu, in Wirklichkeit frönst du nur mal wieder dem Nikotin.«

»Eigentlich musste ich nur schnell ein paar Telefonate erledigen«, gestand Leon sofort. »Geld verdienen für Italien und London.« London ... da war sie wieder, die Lüge, die noch immer zwischen ihnen schwebte.

Franka beschloss, besser das Thema zu wechseln. »Ich wollte nicht warten bis Sonntag«, fiel sie mit der Tür ins Haus. »Und da du dich mal wieder nicht meldest, musste ich eben zu dir kommen.«

Über Leons Gesicht huschte ein Strahlen, das sich aber gleich darauf wieder verdunkelte. »Ich hab nicht wirklich viel Zeit«, gestand er. »Meine Schicht dauert noch eine Stunde und dann hab ich nachmittags noch Termine.« Er zögerte, als er auf

Frankas enttäuschtem Gesicht las, dass sie sich das alles etwas anders vorgestellt hatte. »Aber für ein Eis im Park würde es reichen.«

Die Bett-Bilder schossen Franka erneut durch den Kopf, die seit Tagen ihr Kopfkinoprogramm in Dauerschleife füllten. Von Eis im Park waren diese erotischen Streifen weit entfernt. »Na ja, besser als nichts«, seufzte sie.

Leon strich ihr sanft über die Wange. »Ich könnte mir da auch ganz was anderes vorstellen«, flüsterte er und knabberte dabei vorsichtig an ihrem linken Ohrläppchen. »Ehrlich gesagt stelle ich mir seit Tagen ganz was anderes mit dir vor.« Franka spürte, wie ein Schauer ihren Rücken herunterkroch und irgendwo unterhalb ihres Hosenbundes stoppte. »Aber ich fürchte, das muss bis Sonntag warten …«

»Leon! Verflucht noch mal!« Luigis ungeduldiger Schrei zerriss die Stimmung wie eine Nadel, die den rosaroten Luftballon zerbersten ließ. »Du hast noch keinen Feierabend!« Leon sprang hastig die Stufen hoch zum Café. »Bis gleich, Rosinchen!«

Rosinchen?! Franka rümpfte die Nase. Kitschiger ging es wirklich nicht. Langsam folgte sie Leon ins Café, wählte einen Tisch in seinem Ausschankbereich und bestellte, als er kurz darauf ganz dienstbeflissen vor ihr stand, betont sachlich den obligatorischen Milchkaffee. Als er ihn ihr brachte, zischte sie streng: »Rosinchen geht echt nicht. Da fühle ich mich wie eine fette, runde Kugel!«

Leon lachte. »Für mich sind Rosinchen klein, weich und machen das Leben süßer«, erklärte er ernsthaft.

Nach einer Stunde endlich hatte Leon dann die Schürze in die Küche gehängt und sein elektrisches Gerät zur Aufnahme und Verrechnung der Bestellungen an der Kasse abgegeben. »Und jetzt – Eis im Park?« Während Franka ihr Fahrrad schob, schlenderte er fröhlich neben ihr her und plauderte von seinen Florenzplänen. »Die Architektur dort ist so spannend«, versuchte er Franka zu begeistern, »da sind Bauten, die sind so alt, dass man ihre genaue Erstehungszeit gar nicht hundertprozentig verifizieren kann. Ständig versuche ich schon, mir genug Material für Skizzen zu besorgen. Ich will das alles festhalten, verstehst du? Aber nicht wie Touristen auf Fotos, sondern auf Zeichnungen, weil sich mit denen die Konstruktion von Gebäuden ganz anders darstellen lässt. Da sieht man, was trägt und was nicht, was stützt, wo etwas morsch wird oder vom Zahn der Zeit angenagt ...«

Mitten im Redefluss stoppte er, stellte sich Franka in den Weg und begann sie zu küssen. Das Kribbeln im Bauch nahm schlagartig zu und sie hörte, wie seine Worte in ihrem Kopf widerhallten. »Tragen« und »stützen« und »morsch« und »Zahn der Zeit«. Er sprach von Gebäuden, doch all das konnten auch Metaphern für Beziehungen sein. Wie stabil war das, was sie hier gerade entstehen ließen? War da irgendetwas, was stützte, was trug? Oder war das Lügengerüst nicht von Beginn an morsch, lange bevor der Zahn der Zeit daran nagen konnte?

»Ich besorge zwei Eis, such du uns einen Platz auf der Bank«, verkündete Leon, der von Frankas verwobenen Germanistikgedanken nichts ahnte. Kurze Zeit später setzte er sich, beladen mit zwei triefenden Eiswaffeln, neben sie und drückte ihr eine in die Hand. »Ich wusste nicht, welche du magst«, entschuldigte er sich. »Ich hoffe, Schokolade ist in Ordnung?«

Du weißt so vieles nicht, dachte Franka. Und ich weiß noch viel weniger.

»Hey, du schaust schon wieder ernst.« Leon berührte Frankas Nase absichtlich mit seinem Eis, um es ihr dann genüsslich von der Spitze zu schlecken.

Franka lachte. »Du bist ein Kindskopf!«

Er nickte. »Stimmt. Aber nur bei dir. Weil mir das Leben mit dir so ... so bunt erscheint. Es macht Spaß, mit dir zu reden. Mit dir in den Park zu gehen. Es macht sogar mehr Spaß zu arbeiten, wenn du im Café sitzt. Wenn du kommst, habe ich das Gefühl, die Sonne scheint, selbst wenn es regnet.« Er zögerte. »Scheiße, bei dir werde ich sogar romantisch!«

Franka lachte wieder. »Das glaube ich dir alles nicht. Ich glaube, du bist ein furchtbarer Schauspieler, der allen Frauen dasselbe sagt!« Herausfordernd schaute sie ihn an.

Leon wurde plötzlich ernst. »Das stimmt nicht.« Eine Falte erschien auf seiner Stirn. »Das klingt jetzt vielleicht blöd und kitschig, aber bei dir ist wirklich alles anders. Bei dir habe ich wirklich das Gefühl, glücklich zu sein. So richtig, nicht nur körperlich … Aber das natürlich auch!«, schob er schnell nach, und schon verdrängten seine Grübchen die gerade entstandene Falte auf der Stirn.

Langsam nahm er Franka das tropfende Eis aus der Hand und ließ es gemeinsam mit seinem Rest achtlos auf den Boden gleiten, wo sich sofort eine Horde Tauben draufstürzte. Stattdessen nahm er ihre Hände zärtlich in seine und begann, Franka innig zu küssen. Sein Mund schmeckte süß und klebrig, doch Franka schloss die Augen und ließ sich einfach versinken in diesen Moment. Das Kreischen der Kinder auf den Spielplätzen und das Zwitschern der Vögel vermischte sich zu einem einzigen Geräuschmischmasch, der nur noch von dem Rauschen in ihren Ohren übertönt wurde.

»Das muss ja nun wohl nicht mitten im Park sein!« Die alte Dame, die sich neben sie auf die Bank gesetzt hatte und das wild verschlungene Liebespaar mit gerunzelten Augenbrauen betrachtete, hatten sie gar nicht bemerkt. »Kann man so was nicht daheim machen?«

»Doch, kann man«, konterte Franka übermütig, »muss man aber nicht.« Sie fühlte sich wohl in Leons Arm, ihr Mund kribbelte noch angenehm und die Welt schien ihr mit einem

Mal so glücklich, dass sie sich diesen Moment keinesfalls von einer prüden alten Jungfer verderben lassen wollte.

Leon blickte auf seine Uhr und zuckte dabei zusammen. »Mist, ich muss schon wieder weiter.« Er drückte Franka noch einen Kuss auf den Mund – so fest und so geräuschvoll, dass die Oma neben ihnen entrüstet nach Luft schnappte.

»Was hast du denn so Dringendes?« Franka konnte ihre Enttäuschung nur schwer verbergen. »Termine. Geld verdienen. Für Italien. Und London, weißt du doch.« Leon strich ihr eine Haarsträhne aus dem Gesicht. »Fortsetzung folgt Sonntag, okay? Ich muss los.«

Noch bevor Franka ein weiteres Mal protestieren konnte, warf ihr Leon eine letzte Kusshand zu und joggte los Richtung Ausgang des Parks. Franka blieb zurück und starrte ihm nach.

»Tja, so schnell kann das vorbei sein«, triumphierte die Alte hämisch neben ihr. »So sind sie, die Männer. Lass die Finger davon, Mädchen, die spielen alle mit gezinkten Karten.«

Frankas Gefühle waren viel zu durcheinander, um sich auf eine weitere Diskussion mit der Fremden einzulassen. Stattdessen stand sie kommentarlos auf und schob ihr Rad dorthin, wo Leon gerade verschwunden war. Von himmelhoch jauchzend bis zu Tode betrübt in nur wenigen Sekunden. Das sollte ihr erst einmal jemand nachmachen.

21

Pünktlich um halb drei am Samstag klingelte Franka bei ihren Eltern. Ab drei Uhr wurden die Gäste erwartet, die der Großmutter zu ihrem Achtzigsten gratulieren wollten. Frankas Mutter öffnete und drückte ihre Älteste hektisch an sich.

»Prima, dass du da bist. Alles gut? Ich bin gerade noch etwas im Stress. Könntest du mir noch schnell beim Tischdecken helfen? Ach nein, lass, setz dich hin, schon dich.«

Franka verdrehte die Augen. »Mama. Ich bin nicht krank. Ich sehe vielleicht die Löffel doppelt – aber jedem einen zuzuordnen, krieg ich noch hin!«

Mit gerunzelter Stirn drehte sich ihre Mutter zu ihr um, musste dann aber selbst lachen. »Hast ja recht«, seufzte sie. »Tut mir leid. Okay, fang an. Die Teller stehen schon hier, das Besteck liegt noch in der Küche.«

Franka eilte los und war froh, durch die allgemeine Hektik erst einmal vor weiteren Fragen gesichert zu sein. Da würden im Laufe des Nachmittags noch genug auf sie zukommen. »Wo ist denn Papa?« Ihr Vater hatte sich seit der ganzen Geschichte noch gar nicht bei ihr gerührt, fiel ihr erst jetzt auf. Er war von Natur aus sowieso nicht der, der Dinge gern beredete, bevor er sie mit sich selbst ausgemacht hatte, aber sich so gar nicht zu melden …

»Der besorgt gerade die Reste fürs Abendessen«, antwortete ihre Mutter. »Müsste aber gleich kommen.«

In diesem Moment stürmte Tim ins Zimmer, ihr vierzehnjähriger kleiner Bruder.

»Hi Schwesterherz.«

»Hi.«

Wusste er Bescheid? Mit Sicherheit. Aber Jungs in dem Alter hatten wahrscheinlich anderes im Kopf als die Erkrankungen der großen Schwester. Oder?

Tim hielt kurz inne, unsicher, was er noch sagen sollte. »Alles gut so weit?«

Auch Franka zögerte. Aber dies war definitiv der falsche Moment. »Klar«, antwortete sie daher betont gut gelaunt. »Passt schon.«

Tim nickte. »Dann ist gut.«

Franka ärgerte sich über sich selbst. Was erwartete sie eigentlich? Einerseits war sie froh, nicht als Kranke behandelt und ständig ausgefragt zu werden – andererseits irritierte es sie, wenn ihr Umfeld nicht auf den Tumor einging. Doch bevor sie weitergrübeln konnte, klingelte es an der Tür.

»Das wird Oma sein«, rief Frankas Mama aus der Küche. »Franka, gehst du hin?«

Franka öffnete und vor ihr stand das Geburtstagskind.

»Alles Gute, liebe Oma!«

Die Oma strahlte und drückte ihre Enkelin fest an sich. »Schön, dass du da bist, Kind. Wir zwei müssen da jetzt heute irgendwie durch. Aber das kriegen wir hin, oder?« Sie zwinkerte und Franka nickte.

»Schaffen wir, Oma.«

Sie nahm der alten Dame den Mantel ab und geleitete sie ins Esszimmer. Wie immer bekam das Geburtstagskind den Platz vor Kopf, genau vor der professionell dekorierten Geburtstagstorte mit den vielen Kerzen. Oma seufzte: »So viel Aufwand. Und das für eine so alte Frau.«

Bevor Franka darauf antworten konnte, meldete sich die Türglocke erneut. Weitere Gäste kamen, Jacken und Mäntel wurden ausgezogen, Geschenke übergeben, Glückwünsche ausgetauscht. Frankas Vater erschien mit einer großen Brotzeitplatte vom Metzger in den Händen und zwei Tüten voller Semmeln auf dem Arm. Während er seine Lieferung durch den vollen Flur jonglierte, warf er seiner Tochter über die Köpfe der Gäste hinweg kurz einen liebevollen Blick zu. Sie zwinkerte zurück. Alles gut, Papa.

Eine halbe Stunde später saß die ganze Gesellschaft am Tisch. Franka spürte, wie sehr sie die Situation anstrengte, die Doppelbilder schienen zuzunehmen und das Gebrabbel der vielen alten Tanten war nur schwer zu ertragen. Dazu spürte sie immer wieder mitleidige Blicke, die sie durchdringend musterten. Konnte man ihr den Tumor nicht irgendwie ansehen? Irgendwie musste sich so ein Teil doch bemerkbar machen … Doch ihre Mutter schien tatsächlich vorgearbeitet zu haben: Keiner der Gäste sprach das Thema direkt an.

Bis sich der dicke Theo, ein Onkel ihrer Mutter, über zwei Leute hinweg zu ihr beugte. »So. Und du hast jetzt also so ein Ding im Gehirn. Mitten drin?«

Schlagartig verstummten die Gespräche um sie herum. Franka schluckte ihr Stück Käsekuchen hinunter und sah im Augenwinkel das entsetzte Gesicht ihrer Mutter. Um sie zu beruhigen, versuchte sie, gewohnt souverän zu reagieren.

»Ja, Onkel Theo. Stell dir vor. Mitten im Gehirn. Ein riesiger Tumor. Sieht man gar nicht, oder?«

Theo schien sie eine Weile regelrecht zu scannen, dann schüttelte er den Kopf. »Nee, tatsächlich nicht.« Franka glaubte schon, ihm durch ihre Direktheit den Wind aus den Segeln genommen zu haben, doch eigentlich hätte sie es besser wissen müssen. Gerade als die Gespräche rechts und links wieder einsetzten, holte Theo Luft und verkündete: »Ja, mittendrin. Das ist echt Mist. Aber«, jetzt hob er die Hand und klopfte Franka herzlich auf die Schulter, »zum Glück ist das Gehirn ja nicht das wichtigste Organ einer Frau!«

Während er vor Lachen grölte und sich aus Begeisterung über den gelungenen Witz selbst auf die Schenkel schlug, war der Rest der Gäste schlagartig still. Betreten schauten sie auf ihre halb leeren Teller, und selbst Franka, sonst nie um eine Antwort verlegen, schnappte hilflos nach Luft. Das hatte er jetzt nicht wirklich gesagt, oder?

Verzweifelt versuchte Frankas Vater, die Situation zu retten, indem er sich erhob, um einen Toast auf die Jubilarin auszusprechen.

»Ein Prosit auf meine Mama!«, verkündete er feierlich und hob sein Glas. »Auf eine starke Frau, die nie aufgehört hat, ihr Leben in vollen Zügen zu genießen. Kein Kummer und keine Krankheit …« Er stockte und schaute verunsichert zu seiner Frau, die fast unmerklich den Kopf schüttelte. »Also ich meine, du hast das immer toll gemacht und wir sind froh, dich zu haben.« Alle Gäste stießen erleichtert, die peinliche Klippe gerade noch umschifft zu haben, darauf an, und tatsächlich füllte sich die unangenehme Stille nach und nach wieder mit Gesprächsfetzen oder wenigstens leisen Ess- und Trinkgeräuschen.

Doch der Bann schien nun gebrochen.

»Sag mal …« Tante Ina tastete sich nur wenig vorsichtiger an das Thema heran als Theo. »Merkt man das denn nicht, wenn man so was im Kopf hat?«

Franka schüttelte den Kopf. »Nein, Tanta Ina. Tut man nicht.«

Tante Ina schien nachzudenken. In einem Comic könnte man jetzt die Gedankenblase sehen, überlegte Franka. »Na ja, vielleicht wolltest du das ja auch gar nicht sehen. Aber jetzt hast du sozusagen erst mal Urlaub, oder? Ist ja auch mal ganz schön …« Ihr verzagtes Lächeln zeigte deutlich, dass sie verzweifelt danach suchte, irgendetwas Sinnvolles zu sagen.

Franka nickte. »Ja. Urlaub. Toll.« Auch dieses Gespräch hatte sie schon einmal geführt.

In diesem Moment beugte sich von der gegenüberliegenden Tischseite eine weitere Dame vor, seit Jahren Omas Nachbarin. »Aber das Thema Kinder ist ja nun rum, oder? Schwanger brauchst du wohl nicht werden, mit so einem Ding im Kopf.« Franka sah, wie ihre Mutter ihr einen entsetzten Blick zuwarf. Halte durch, schien er sagen zu wollen. Frankas Hände verkrampften sich unter dem Tisch. »Aber Hauptsache«, setzte die Nachbarin ihren Vortrag fort, »Hauptsache, du denkst positiv, Kind. Dann wird das schon wieder. Und man wird auch ohne Familie alt, schau mich an.« Um Beifall heischend blickte sie zufrieden in die Runde. Allgemeines Nicken bestätigte sie. »Das mit dem positiv Denken soll bei Krebs schon oft geholfen haben. Man kann da eine Menge selbst beeinflussen. Aber wenn da die eigene, wie sagt man, innere Einstellung nicht passt – dann kann einen der beste Arzt der Welt auch nicht mehr retten.«

Jetzt klinkte sich Tante Ina erneut ein. »Auch Ernährung ist da wichtig, Kind. Nicht nur so Fast Food und so essen. Kräuter, Gemüse, Obst, das macht gesund.«

Die Nachbarin nickte begeistert, während sie sich die Geburtstagstorte mit Sahnehäubchen in den Mund schaufelte. Frankas Fingerknochen traten weiß hervor. Die Versprechungen, Franka gegenüber das Thema Krankheit nicht zu erwähnen, war mitsamt der Torte verschluckt worden, und jetzt kannte das Mitteilungsbedürfnis der Rentnergang zum Thema Wehwehchen und Heilungsmethoden keine Grenzen mehr. »Der Huber von Gegenüber hat jetzt sogar Prostatakrebs«, verkündete die Nachbarin gerade. »Sieht ganz schlecht aus, sagt die Frau. Der hat sich wohl wirklich bald ausgemotzt …«

Jetzt hatte Franka genug. Sie murmelte ein leises »Entschuldigung«, stand ruckartig auf und begann, das benutzte Geschirr zu stapeln.

»Ist nicht so einfach, das mit dem positiv Denken«, kommentierte Tante Ina Frankas offensichtliche Flucht verschwörerisch. »Das ist aber auch ein wirklich hartes Schicksal.«

Franka ergriff einen Stapel Teller und eilte so schnell wie möglich Richtung Küche. Keine Minute hätte sie es mehr aushalten können zwischen den mitleidigen Blicken, dem dreisten Theo und den distanzlosen Kommentaren der alten Tanten. Als ob ihr Schädel nicht ohne all das schon genug brummte. Müde schloss sie die Tür hinter sich und lehnte den Kopf an die kühle Küchenfensterscheibe.

»Ach Kind.« Ihre Oma stand plötzlich hinter ihr. Ganz leise war sie ihrer Enkelin aus dem Esszimmer gefolgt. Sie streichelte Franka, die sie fast um einen Kopf überragte, sanft die Wange, so, wie sie es früher schon getan hatte, wenn Franka nachmittags bei ihr gespielt und die Nachbarskinder sie geärgert hatten. Oma war für Franka schon immer eine Bezugsperson gewesen: Blutige Knie konnte nur Oma wirklich heilen, den ersten Liebeskummer durfte nur Oma mit ihr teilen und auch die eigene kleine Wohnung war nur möglich, weil Oma ihr jeden Monat etwas von ihrer Rente zukommen ließ.

Auch heute war Oma wieder die Rettung. Sanft hielt sie die Enkelin im Arm. »Es tut mir leid. Alte Leute werden manchmal wunderlich.« Die Oma seufzte. »Warum hast du mir nicht den blöden Tumor gegeben? Bei mir wär es egal.« Franka schüttelte langsam den Kopf. »Weißt du, bei mir warten ja eh schon alle auf die Beerdigung und den Leichenschmaus. Aber bei dir …« Traurig blickte die alte Frau ihr Enkelkind an. »Das Leben ist ungerecht.«

Franka zuckte hilflos mit den Schultern. Ja, ungerecht. Das traf sicher zu. Andererseits: Wem dürfte man zu Recht einen Tumor gönnen?

»Aber auch das überstehen wir irgendwie, Franka. Kannst du dich noch erinnern, als du klein warst? Da haben wir immer die Geschichte von den Schmerzzwergen erzählt.«

»Von den kleinen Kerlen, die nachts heimlich unsichtbare Pflaster auf Wunden kleben, die nur der sehen kann, der an sie glaubt?« Franka musste lächeln. Wie lange schon hatte sie nicht mehr an die Schmerzzwerge gedacht?

Ihre Oma nickte und lächelte. »Die lassen wir einfach wiederkommen, Franka. Und du wirst sehen, das hilft. Mehr jedenfalls als dieses blödsinnige Positivdenken!«

Franka lächelte zurück. Diese kleine alte Frau, die selbst immer zittriger wurde, verströmte mehr Optimismus als der ganze Rest der Familie zusammen. Tatsächlich schien ihr der Gedanke, nachts von den Schmerzzwergen verarztet zu werden, irgendwie tröstend – so wie früher, wenn sie vom Rollschuhlaufen blaue Flecken hatte. Sie schmunzelte bei der Erinnerung an die schrulligen Kerle, die sich stets darum stritten, wer die wichtigste Aufgabe aller Zwerge hatte. Vielleicht verfiel man in solchen Momenten tatsächlich wieder in die Kinderrolle. Und vielleicht tat das ab und an sogar gut. Endlich mal nicht stark sein, nicht funktionieren zu müssen.

»Okay, Oma.« Franka küsste ihre Oma sanft auf die faltige Stirn. »Versprochen.«

22

Dieses Mal rannen keine Regentropfen die Scheiben entlang, während Franka auf dem gemütlichen Sofa im »Luigi« saß und aus dem Fenster schaute. Nachts hatte sich der Himmel zwar wieder zugezogen, doch der Wind hatte die dicksten Regenwolken vertrieben, auch wenn der wirklich warme Sommer weiterhin auf sich warten ließ. Zwei kleine Spatzen kämpften um ein kleines Stück Brezel, das offensichtlich aus einem Kinderwagen geplumpst war. Nach der anstrengenden Familienfeier am Vortag, die in vielen Verabschiedungen gepaart mit Gute-Besserungs- und Kopf-hoch-positiv-denken-Wünschen geendet hatte, genoss es Franka umso mehr, entspannt im »Luigi« zu sitzen, die Vögel vor dem Fenster zu beobachten und ihren Gedanken nachzuhängen.

»Heute keinen Gin Tonic?«

Franka blickte auf und strahlte. Leon stand breit grinsend neben ihr und deutete einen gehauchten Kuss an.

»Nein. Milchkaffee. Bitte.«

»Ich brauche noch eine halbe Stunde, dann kann ich Feierabend machen. Wartest du?«

»Was meinst du, warum ich hier bin?« Franka strahlte erneut. »Ich freue mich.«

Während sie ihren Milchkaffee schlürfte, beobachtete sie, wie Leon seinen Job erledigte. Er war freundlich zu den Kunden, manchmal regelrecht charmant. Seine Jeans allerdings waren ziemlich ausgeleiert, sein Sweatshirt verwaschen. Der Schickste unter den Kellnern war ihr neuer Freund sicher nicht. Franka ärgerte sich über sich selbst. Seit wann war sie so oberflächlich, Menschen nach ihrer Kleidung zu beurteilen? Vielleicht waren Klamotten Leon nicht so wichtig. Vielleicht hatte er auch nicht so viel Geld, um sich ständig neue zu kaufen. Wovon lebte er eigentlich? Anscheinend ja nicht nur von seinem Gehalt als Kellner. Dieser Gedanke, noch immer nicht wirklich viel über ihn zu wissen, wurmte Franka zunehmend. Wie schaffte er es, sie immer wieder von ihren Fragen abzulenken?

Franka leerte die Tasse und beschloss, Leon an diesem Nachmittag mal gehörig in die Zange zu nehmen. Nicht einmal seinen Nachnamen hatte er ihr genannt, geschweige denn seine Handynummer gegeben! Allerdings sollte sie ihn auch endlich mal aufklären. Acht Tage hatte sie noch bis zur Operation – es war dringend an der Zeit, ihm von dem verhassten Tumor zu erzählen. Unwillig schob sie die leere Tasse vor sich auf dem Tisch hin und her. Von wegen die Starke, die Macherin, die, die alles im Griff hatte. Wie ein kleines Mädchen fühlte sie sich gerade. Unsicher und unwohl. Fast hatte sie Angst.

»Fertig?« Da stand er in dem grünen Parka, den er am ersten Tag an der Telefonzelle getragen hatte. Frankas Herz klopfte. Aber nach außen gab sie sich weiterhin betont cool.

»Ich muss noch zahlen, aber der Kellner hier ist so schlampig«, behauptete sie kess.

»Irrtum.« Leon nahm ihre Hand und zog sie zum Ausgang. »Der schlampige Kellner hat alles bereits gezahlt!«

Draußen vor der Tür drehte er sich zu ihr um und gab Franka erst einmal einen innigen Kuss, bis ihr die Luft wegblieb.

»Schön, dass du da bist.« Er blickte ihr so tief in die Augen, dass ihr ganz mulmig wurde. »Und jetzt? Gehen wir zu dir?« Ohne eine Antwort abzuwarten, marschierte er in Richtung ihrer Wohnung los. Franka jedoch blieb stehen. Warum bildete sich dieser Kerl eigentlich stets ein, der Bestimmer zu sein?

»Halt. Wieso denn? Wir könnten doch auch zu dir gehen.«

Leon wandte sich kurz um, ein Schatten huschte über sein Gesicht. »Nein. Das … macht keinen Sinn. Bei dir ist es schöner.«

»Wieso denn? Wo wohnst du überhaupt?« Franka spürte, dass sie Leons Trotz erst recht anstachelte. »Wohnst du noch daheim, bei Mama?« Sie grinste frech.

Doch Leon blieb ernst. »Tue ich. Und deshalb will ich da nicht hin. Gibt nur Ärger.«

Franka spürte, dass er darüber nicht mit sich reden lassen würde, auch wenn sie sehr neugierig auf seine restliche Familie gewesen wäre. »Vielleicht ist Sarah ja auch da.« Es war ein Versuch, doch er prallte ebenso an ihm ab wie der vorherige.

»Nein. Es geht nicht.«

Franka hatte, nachdem sie sich so auf den Nachmittag gefreut hatte, keine Lust auf Streit, und so nickte sie nur, bevor sie erneut seine Hand ergriff. »Okay. Gehen wir zu mir. Aber willst du mir nicht trotzdem ein bisschen was erzählen? Hast du noch mehr Geschwister?«

Leons Gesicht war deutlich anzusehen, dass er dieses Thema lieber gemieden hätte. »Insgesamt habe ich drei Brüder und eine Schwester«, gab er zögernd zu.

»So viele?« Franka staunte. »Toll! Ich habe nur einen kleinen Bruder. Und der nervt meistens, weil er über zehn Jahre jünger ist als ich.«

»Nerven tun meine Geschwister auch.« Leon machte den Eindruck, als taue er bei dieser Gemeinsamkeit schon ein wenig auf. »Zwei sind älter, zwei jünger. Ich bin sozusagen das klassische Sandwichkind.«

Ob das nun eher lustig oder eher traurig war, konnte Franka nicht einschätzen. Dranbleiben, ermahnte sie sich selbst, endlich erzählt er etwas. »Und was machen deine Geschwister so?«

In diesem Moment, kurz bevor sie die Haustür erreicht hatten, klingelte Leons Handy. Franka ärgerte sich über diese Unterbrechung, aber auch Leons Miene verdüsterte sich beim Blick auf das Display.

»Ja?« Seine Stimme klang hart und sehr kurz angebunden, ganz anders als gerade eben noch im Gespräch mit Franka. »Nein. Jetzt nicht. Später. Ich melde mich.« Entschlossen drückte er den roten Knopf und versenkte das Handy tief in der Parkatasche.

»Ärger?« Franka beäugte ihn kritisch.

Leon bemühte sich, ein Lächeln herzustellen, doch es verunglückte wie eine schlecht gemalte Fratze. »Passt schon. Alles okay.«

»Deine Mama? Oder deine Geschwister?«

»Nein.« Er klang fast unwirsch. »Ein Freund. Nicht wichtig.«

»Du kannst auch gern noch in Ruhe telefonieren, wenn du magst. Ich warte.« Franka hatte das Gefühl, abgespeist zu werden. Und das mochte sie gar nicht. Doch auch Leon schien die Situation mehr als unangenehm zu sein.

»Nein, ich sag doch: Es ist okay. Betrifft dich nicht. Und eigentlich mag ich auch gar nicht von mir reden. Da ist nicht viel Spannendes, was man berichten könnte.«

Sie hatten die Haustür erreicht und Franka stapfte etwas verärgert an Leon vorbei, um aufzuschließen. Es betraf sie also nicht? Schön. Dann betraf ihn vielleicht auch so manches nicht, was sie bewegte. Vielleicht hatte sie dann auch keine Lust, mit ihm über das zu reden, was sie wirklich beschäftigte. Schweigend marschierte sie vor ihm durch den Hausflur, bevor sie auch die Wohnungstür öffnete. Die Verbundenheit, die zuvor wenigstens in Ansätzen spürbar gewesen war, hatte sich binnen Sekunden wieder vollkommen verflüchtigt.

Neugierig betrat Leon die Wohnung und blickte sich um. Das Bett hatte Franka dieses Mal vorsorglich ordentlich hergerichtet, die benutzten Klamotten in die Wäsche getragen und den Esstisch aufgeräumt. Er sollte sie ja nicht für völlig chaotisch halten.

»Leon, jetzt hör doch mal. Ich möchte einfach mehr über dich wissen. Wer bist du? Was tust du? Was magst du?«

Franka drehte sich zu ihm um, doch noch bevor sie ihre Jacke ausgezogen hatte, schlang Leon, der plötzlich wieder wie ausgewechselt zu sein schien, die Arme um sie. »Dich. Von oben bis unten. Nur dich.«

Zuerst sträubte sich Franka. Sie war doch kein Hund, mit dem man dann spielte, wenn man gerade Lust darauf hatte. Doch seinen zärtlichen Küssen, seinen fordernden, leidenschaftlichen Berührungen und seinen sehr zielführenden Versuchen, sie von mehr als nur der Jacke zu befreien, konnte sie nicht lange widerstehen.

Ohne noch ein Wort zu wechseln, begannen die zwei, das zu Ende zu führen, was Brit ein paar Tage zuvor so brüsk unterbrochen hatte. Franka genoss jeden Moment. Lange hatte sie sich nicht mehr so wohlgefühlt, so begehrt und gleichzeitig so geborgen. Sie presste sich mit Wonne an den nackten, warmen Körper dieses Mannes, von dem sie immer noch kaum mehr wusste als seinen Vornamen. Doch gleichzeitig kam er ihr so vertraut vor, dass sie die Zweifel und Ängste, die das Unbekannte an ihm in ihr auslösten, rigoros von sich schob. Sie lebte hier und jetzt, so intensiv und aufregend wie schon lange nicht mehr. Und sie konnte sich – wenn auch wider besseren Wissens – einfach fallen lassen, jegliche Kontrolle aufgeben und sich ganz ihren eigenen Bedürfnissen widmen. Der Kopf wurde dank des Kribbelns im ganzen Körper endlich mal vollständig ausgeschaltet.

Danach strich sie sich die verstrubbelten Haare aus der Stirn und betrachtete Leon ernst. Er lag neben ihr in den zerwühlten Kissen, hatte die Augen geschlossen und schien müde, aber zufrieden vor sich hin zu dösen. Ein paar Haare sprossen auf seiner Brust, die Franka geradezu dazu einluden, sich einfach wieder an sie zu kuscheln und den Moment mit jeder Faser ihres Körpers zu genießen. Wollte sie das jetzt wirklich kaputtmachen, indem sie von lästigen Geschwistern oder noch lästigeren Tumoren, Operationen und Strahlentherapien sprach?

Trotzdem holte Franka tief Luft und setzte tapfer an: »Du, Leon, ich … wollte noch mit dir reden …«

Leon blinzelte. »Jetzt?«

»Ja, jetzt. Es ist wichtig.« Franka rang nach Worten, doch bevor sie die richtigen gefunden hatte, presste ihr Leon erneut seine Lippen auf den Mund. Während sie nach Atem rang, flüsterte er: »Ich hab da eine viel bessere Idee. Wichtiger als alles andere …« Seine Hände glitten an ihrem nackten Körper entlang und Franka rutschte ein genüssliches Grunzen heraus: »Du bist unmöglich! Jetzt hör doch mal zu!«

Leon lachte kehlig und zog ihnen die Decke über den Kopf. »Traust du dich in meine gefährliche Höhle?«

Franka zögerte kurz. Dann traute sie sich – und beschloss, den Tumor noch dieses eine Mal außen vor zu lassen. Vielleicht gab es gerade wirklich Wichtigeres …

Keine zwei Stunden später schreckte Franka aus dem Schlaf. Offensichtlich war sie nach dem »Besuch in der Höhle« und einem weiteren totalen Kopfkontrollverlust erschöpft in Leons Armen eingeschlafen. Jetzt wachte sie abrupt auf, als er ihr sanft einen Kuss auf die Stirn drückte. Vollständig angezogen stand er neben ihrem Bett, den Parka in der Hand. Verwirrt blickte sich Franka um. Draußen war es noch hell. »Was ist los?« Sie stemmte sich aus den zerwühlten Laken auf. »Wieso bist du angezogen?«

»Ich muss weg«, bedauerte Leon, »ich habe noch einen Termin. Es tut mir leid. Ich hatte vergessen, dir das zu sagen. Ich melde mich in den nächsten Tagen, ja?«

»Vergessen? Tatsächlich oder absichtlich?« Franka spürte Wut und Enttäuschung. Schon wieder bestimmte ganz allein Leon, was geschah. »Du hattest doch vorher nur einfach keine Lust auf eine weitere Diskussion!«

Leon zog schuldbewusst den Kopf ein und erwiderte nichts. Nach kurzem Zögern gab er Franka einen weiteren Kuss auf die Stirn und eilte dann Richtung Tür.

Erbost setzte sich Franka vollständig auf. »Hey, was soll denn das? Du kannst dich doch jetzt nicht einfach verpissen.« Wie so oft, wenn sie sauer wurde, rutschte sie ins Ordinäre ab. »Schnell ein, zwei nette Ficks – und dann weiter?«

Leon stoppte noch mal und grinste. »Immerhin bezeichnest du sie als nett.« Als er sah, dass Franka über diese Art von Humor gerade nicht lachen konnte, fügte er reumütig hinzu: »Hey, tut mir leid. Wirklich. Ich rufe dich an. Versprochen. Aber jetzt muss ich los.«

»Leon, warte. Ich will so gerne noch so viel von dir wissen. Du kannst jetzt nicht einfach gehen!«

Leon blickte ein letztes Mal mit ganz offensichtlich schlechtem Gewissen zurück, zuckte aber nur hilflos mit den Achseln. Dann öffnete er die Wohnungstür, warf ihr einen letzten entschuldigenden Blick zu und ließ die sprachlose Franka nackt im Bett sitzen.

Das ist jetzt nicht wahr, schoss es ihr durch den Kopf. Der Kerl hatte es nicht ernsthaft geschafft, sie einen Nachmittag lang zu verführen, ohne dass sie seinen vollständigen Namen oder seine Handynummer erhalten, geschweige denn mit ihm über ihre Krankheit gesprochen hatte? Wie alt war sie eigentlich? Und wohin sollte das noch führen?

Ratlos saß sie zwischen den zerwühlten Decken, die noch nach ihm rochen, und wusste nicht, ob sie nun lachen oder weinen sollte. Die letzten Stunden waren zu schön gewesen, um Leon einfach nur zu verfluchen. Gleichzeitig spürte sie eine solche Wut auf ihn, dass sie ihm am liebsten hinterhergelaufen wäre, nur um ihn zur Rede zu stellen. Seufzend ließ sie sich zurück in die Kissen fallen. Für eine Verfolgung war es jetzt eh zu spät. Abgesehen davon war das nackt auch keine wirklich gute Idee. Die Nachbarn würden sie gleich in die Klinik einweisen lassen. Franka musste bei der Vorstellung, ohne Kleidung an Frau Schmitz' Bäckerei vorbeizuflitzen, gegen ihren Willen lachen.

Er würde sich in den nächsten Tagen schon melden, oder? Dann könnte sie ihm immer noch vom Tumor berichten. Und ihm endlich all die Fragen stellen, die schon so lange in ihrem Kopf ihre Runden drehten, immer um den Tumor herum. Dann könnte sie all das Unausgesprochene ansprechen und all die Leerstellen in ihrem Leonbild füllen.

Und sollte sie tatsächlich nichts von ihm hören … Franka weigerte sich, den Gedanken zu Ende zu denken.

23

Doch es blieb genau dieser Gedanke, der die komplette Woche dominierte, der sie sezierte, mit winzig kleinen, scharfen Schnitten in endlose Häppchen zerschnitt, die zäh mundeten, den Geschmack verdarben, kaum herunterzuwürgen waren und dann schwer im Magen lagen.

So viel hatte sich Franka noch vorgenommen für die letzten Tage »davor«, so viele Dinge hätte sie erledigen, so viele Leute noch einmal sehen wollen. Stattdessen saß sie die meiste Zeit zu Hause und starrte das Display ihres Smartphones an, mal flehentlich bittend, mal voller Zorn. Doch egal, wie sehr sie es fixierte, es blieb stumm.

Auch im »Luigi« hatte sie kein Glück.

»Der hat schon wieder frei«, antwortete der Chef auf Frankas Nachfrage barsch. »Anscheinend ist ihm der Job nicht mehr wichtig. Ich dachte, da steckt bestimmt eine Frau dahinter, aber entweder bist es einfach nicht du oder es hat einen anderen Grund.«

»Vielleicht ist er ja krank?«

Luigi lachte bitter. »Nix krank, der hat Urlaub. Die komplette restliche Woche.«

Franka konnte kaum glauben, was sie da hörte. Sie versuchte, das Zittern ihrer Stimme zu überspielen, um sich ausgerechnet vor Luigi keine weitere Blöße zu geben, und forderte selbstbewusst: »Dann gib mir mal seine Nummer, ich ruf ihn an und kläre das.«

Jetzt ließ Luigi, der gleichzeitig parallel betont gelangweilt seine Gläser poliert hatte, den Lappen sinken.

»Seine Nummer? Heißt das, du hast nicht mal seine Handynummer gespeichert?« Ungläubig starrte er Franka an, die tapfer versuchte, seinem hämischen Grinsen standzuhalten. »Vergiss es. Meine Leute haben bei mir Datenschutz. Keine Infos zum Personal, an niemanden. Und schon gar nicht an irgendwelche dahergelaufenen Mädchen. Wo kommen wir denn da hin? Wenn er gewollt hätte, dass du weißt, wo er ist, hätte er es dir gesagt, oder?«

Franka wollte Luigi gerade die passende Antwort hinknallen, als ihr klar wurde, wie recht er eigentlich hatte. Sie schluckte die Worte hinunter, drehte sich um und verließ kommentarlos das Café.

Mehrfach versuchte ihre Mutter in den kommenden Tagen, die Tochter aus ihrer Lethargie herauszureißen, zum Shoppen zu motivieren oder mit einem Abendessen daheim abzulenken. Fälschlicherweise hielt sie die Angst vor dem Eingriff für den Grund, aus dem Franka sich so zurückzog – von Leon ahnte sie schließlich nichts. Franka jedoch verspürte keine Lust, nach einer so großen Enttäuschung auch noch von ihm zu erzählen. Wahrscheinlich war das Kapitel Leon in ihrem Leben sowieso bereits beendet, bevor es wirklich begonnen hatte.

Dabei erkannte sich Franka selbst kaum wieder. Normalerweise war doch sie diejenige, die dominierte, die die Regeln festlegte, die den Ton angab. Und jetzt saß sie hier wie ein Häufchen Elend und wartete auf den Erlöser?

»Das ist der Tumor, der macht dich schwach«, analysierte Katja, als sie am Mittwochnachmittag auf einen Kaffee vorbeischaute, um sich vor der großen Operation noch mit Franka auszusöhnen und ihr viel Glück zu wünschen. Außerdem platzte sie schier vor Neugier, was aus der Kellner-Affäre geworden war.

»Nix«, antwortete Franka missmutig, als Katja gleich mit der Tür ins Haus fiel.

»Nix?« Katja konnte es kaum fassen.

»Na ja, fast nix.« In Franka krochen die Erinnerungen an den Sonntagnachmittag hoch, an wirklich schönen Sex in der Höhle aus Decken und Kissen.

»Ja wie, fast? Habt ihr oder nicht?«

Franka stöhnte. »Wir haben. Sonntag. Aber seitdem ist er weg. Einfach verschwunden.«

»Und warum rufst du ihn nicht an?« Katja konnte nicht wirklich erkennen, wo das Problem lag.

»Ich habe weder Nummer noch Namen.«

Die Freundin riss die Augen auf. »Was?! Du schläfst mit Typen, von denen du nicht einmal weißt, wie sie heißen? Und ich dachte immer, ich sei notgeil! Oder wolltest du einfach noch einmal so richtig, ich mein, vor der Operation? Wer weiß, vielleicht kannst du ja danach nicht mehr …« Katja verstummte und schlug sich erschrocken die Hände vor den Mund.

Franka verdrehte sie Augen. »Du bist doch echt eine dumme Kuh!« Fast musste sie lachen. »Ich werde am Kopf operiert, nicht am Uterus.«

»Und bei Luigi? Geh halt da mal hin!«

Franka lehnte sich entnervt zurück. »Habe ich längst getan. Die sagen, er hat spontan Urlaub genommen. Für den Rest der Woche. Warum, wüssten sie nicht. Und Namen und Nummer haben sie mir auch nicht gegeben. Datenschutz. Dass ich nicht lache …« Franka spürte, wie die Wut wieder in ihr aufkeimte. Was bildete sich dieser Leon eigentlich ein? Fuhr in den Urlaub, ohne ihr irgendetwas davon zu sagen. Florenz sollte doch erst im Juni stattfinden. Was war das überhaupt für ein Anruf, als sie sich letztes Mal gesehen hatten? Musste das alles sein – ausgerechnet jetzt?

Katja schien ähnliche Gedanken zu haben wie sie. Mit einem kleinen Unterschied: »Und das alles kurz vor deiner Operation?!«

»Er weiß ja nichts davon«, murmelte Franka schuldbewusst.

Katja hielt inne und starrte ihre Freundin erstaunt an. »Wie? Er weiß noch immer nichts? Was habt ihr zwei denn …?! Ja, okay, ich weiß schon …« Sie konnte nicht umhin, trotz der Ernsthaftigkeit der Situation breit zu grinsen. »Aber man kann doch wenigstens hinterher das Wichtigste besprechen, oder?«

»Haben wir aber nicht.« Franka ärgerte sich ja selbst. Da brauchte sie nicht auch noch kluge Tipps, ausgerechnet von Katja. Noch dazu, wenn diese einfach recht hatte. Ausnahmsweise.

»Ist doch egal. Vielleicht spare ich mir eine Menge Ärger dadurch. Mir – und ihm auch.«

Katja schüttelte zweifelnd den Kopf. »Das ist doch albern.«

»Wieso? Du warst doch die, die gesagt hat, eine Beziehung könnte ich jetzt gerade gar nicht brauchen!« Franka musste ihren Frust einfach loswerden. Zu viel Sorge, Angst und Zorn hatten sich in den letzten Tagen angestaut. Dass ausgerechnet Katja erneut als Ventil herhalten musste, war Pech. Aber wofür waren Freunde denn da?

»Na ja, aber so hab ich das auch nicht gemeint. Wenn er gewusst hätte, wie es um dich steht, wäre er bestimmt nicht weggefahren.«

»Wie es um mich steht?!« Das wurde ja immer schöner. »Bist du heute gekommen, um dich für immer zu verabschieden?!« Katja wurde blass und Franka schlagartig klar, dass sie jetzt die Grenze überschritten hatte. Auch wenn ihre Freundin manchmal zickig und nicht gerade taktvoll war – sie blieb doch eine ihrer engsten Freundinnen. Und: Sie war hier. Leon nicht.

»Bitte entschuldige.« Franka drückte Katja. »Ist gerade alles zu viel irgendwie.«

Katja nickte und schien die patzige Antwort, die ihr auf der Zunge lag, mühevoll hinunterzuschlucken. »Okay. Ist ja gut.« Hilflos tätschelte sie Frankas Arm. »Und jetzt? Was willst du jetzt machen?«

Franka überlegte kurz. »Wir gehen jetzt noch mal zu Luigi und verschaffen uns Klarheit! Vielleicht erzählt mir ein anderer Kollege mehr«, beschloss sie trotzig. Katja zögerte. Die Skepsis war ihr deutlich anzusehen. »Komm!« Franka war jetzt voller Energie. »Ich habe genug herumgesessen und gewartet. Wenn der Erlöser nicht zu mir kommt, dann komm ich halt zu ihm. Ob er das will oder nicht!«

»Erlöser?« Katja begann ernsthaft am Verstand ihrer Freundin zu zweifeln. »Wovon genau soll er dich denn erlösen?«

Franka drehte sich um und zog die Augenbrauen hoch. »Ich weiß nicht. Vielleicht erlöst er gar nicht mich, sondern dich.«

»Mich?« Katja schien fast entsetzt.

»Davon, für mich der Frustablasser zu sein«, erklärte Franka. »Wenn du meinst, du hast jetzt meine schlechte Laune abbekommen, dann freu dich drauf, was Leon blüht.«

Keine zehn Minuten später saßen die beiden Freundinnen im Café und blickten sich suchend um. Wie befürchtet, war von Leon im »Luigi« keine Spur. Und auch dieses Mal gab die Bedienung, die an diesem Nachmittag Dienst an der Theke hatte, keinerlei Informationen preis, egal, wie sehr Franka bettelte. Plötzlich mischte sich Luigi, der gerade von hinten aus der Küche kam, ins Gespräch ein. »Es reicht, Signora. Du hörst sofort auf, hier herumzuschnüffeln. Das geht dich alles nichts an. Und Leon wird schon seine Gründe haben, wenn er Geheimnisse vor dir hat.«

Wie viel Öl er da gerade ins offene Feuer goss, war Luigi wahrscheinlich nicht klar. Aber Franka kochte innerlich vor Wut. Schnaubend kam sie zu Katja zurück an den Tisch. »Lass uns gehen«, beschloss sie, »das bringt hier nichts.«

»Willst du ihm nicht wenigstens eine Nachricht hinterlassen?« Katja kramte bereits in ihrer schier unerschöpflichen Handtasche nach Zettel und Stift, aber Franka wehrte ab.

»Und was soll ich ihm schreiben? ›Lieber Leon, viele liebe Grüße. Werde leider am Gehirn operiert. Falls ich überlebe, melde ich mich. Falls nicht – danke für den Sex!‹?« Franka schnaubte. »Nein, ich hab vergeblich auf ihn gewartet – soll er das doch auch tun.« Wütend knallte sie zehn Euro neben ihre leere Tasse und stand auf. »Komm. Ich will hier raus. Das Kapitel Leon ist hiermit abgeschlossen. Und in dieses Scheißcafé muss ich auch nicht so bald wieder!«

24

Abgeschlossen war in Sachen Leon leider gar nichts. Obwohl Franka es vermied, seinen Namen vor ihren Freundinnen zu erwähnen, verfolgte er sie Tag und Nacht. Während sie sich tagsüber fast krankhaft dabei ertappte, ihr Handy nach entgangenen Anrufen oder Nachrichten zu untersuchen, lag sie nachts ewig wach und spielte in Gedanken jedes einzelne Treffen mit Leon in einer Endlosschleife durch. Dabei wechselte sie permanent die Fronten: Mal gab sie sich die Schuld an der Situation und zermarterte sich den Kopf darüber, was sie falsch gemacht haben könnte. Hätte sie sich ihm mehr öffnen sollen? Oder hatte er vielleicht doch durch irgendwen von dem Tumor erfahren? War er abgeschreckt, enttäuscht, verletzt? Im nächsten Moment wechselte sie zur Gegenwehr: Warum hatte sie überhaupt zugelassen, dass dieser dahergelaufene Kellner so mir nichts, dir nichts in ihr Leben eingedrungen war? Wie dieser Tumor war er plötzlich aufgetaucht und hatte alles durcheinandergebracht, sämtliche Strukturen ausgehebelt und Pläne vom Tisch gewischt. Was gab ihm das Recht dazu?

Bisher war Franka gerade in Sachen Männer immer sehr stolz darauf gewesen, selbstbewusst und emanzipiert zu sein, sich von niemandem Vorschriften machen zu lassen und stets über sich und ihre Gefühle die Kontrolle zu behalten. Gut, die einzelnen Beziehungen hatten nie wirklich lang gehalten, sondern meist nach wenigen Wochen darin geendet, dass Franka klar wurde, dass all die Stefans, Christians und Alexanders austauschbar waren. Aber nun kam dieser Typ, über den sie zudem noch immer nichts wusste, genau zu einem Zeitpunkt, an dem Zukunftsplanung jeglicher Art sowieso tabu war, und schaffte es, ihr buchstäblich den Kopf zu verdrehen und sie wie ein hilfloses Schulmädchen sitzen zu lassen. »Bestellt und nicht abgeholt« nannte ihre Oma solche Fälle. Resterampe.

Nach solchen durchgrübelten Nächten wachte Franka wie gerädert auf. Der Kopf brummte, die Augen hatten gruselige Schatten und Franka fühlte sich, als habe sie die ganze Nacht Gin Tonics gekippt.

»Ach Kind«, seufzte ihre Mutter, als sie sie morgens besuchte, um die letzten Organisationsfragen für den Tag der großen Operation zu klären. »Jetzt sieht man dir aber doch an, dass du krank bist.«

Der Tumor, der daran schuld ist, heißt Leon, dachte Franka verbittert und seufzte. »Mich nervt diese Warterei«, erklärte sie stattdessen, »dieses Rumsitzen und Warten ist wie Folter.«

»Ich weiß. Aber du kannst die Zeit doch einfach nutzen, Franka. Genieß sie, so entspannt wird es in den nächsten Wochen sicher nicht mehr.«

»Du machst mir ja Mut.« Franka seufzte laut, tätschelte ihrer Mutter aber beruhigend die Hand, als ihr klar wurde, dass die schon wieder schuldbewusst zusammengezuckt war. »Ist schon gut, Mama, du hast ja recht. Aber das mit dem Genießen ist gar nicht so einfach, wenn so eine Operation wie ein Berg vor einem liegt. Irgendwie macht da nichts mehr wirklich Spaß.« Sie seufzte.

»Vielleicht …« Die Mutter schien fieberhaft zu überlegen. »Vielleicht machen wir einen netten Ausflug? Wandern in den Bergen? Schifffahren am Chiemsee? Shoppen in der Innenstadt?«

Franka schüttelte den Kopf. »Das ist echt lieb von dir, Mama, aber ich habe dazu einfach keine Lust.«

»Kommst du wenigstens nachmittags noch mal zum Kaffee? Ich hole Rosinensemmeln und wir machen es uns gemütlich.« Der flehende Blick, mit dem dieses letzte Angebot garniert war, jagte Franka einen richtigen Stich ins Herz. Manchmal vergaß sie, dass ihre Krankheit nicht nur ihr Leben gründlich verändert hatte. Auch für ihre Eltern musste der Gedanke, dass das eigene Kind unter Umständen todkrank war, eine Hölle sein, die sie Tag und Nacht durchlebten. Auch sie lagen wahrscheinlich in ihren Betten und quälten sich mit Fragen, die niemand beantworten konnte.

»In Ordnung«, stimmte sie deshalb halbherzig zu. »Heute Nachmittag komme ich vorbei. Aber das wird keine traurige Abschiedsparty, okay? Weinen und jammern könnt ihr dann bei meiner Beerdigung.« Sie versuchte zu lachen, doch ein Blick auf das Gesicht ihrer Mutter machte ihr klar, dass sie nun endgültig zu weit gegangen war. Deren Kinn zitterte und die Augen in dem ohnehin schon blassen, müden Gesicht füllten sich mit Tränen.

»Jetzt ist gut, Franka, hör endlich auf damit.« Ihre Stimme erstarb und plötzlich schien ein Damm zu brechen. All die Kraft und Tapferkeit, die sie als Mutter der Tochter vorleben wollte, all die bemühte Zuversicht, das verzweifelte Klammern an Hoffnung wurde weggeschwemmt von einer Flutwelle unterdrückter Angst. Die Tränen schossen ihr aus den Augen und taumelnd suchte sie nach Halt. »Hör auf!«, schrie sie, »Franka, hör auf! Es ist nicht lustig und niemand lacht. Hör auf, ständig Witze zu reißen und so zu tun, als wären wir alle hysterisch. Hör auf, so zu tun, als seist du so tapfer. Hör auf, uns zu verbieten, uns Sorgen zu machen und Angst zu haben! Hör einfach auf …« Ein Schluchzen erstickte ihre Stimme und sie sank zitternd auf dem Sofa neben Franka zusammen. Die schlang entsetzt die Arme um die Frau neben ihr, die ihr plötzlich so verwundbar und alt vorkam.

»Es tut mir leid. Mama, es tut mir leid. Du hast ja recht. Es tut mir leid.« Jetzt liefen auch Franka die Tränen die Wangen herab. »Mama, nicht weinen, hör auf. Ich bin doch da.« Noch, schoss es ihr durch den Kopf, doch sie wagte nicht, das auszusprechen, um ihre Mutter nicht erneut in Wut zu versetzen. Sie hatte ja recht, witzig war das alles nicht. Aber wie sollte sie denn anders damit umgehen? Was gab es noch zu sagen außer »Wird schon wieder« oder »Wir schaffen das«? Das waren alles Floskeln, Wünsche, vielleicht Lügen. Die Angst vor dem, was kam, war zu diffus, um es in Worte zu fassen oder durch die typischen Standardsätze einzudämmen. So entschied sich Franka zu schweigen. Sie hielt ihre Mutter fest umschlungen und beide ließen, zum ersten Mal seit dem Tag der Diagnose, ihren Gefühlen freien Lauf.

Irgendwann versiegten die Tränen, und die zwei Frauen mit den völlig verquollenen Gesichtern und einem Berg feuchter Taschentücher zwischen sich schauten sich ratlos an.

»Entschuldige bitte«, murmelte Frankas Mutter, »ich sollte eigentlich …«

Franka fiel ihr sofort ins Wort: »Gar nichts solltest du. Ich glaube, das war einfach mal nötig.« Sie streichelte ihrer Mutter vorsichtig erneut über die Hand. »Aber weißt du, was? Jetzt gönnen wir uns irgendwas Schönes. Nicht nur Rosinensemmeln. Irgendwas ganz anderes …« Sie legte den Kopf schief, wie sie es oft tat, wenn sie nachdachte. Lag das auch am Tumor? »Wir gehen … zur Kosmetikerin! Einmal Wellness. Unseren Gesichtern …«, sie drehte sich grinsend zum Spiegel, »… würde das wirklich nicht schaden!«

Verschnieft lachte ihre Mutter auf. »Stimmt. Ein wenig Make-up wäre vielleicht angebracht.«

»Außerdem lasse ich mir die Augenbrauen zupfen! So richtig schön«, fügte Franka begeistert hinzu. Die Idee, sich gemeinsam mit ihrer Mama etwas zu gönnen, das sie beide ablenken würde, hatte ihr neuen Schwung gegeben und war endlich ein Weg, sie zumindest für eine Weile aus dem tiefen Loch zu ziehen, in das Leon sie geschubst hatte. »Auch wenn es wahrscheinlich eh keinen Sinn macht.«

»Keinen Sinn? Warum?«

»Bei der Bestrahlung fallen die sowieso wieder aus, reine Geldverschwendung!« Franka grinste erneut.

Für einen Moment schien ihre Mutter zu zögern, doch dann lachte sie mit: »Du lernst es nicht mehr, Kind. Aber gut, lass uns gehen. It's beauty time!«

25

Tatsächlich tat sich danach bis Montag, dem Tag, an dem Franka in der Klinik antreten musste, nichts mehr in Sachen Leon. Franka und ihre Mutter waren an dem Nachmittag frisch gestylt nach Hause gefahren und hatten wie in alten Zeiten Kaffee getrunken und Rosinensemmeln genascht, mit dem Vater und dem Bruder Schafkopf gespielt und noch ein paar Stunden lang so getan, als habe sich die Welt gerade nicht um 180 Grad gedreht und ihr Leben auf den Kopf gestellt. Doch auch bemühte Entspannung ist irgendwann anstrengend, und Franka war fast froh, als sie abends nach der Brotzeit in ihr eigenes Appartement flüchten konnte. Erschöpft sank sie in ihre Kissen, in denen die ewigen Fragen nach Leon schon auf sie lauerten.

Die Zeit bis zur Abfahrt in die Klinik vertrieb sich Franka dann damit, ihre Sachen zu packen, ihr chaotisches Appartement lustlos aufzuräumen und sich wenigstens telefonisch von den engsten Freunden zu verabschieden.

Das hatte trotz ihrer frotzelnden Art immer wieder einen schalen Beigeschmack. Abschied – wovon? Von ihrem alten Leben? Vom Alltag? Von ihr selbst? Würde sie nach der Operation je wieder dieselbe sein? Und würde sie ihr altes, aus der jetzigen Sicht fast banales Leben überhaupt wiederhaben wollen?

Brit stöhnte laut auf, als Franka am Montagmorgen diese Fragen ihr gegenüber am Telefon zur Sprache brachte, während sie darauf wartete, von ihrem Vater abgeholt und ins Krankenhaus gefahren zu werden.

»Was denkst du denn? Dass du als Zombie wieder aufwachst und nie mehr glücklich sein wirst?«

Franka zögerte. Ganz unwahrscheinlich war das nicht. »Ich weiß es nicht. Bisher habe ich das alles meist ignoriert. Ich habe tatsächlich, wie ich dem Schwerdtner versprochen hatte, nichts gegoogelt und mir möglichst wenig Gedanken über die Operation gemacht. Aber jetzt, so kurz davor, frage ich mich schon, ob man das einfach so wegsteckt, dass die einem den Kopf aufmachen und Stücke aus dem Gehirn schneiden.« Blutige Bilder erschienen vor ihrem inneren Auge, Close-ups diverser Krankenhausserien im Fernsehen, in denen Hirnchirurgen oft ganz besonders clevere, aber in ihrer Coolness und Abgeklärtheit auch ziemlich abgebrühte Typen zu sein schienen.

Brit schwieg kurz. »Hör mal, ich will da nichts schönreden. Das ist echt fies, was da auf dich zukommt. Aber ganz ehrlich, keiner kann einschätzen, was danach ist. Lass uns darüber grübeln, wenn es so weit ist.« Wieder eine kurze Pause. »Hast du Abschiedsbriefe verfasst oder ein Testament oder so?«

Franka schluckte. Nachts, wenn sie sich schlaflos in den Kissen wälzte, hatte sie auch darüber immer wieder nachgedacht. Zu vererben hatte sie nichts. Aber vielleicht noch etwas zu sagen? Wem? Und was?

Brit hakte nach. »Franka?«

»Ja, ich denk nur nach. Nein, habe ich nicht. Ich würde meinen Eltern sagen, wie sehr ich sie liebe. Und meiner Oma auch. Aber das wissen die alle schon. Und dir, wie wichtig du mir bist. Aber das weißt du ja jetzt auch. Der Einzige, dem ich gern noch etwas gesagt hätte, wäre Leon …«

»Leon?« Brits Stimme klang sofort alarmiert. Leon hatte in den letzten Wochen mehr Ärger und Frust gebracht als Glück, fand sie. Und seine Geheimniskrämerei machte ihn nicht sympathischer. Ihre anfängliche Begeisterung war ziemlich schnell verflogen, als Brit mit ansehen musste, wie sehr ihre Freundin unter dieser neuen Bekanntschaft – das Wort Beziehung hatte sich der Kerl noch nicht verdient, fand Brit – litt. »Hat der sich denn noch einmal gemeldet?«

»Nein«, gab Franka leise zu, »deshalb habe ich auch nichts geschrieben.«

Brit holte tief Luft. »So ist es richtig. Sollte er doch noch mal auftauchen, dann schau, dass du schnell wieder auf den Beinen bist.«

»Warum?« Jetzt stand Franka auf dem Schlauch.

»Um ihm kräftig in den Arsch zu treten!« Franka lachte. »Wenn du es nicht kannst, übernehme ich das für dich. Und jetzt: Pass auf dich auf. Ich brauche dich nämlich noch.«

Nachdem Franka aufgelegt hatte, war es schlagartig still. Sie blickte sich um: Die gepackte Reisetasche stand aufbruchbereit an der Tür, die Küche war aufgeräumt, sogar der Kram auf dem Esstisch einigermaßen ordentlich sortiert. Es sah so aus wie sonst, wenn sie in die Ferien aufbrach. Und doch war das Gefühl ein komplett anderes. Es war keine wirkliche Angst. Eher ein diffuses Gefühl von Nichtwissen, als spränge man in einen Pool mit grauem Wasser und einer Strömung, die einen hinabzog in unbekannte Tiefen, die einem den Atem abdrückte und in einer Art Vakuum festhielt. Wildes Strampeln und Paddeln half hier nichts mehr – der Sog riss einem den Boden unter den Füßen weg. Schwindel machte sich breit, die Drehung im Kreis wurde schneller und es schien kein Halt in Sicht, weder oben an der Oberfläche noch unten auf dem Grund.

Die Türklingel riss Franka schrill aus den Gedanken. Für einen ganz kurzen Moment blitzte Leons Gesicht vor ihrem geistigen Auge auf. Vielleicht kam er doch noch, um sich zu verabschieden? Blödsinn, schalt sich Franka selbst, er wusste ja nicht einmal, dass ein solcher Abschied gerade anstehen würde. Sie atmete kurz durch und öffnete dann missmutig die Tür. Ihr Vater stand vor ihr, beäugte sie kritisch und nahm sie dann fest in die Arme.

»Na, Kleines, dann wollen wir mal, oder?« Er ließ sie los und packte beherzt ihre Tasche. Franka schaute an ihm vorbei durch die Tür auf den Gang.

»Ist Mama gar nicht dabei?«

Er schüttelte den Kopf. »Das packt sie nicht. Die sitzt jetzt schon daheim und geht die Wände hoch.« Er lächelte traurig. »Wie geht es dir?«

Franka zuckte ratlos mit den Schultern. »Ich weiß es nicht. Ist ein komisches Gefühl.«

Ihr Vater nickte. »Ich weiß, was du meinst. Na, komm, auf in den Kampf.« Er drehte sich um und ging den Gang hinunter Richtung Haustür und Parkplatz. Franka folgte ihm kommentarlos und schloss nach einem letzten Blick auf ihr kleines Reich schweren Herzens die Tür.

Im Krankenhaus lief dann alles sehr schematisch und strukturiert ab. Bluttests, ein weiteres MRT, Sehtest, Hörtest. Zwischendurch langes Sitzen auf den Gängen. Immer wieder schoben sich Patienten vorbei, viele mit Kopfverbänden, mechanisch einen Ständer mit Ampullen neben sich herschubsend, die mit langen Plastikschläuchen irgendwo mit ihnen verbunden waren. Hatten die alle solche Tumore? Dazwischen eilten die Ärzte in weißen Kitteln geschäftig hin und her. Die Schwestern verteilten Medikamente, Getränke, Essen – je nach Tageszeit. Das grelle Neonlicht verursachte Kopfschmerzen. Franka schloss die Augen und lehnte den Kopf zurück.

»… Frau Jung?« Ihr Vater stupste sie sanft von der Seite an und deutete auf eine Schwester mit kurzen, braunen Haaren, die etwas ungeduldig wirkte und direkt vor Franka stand. Offensichtlich hatte sie sie bereits mehrmals angesprochen.

»Ja?«

»Die Ärztin wartet mit dem Aufklärungsgespräch.« Ihre Hand zeigte auf eine Tür am Ende des Ganges und Franka erhob sich müde. Auch ihr Vater legte seine Zeitung beiseite und folgte ihr.

In einem kleinen Büro stapelten sich Akten, Bilder von Schädeln und sogar kleine Modelle von Gehirnen.

»Guten Tag, Schrader mein Name. Bitte nehmen Sie Platz.« Assistenzärztin, ging es Franka durch den Kopf. Du Arme musst den ganzen lieben langen Tag die mühsamen und langweiligen Fragen unwissender Patienten beantworten. Sie nickte nur kurz und betrachtete dann fasziniert das dreidimensionale Schädelmodell auf dem Schreibtisch. Wo genau saß der Tumor bei ihr?

»Frau Jung, was wir da morgen bei Ihnen planen, ist ein sehr großer Eingriff, der gute acht Stunden dauern wird. Ich hoffe, Sie sind darüber aufgeklärt worden, welche Risiken und Konsequenzen das haben kann …?« Franka nickte. Der Anästhesist hatte zuvor schon irgendetwas in der Art gesagt. Sie musste unterschreiben, informiert worden zu sein, dass ihr Herz versagen, der Kreislauf kollabieren, die Narkose böse Nebenwirkungen haben könnte … »Ihr Tumor ist tatsächlich außergewöhnlich groß. Und er liegt denkbar ungünstig, weil er die Hauptschlagader umschließt. Wir werden schneiden, so viel irgendwie möglich ist, aber der Rest verbleibt.« Frau Schraders Stirn zierte eine tiefe Furche, einmal komplett von rechts nach links.

»Rest?« Endlich war Franka wach. Sie starrte die Ärztin an. »Welcher Rest?«

Auch ihr Vater war blass geworden. »Sie können den Tumor nicht entfernen?« Seine Hände verkrampften sich an der Rückenlehne von Frankas Stuhl.

»Leider nicht. Nur einen Teil.« Frau Schrader lächelte, doch ihre Augen blieben ernst und die Furche schien sich noch einmal zu vertiefen. »Ich halte nichts davon, den Patienten Diagnosen schönzureden. Sie müssen froh sein, dass Sie noch atmen und laufen können, Frau Jung. Ehrlich gesagt ist es uns ein Rätsel, warum. Der Tumor hat bereits zwei Drittel des Stammhirns verdrängt. Es ist ein Wunder, dass bisher nur die Augenfunktionen in Mitleidenschaft gezogen wurden. Jetzt werden wir unser Bestes geben, um ihn weitestmöglich zu verkleinern. Der Rest aber bleibt. Das Risiko, noch näher an der Hauptschlagader zu schneiden, ist einfach zu groß. Es tut mir leid.«

Franka starrte die junge Ärztin entsetzt an. »Und kann er«, ihre Stimme verebbte zu einem Flüstern, »wieder wachsen?«

Gebannt hing auch Frankas Vater an den Lippen der Medizinerin. Diese erwiderte ihre Blicke tapfer, seufzte leise und nickte dann.

»Ja. Aber niemand kann sagen, ob, wann und wie schnell. Um die Wahrscheinlichkeit zu verringern und ein Wachstum zu verlangsamen, raten wir zur Bestrahlung des Resttumors im Anschluss an die Operation. Aber Garantien gibt es keine.«

»Keine Arme – keine Schokolade«, schoss es Franka durch den Kopf. Der Abend im Kino schien so unendlich weit weg. Wie einfach war es gewesen, sich dieses Zitat als Motto herauszupicken, sich selbst für so tapfer zu erklären, künftig alles von der guten Seite zu sehen. Positiv denken. Die Rosinen herauspicken. Franka musste bitter auflachen. Ihr Vater starrte sie beunruhigt an.

Die Ärztin öffnete Frankas Akte. »Ich muss Ihnen jetzt noch den Ablauf erläutern und Sie um ein paar weitere Unterschriften zur Absicherung bitten. Ist das in Ordnung?«

Franka nickte mechanisch, doch ihre Gedanken schweiften weit ab, während Dr. Schrader mit medizinischen Fachbegriffen jonglierte. Am Ende unterschrieb sie alles – einschließlich der Bestätigung, dass sie über das Risiko, den Eingriff nicht zu überleben, aufgeklärt war.

Endlich stand die Ärztin auf und schüttelte erst Franka, dann ihrem Vater die Hand. »Bis morgen«, sagte sie sachlich, bevor sie sie zur Tür geleitete. »Versuchen Sie zu schlafen.«

Nachdem Franka schließlich auch noch ihr Zimmer bezogen und ihren Vater, der unsicher und hilflos mehr im Weg gestanden hatte, als dass er ihr wirklich eine Hilfe gewesen war, unter Tränen verabschiedet hatte, legte sie sich auf das weiße, so kalt und unpersönlich wirkende Klinikbett. Zum Glück war das zweite Bett im Zimmer leer. Mit den Händen hinter dem Kopf verschränkt starrte sie an die Decke. War es das jetzt? Würde sie tatsächlich so aus dem Leben gehen, Mitte zwanzig, ohne vollendetes Studium, ohne Mann und Kinder? Wer würde sich in dreißig, vierzig Jahren noch an sie erinnern? Aber spielte das überhaupt eine Rolle? Was würde sie Leon sagen, wenn sie jetzt noch einmal die Chance dazu hätte? Vor ihren Augen sah sie noch einmal die erste Begegnung mit ihm, damals in der Telefonzelle. In dem Moment, in dem das ganze Elend begonnen hatte. In dem Moment, in dem ihr so schön in Watte gepacktes, rosaplüschiges Leben gekippt war. In dem Moment, in dem sich alle Prioritäten verschoben hatten. Genau in dem Moment war Leon aufgetaucht. Durch Zufall, weil ihr Akku kaputt war und sie auf dieses unglaublich veraltete Modell der Telefonzelle zurückgreifen musste. Genau wie er.

Warum eigentlich? Franka setzte sich abrupt auf. Wieso hatte Leon damals unbedingt aus dieser Telefonzelle telefonieren wollen? Er hatte doch – ebenso wie sie und jeder andere ihrer Generation – ein Smartphone. Warum hatte er wie wild an die Scheibe geklopft, sie ohne Rücksicht auf ihre offensichtliche

Verzweiflung aus der Telefonzelle gescheucht? Und warum hatte sie ihn nie danach gefragt?

Plötzlich war Franka hellwach. Konnte sie in diese Operation gehen, ohne zu wissen, ob sie den Grund je erfahren würde? Hektisch kramte Franka in ihrer Tasche und angelte ihr Handy. Sie suchte nach Brits Nummer, und nach nur zweimaligem Klingeln meldete sich ihre Freundin verschlafen.

»Franka? Ich denk, du schnarchst schon sediert vor dich hin.«

»Brit, ich habe noch eine einzige Bitte!« Frankas Stimme überschlug sich fast.

Brit holte tief Luft. »Oh nein. Leon, oder?«

»Hör zu. Er hatte angeblich eine Woche Urlaub. Die müsste eigentlich heute vorbei sein. Bitte geh für mich zu Luigi und frage Leon, was er an unserem ersten Tag in der Telefonzelle wollte. Ich muss das wissen.«

»Jetzt?!« Brit gähnte. »Süße, ich hab den ganzen Tag gearbeitet und war gerade auf meinem gemütlichen Sofa vor irgendeiner dämlichen Daily Soap weggeschlummert!«

»Egal. Komm, mach das. Bitte. Es ist mir wirklich sehr wichtig!« Franka flehte Brit an – und beschloss, alle Register zu ziehen. »Es könnte schließlich mein letzter Wunsch sein.«

»Hey! Das sind ja fiese Methoden!« Brit schien sich nicht ganz sicher zu sein, ob sie Franka nun ernst nehmen sollte oder nicht. »Na gut, weil du es bist.« Sie gähnte. »Ich rufe dich an, wenn ich etwas weiß. Und dann bist du mir hinterher echt was schuldig!«

»Danke, du bist ein Schatz!« Franka legte auf und schloss die Augen. Nur wenn sie diese Antwort wusste, würde sie beruhigt morgen auf dem OP-Tisch ins Land der Träume gleiten. In welche Art von Träumen auch immer.

26

Mit dem Handy in der Hand lag sie da und starrte auf das Display. Wie lange brauchte Brit nur bis zum »Luigi«? Ungeduldig schaute sie auf die Uhrzeit. Zweiundfünfzig Minuten waren vergangen seit dem Telefonat. Das musste doch eigentlich reichen. So weit wohnte Brit nicht von dem Café weg … Und in der Regel fuhr sie Fahrrad. Lange Gespräche würde sie sicher auch nicht mit Leon führen, der hatte ja Dienst. Und Brit war sowieso nicht gut auf ihn zu sprechen. Oder hatte sie die Gelegenheit genutzt, ihm alles zu erzählen? Franka wurde unruhig. Ihre Freundin hatte nicht wirklich gewagt, Leon ihr Geheimnis zu verraten? Sie hielt es nicht länger aus und beschloss, Brit eine WhatsApp zu schreiben und nach dem Stand der Dinge zu fragen.

Genau in diesem Moment öffnete sich die Zimmertür. Eine Schwester betrat den Raum.

»Ich bin Schwester Ilona, die Nachtschwester. Wenn Sie noch irgendetwas benötigen …«, spulte sie tonbandgleich herunter und hielt dann kurz inne. Eine Falte zeichnete sich auf ihrer Stirn ab. »Na, jetzt aber genug mit dem Handy. Sie haben morgen eine große Operation vor sich, da sollten Sie fit sein. Ich gebe Ihnen ein Schlafmittel, um sicherzustellen, dass Sie eine ruhige Nacht haben werden. Und das Handy legen Sie jetzt bitte weg.«

Widerstrebend öffnete Franka die Schublade ihres Nachtkästchens und ließ das Telefon hineingleiten, während ihr Schwester Ilona bereits eine Tablette und einen großen Becher Wasser vor die Nase hielt. Als Franka beides ergriff und ebenfalls zur Seite stellen wollte, schüttelte die Schwester streng den Kopf. »Nichts da, runter damit! Jetzt!«

Franka stöhnte leise, sah aber ein, dass sie gegen Schwester Ilona keine Chance hatte. Mit verzerrtem Gesicht schluckte sie die Tablette und spülte mit dem lauwarmen, abgestanden schmeckenden Wasser nach. »Zufrieden?«

Endlich lächelte Ilona. »Zufrieden. Gute Nacht. Um fünf Uhr komme ich zum Wecken, um kurz vor sechs geht's Richtung OP.«

Kaum war die Tür endlich zu, angelte Franka ihr Handy wieder aus der Schublade. Entgangener Anruf Brit. Mit zitternden Fingern tippte Franka auf Wahlwiederholung.

»Ja?«

»Was ja? Hast du ihn gefunden?« Franka fühlte sich wie ein kleines Mädchen, das Weihnachten verbotenerweise durch das Schlüsselloch linste, um vorab einen Blick auf die sowieso noch verpackten Geschenke zu erhaschen. Leon auspacken, das wäre jetzt was …

»Habe ich. Und ich weiß ja ehrlich gesagt nicht, was du an dem findest. Besonders freundlich jedenfalls war er dieses Mal nicht mehr. Im Gegenteil. Als ich ihn angesprochen habe, wurde er ganz schön unverschämt …«

»Jetzt komm mal zur Sache«, unterbrach Franka, »was hat er gesagt? Was wollte er in der Telefonzelle?«

»Keine Ahnung!« Brit machte tatsächlich den Eindruck, als sei das Gespräch mit Leon alles andere als erfreulich verlaufen. »Ich habe ihm Grüße von dir ausgerichtet und erklärt, ich solle ihn für dich etwas fragen: Du müsstest unbedingt wissen, was er damals in der Telefonzelle gewollt habe.«

»Und?« Franka zappelte vor Nervosität.

»Er starrte mich böse an und meinte, das ginge mich einen Scheißdreck an. Und dann wollte er wissen, warum du nicht selbst da wärst. Er faselte irgendwas von London und dass das Praktikum doch erst im Juni sei. Das hat mich sehr verwirrt. Von Praktikum wisse ich nichts, habe ich ihm erklärt, das sei ja jetzt sowieso nicht möglich.« Ihre Stimme wurde etwas zögerlicher. »Na ja, und dann ist mir herausgerutscht, dass du momentan ja wirklich andere Sorgen hättest …« Franka schnappte hörbar nach Luft. So war das nicht geplant gewesen. »Na ja, da war er dann irritiert und meinte, von welchen Sorgen ich jetzt reden würde. Das klang so … so überheblich und unfreundlich … Da wurde ich sauer und habe ihm an den Kopf geworfen, dass, wenn er sich mal kümmern und melden würde, er wüsste, wie schlimm es gerade um dich stehe. Aber da er ja lieber sang- und klanglos in den Urlaub führe, möglicherweise mit anderen Frauen, müsse er sich nicht wundern, wenn er die wirklich wichtigen Dinge verpasst …«

»Und dann?« Franka umklammerte ihr Handy.

»Na ja.« Brit, die sonst nie um eine Antwort verlegen war, wirkte unsicher. »Da wurde er richtig sauer. Meinte, ich hätte ja keine Ahnung. Und ich solle mich nicht in anderer Leute Angelegenheiten mischen. Er würde sich selbst bei dir melden heute Abend oder morgen und dazu bräuchtet ihr mich nicht.« Franka schwieg. »Ich hab dann gesagt: Das kannst du leider vergessen. Morgen liegt Franka unter dem Messer. Und ob und wann sie wiederkommt, bleibt abzuwarten. Für einen wie dich jedenfalls muss sie sich das alles nicht antun! Und dann, dann bin ich gegangen … Franka? Das war jetzt nicht so toll, oder?«

Franka lag im Bett und starrte wieder an die Decke. Es drehte sich alles in ihrem Kopf. Ob das von dem Gespräch mit Brit kam oder von der Tablette, wusste sie nicht. Ihr war übel, ein dicker Kloß saß in ihrem Hals und in ihrem Kopf breitete sich eine unendliche Leere aus. »Nein, war es nicht«, flüsterte sie leise. »War es gar nicht.«

»Franka, wenn du magst, gehe ich morgen noch mal …«

Die Tür des Krankenzimmers öffnete sich erneut. Ilonas Umriss mit den in die Seiten gestemmten Armen zeichnete sich gegen den hell erleuchteten Flur ab.

»Dachte ich's mir doch. Feierabend! Das Handy kommt jetzt zu mir. Ich sperre es bis nach der Operation bei uns in den Tresor. Der ist extra da für Patienten, die sonst keine Ruhe geben.« Auffordernd streckte sie die Hand aus.

»Ich muss aufhören«, presste Franka heraus. »Aber ich …« Klick. Sie legte das Smartphone in Ilonas Hand.

»Und jetzt wird geschlafen«, bestimmte die Schwester zufrieden. »Alles andere ist unwichtig und kann hinterher geklärt werden.«

Ob es das tun würde, war jetzt offener als je zuvor, dachte Franka verzweifelt und warf Schwester Ilona wütende Blicke hinterher, als diese ohne weiteren Kommentar oder Gutenachtgruß die Zimmertür schloss. Und was Leon in der Telefonzelle gewollt hatte, würde sie vielleicht nie erfahren.

»Scheiße, verdammte«, fluchte sie vor sich hin, während sie den Kopf, in dem sich noch immer alles drehte, in die weichen, nach Waschpulver und Sterilitätsdampf riechenden Kissen sinken ließ. Der Botengang von Brit hatte nichts geklärt, sondern alles noch viel komplizierter gemacht. Franka starrte an die weiße Wand. »So eine Scheiße!«, wiederholte sie laut, auch auf die Gefahr hin, dass irgendjemand sie hören konnte. Anders als mit diesem banalen Fluch konnte sie ihre Lage gerade einfach nicht beschreiben. Franka gähnte und spürte, wie ihr langsam die Augen zufielen, trotz aller Wut und Aufregung. »Scheiße, Scheiße, Scheiße«, murmelte sie nun nur noch leise vor sich hin. Eigentlich wäre sie gern mit einem ganz anderen Gedanken ins Jenseits, wie sie das Land der Träume nun nannte, geglitten. Doch so blieb der Fluch das Letzte, was sie dachte, bevor sie Zeit und Raum um sich völlig vergaß.

Das Smartphone in Ilonas Hand im Schwesternzimmer hingegen vibrierte schon wieder. Entgangener Anruf von Unbekannt.

27

»Frau Jung? Welcher Tag ist heute?«

Der Mann vor ihr schaute sie kritisch an. Und war eindeutig doppelt da.

»Montag?« Franka war sich da nicht ganz sicher. Das Zimmer um sie herum war weiß und voll mit Geräten, Monitoren, Schläuchen. Es tickte und brummte überall.

Intensivstation.

»Richtig. Montag. Prima. Könnten Sie jetzt mal das rechte Bein anheben?« Keine Ahnung. Konnte sie? Franka versuchte es. Es ging. »Und nun das linke.« Ging auch. Aber ihr wurde ganz furchtbar übel. »Keine Sorge«, sagte die Stimme, »das ist normal. Sie waren über acht Stunden in der Narkose. Das dauert.« Hoffentlich nicht, dachte Franka. Sie spuckte bittere Galle in die Petrischale, die ihr der Mann geduldig vor die Nase hielt. Dann sank sie zurück und schlief wieder ein.

»Frau Jung? Welcher Tag ist heute?«

Der Mann war noch immer der vom letzten Mal. Wie hieß der Film aus den Neunzigern, an dem jeden Morgen um sechs derselbe Tag erneut begann? Richtig: »Und täglich grüßt das

Murmeltier«. Dort durften am Ende die zwei Hauptfiguren glücklich werden.

Franka seufzte. »Montag?«

»Richtig. Schön. Und könnten Sie jetzt mal …«

»Das rechte Bein?« Franka lüpfte die Decke und hob das Bein. »Beim linken wird mir dann schlecht, vielleicht könnten Sie jetzt schon mal die Petrischale …?«

Der Pfleger lachte. »Na, das Gehirn funktioniert ja schon.«

Franka nickte – und sank stöhnend in die Kissen. Diese Übelkeit war alles andere als lustig.

»Frau Jung? Welcher Tag ist heute?«

Hielten die sie eigentlich für völlig verblödet? Selbst wenn sie es anfangs nicht gewusst hatte – spätestens jetzt konnte sie es auswendig. Was wäre, wenn sie jetzt Mittwoch sagen würde? Hätte das irgendwelche Folgen, würde einen Alarm auslösen oder so? Kurz zögerte sie, doch irgendwie schien ihr die neurochirurgische Intensivstation nicht der richtige Platz für Witze. Und wenn sie ehrlich war, fühlte sie sich dazu auch noch nicht wirklich fit genug. Rechtes Bein, linkes Bein. Spucken. Und endlich wieder schlafen.

Die ganze Prozedur wiederholte sich stündlich – die komplette Nacht hindurch. Franka merkte das nur, weil der Montag dann irgendwann doch ein Dienstag und der Pfleger von einer Schwester abgelöst wurde. Erst am nächsten Mittag endete die Endlosschleife.

»Sie scheinen stabil zu sein, Ihre Werte sind prima. Sie kommen auf die Normalstation«, verkündete der Stationsarzt bei der Visite. »Die Operation hat zwar über acht Stunden gedauert, ist aber problemlos verlaufen«, verkündete er so stolz, als habe er persönlich gerade den Iron Man Hawaii gewonnen.

Franka nickte wieder nur. Für Freude fehlte ihr die Kraft.

Auf der Normalstation war das zweite Bett nun auch belegt von einer älteren Dame, die zum Glück schlief, als Franka hineingeschoben wurde. Nach Reden war ihr noch immer nicht zumute. Ihren Kopf zierte ein dicker Verband und im Arm steckte die Kanüle, über die die Schwester nach Bedarf die Dosis des Schmerzmittels erhöhen und Franka wieder ins Reich der Träume befördern konnte. Alles andere war ihr erst einmal egal.

Die Träume waren, wahrscheinlich auch dank der zahlreichen Drogen, unter denen Franka stand, mehr als krude. Sie fuhr mit Leon von London nach Florenz, mit Brit und ihrer Oma als Art Trauzeugen im Gepäck. Ihr Ziel war aber nicht die Besichtigung von Sehenswürdigkeiten oder Museen, sondern lediglich die verzweifelte Suche nach sämtlichen noch vorhandenen Telefonzellen …

Franka wachte schweißgebadet auf. Die ältere Dame neben ihr musterte sie kritisch. »Sie haben im Schlaf laut geschrien, junge Dame«, erklärte sie ihr in einem fast tadelnden Ton. »Mitten in der Nacht. Ich habe mich sehr erschreckt.« Sie schien eine Entschuldigung zu erwarten, aber Franka sah nicht ein, sie dafür um Verzeihung zu bitten. »Na, immerhin scheint es Ihnen heute wieder besser zu gehen.«

Franka nickte nur. Sie fühlte sich müde und erschöpft, der Kopf schmerzte und ihr fehlten Kraft und Antrieb, mehr zu tun als zu atmen, zu schlafen und ab und zu ein wenig von der warm gehaltenen, nach Pappe schmeckenden Krankenhauskost zu sich zu nehmen.

Dieser Zustand verbesserte sich in den nächsten Tagen nur sehr langsam. Zwar waren die Ärzte sehr zufrieden mit dem Ergebnis, der dicke Verband wurde durch ein Pflaster ersetzt und das Schmerzmittel deutlich reduziert, aber Franka fühlte sich nach wie vor kraft- und mutlos. Zaghaft stand sie mithilfe ihrer Eltern, die sie täglich besuchen kamen, aus dem Bett auf, doch mehr als ein kurzer Spaziergang auf dem romantischen Linoleumflur war nicht drin. Den Rest des Tages ertrug sie den endlosen Sermon der Bettnachbarin über ihre Kinder und Enkel, über ihre Krankheiten und die ihrer Freundinnen. Franka ließ diese Monologe über sich ergehen wie das Rauschen des Meeres am Strand, ohne dass sie selbst konkret an etwas denken konnte. Selbst die Erinnerung an Leon erschien ihr verschwommen und diffus, sogar Gefühle wie Sehnsucht überanstrengten ihr Gehirn.

Erst am fünften Tag spürte Franka, wie ihre Lebensgeister langsam wieder erwachten und sich ihr Interesse auf mehr konzentrierte als die regelmäßigen Schmerzmittelgaben. Sie richtete sich mit ein bisschen Mühe im Bett auf und lugte umständlich in die Schublade ihres Nachttischs: Da lag es, das Handy. Franka fischte es mühsam heraus und drückte auf den Einschaltknopf. Brav fuhr das Handy hoch. PIN? Franka grübelte. Hunderte Male hatte sie ihr Smartphone gestartet; wenn sie eine Nummer in ihrem Leben wirklich im Schlaf konnte, dann war es diese. Sie schloss ein Auge, um die Doppelbilder zu bannen, und tippte zaghaft drauflos. 1 … 3 … 0 … 7? Falsch. Sie runzelte die Stirn. Das konnte doch jetzt wirklich nicht sein! 1 … 3 … 7 … 0? Wieder falsch. Franka fluchte laut. Der dritte Versuch wäre ihr letzter, danach würde ihr Telefon automatisch vom Anbieter gesperrt werden. Tränen der Wut schossen ihr in die Augen. Was hatten die ihr da herausgeschnitten aus dem Kopf? Konnte sie sich nicht einmal mehr die einfachsten – und wichtigsten – Nummern ihres Lebens merken? Entnervt warf sie das Smartphone zurück in die Schublade. Behindert kam sie sich vor, regelrecht amputiert. Nicht einmal telefonieren konnte sie allein! Sie ballte die Hände zu Fäusten, um nicht laut aufzuheulen, umklammerte dabei mit aller Kraft die Zipfel ihrer Bettdecke und schluchzte heftig vor sich hin. Der Kopf begann sofort zu schmerzen, doch die Wut ließ einfach nicht nach. Sie war ein Krüppel und würde vielleicht immer einer bleiben. Anfang zwanzig und das Leben war vorbei. So leer und hilflos wie in diesem Moment hatte sie sich noch nie gefühlt.

28

Zwei Tage später hatte ihre Mutter ihr die PIN, die sie mühsam nach Frankas Anweisungen aus ihrer chaotischen Schreibtischschublade herausgekramt hatte, mit in die Klinik gebracht. Nachdem ihre Eltern sich nach einem weiteren eintönigen Nachmittag in der lieblosen Krankenhauscafeteria wieder auf den Heimweg gemacht hatten, fuhr Franka endlich zum ersten Mal seit der Operation das Smartphone hoch. Elf entgangene Anrufe, zum Teil mit Nachrichten auf der Mailbox, vierunddreißig WhatsApps, fünfzehn SMS.

Da sich das Lesen des Displays noch schwierig gestaltete – die Doppelbilder waren eher stärker denn weniger geworden –, rief sie zuerst einmal mit einem einfachen Klick ihre Mailbox ab. Der erste Anruf war von Unbekannt. Leon?

»Hi! Was soll denn das? Deine Freundin steht hier, fragt mich aus, faselt was von Klinik und macht mich blöd an. Wo bist du denn? Geh doch ran!«

Franka seufzte. Zweiter Anruf: Wieder Unbekannt. »Franka? Warum meldest du dich nicht? Langsam mache ich mir Sorgen.«

Auch der dritte Anruf erfolgte am Abend vor der Operation von Unbekannt: »Mist. Ich erreiche dich nicht. Scheiße.«

Danach hatte Katja draufgesprochen und wünschte Glück, Brit ebenfalls, Frankas Oma, mehrere Kommilitonen, nochmals Katja, die sich erkundigte, ob alles gut gelaufen sei.

Aber kein Leon mehr.

Fieberhaft durchsuchte Franka nun die WhatsApps, die vor ihren Augen verschwammen und sich kreuz und quer übereinanderschoben: Brit und Katja hatten sich täglich erkundigt, Papa auch, sogar der kleine Bruder schrieb. Weitere Mitstudenten nahmen Kontakt auf, zum Teil nur aus Zufall, ohne zu wissen, dass Franka in der Klinik war. Kein Leon. Da fiel ihr ein, dass sie ja noch immer keine Nummer von ihm hatte und somit auch keine WhatsApp-Verbindung hergestellt werden konnte. Sie nahm all ihre Kräfte zusammen und wandte sich auch noch dem SMS-Ordner zu.

Tatsächlich: Elf der fünfzehn SMS kamen von Leon. Jetzt zeigte ihr Handy auch endlich seine Nummer an. Ein Schritt mehr, an seinem Leben teilzunehmen. Franka spürte, wie ihr Herz schneller schlug, obwohl der Kopf schon jetzt protestierte, weil sie ihn gleich so überanstrengte. Sie zwang ihn zu noch ein bisschen Konzentration, ignorierte den aufkommenden Schwindel und die Schmerzen und öffnete die erste SMS. Nach einem kurzen Moment, in dem sie ihre Augen zwingen musste, sich auf die kleinen Buchstaben auf dem Display zu konzentrieren, konnte sie sie entziffern.

»Wo bist du? Was soll das alles? Ich verstehe das nicht. Melde dich. Leon.«

»Keine Nachricht. Was ist passiert? War bei dir zu Hause, du bist nicht da. Ich mache mir Sorgen.«

»Ich ärgere mich. Warum hast du nichts gesagt? Und warum war ich nicht da?«

»Ich drehe langsam durch. Zwei Tage schon. Und keine Ahnung, was los ist. Kommst du zurück?«

»Scheiße! Warum versaue ich immer alles in meinem Leben? Du fehlst.«

Franka ließ das Handy sinken. Sie zitterte. Ob aus Anstrengung oder Aufregung, konnte sie nicht sagen. Was ging da in dem Kerl vor? Und was löste das in ihr aus? Anfangs schien er eher sauer zu sein, doch allmählich kippte die Stimmung. Neugierig versuchte sie weiterzulesen.

»Mache mir viele Gedanken. Du wolltest das mit der Telefonzelle wissen. Warum? Musste telefonieren.«

»Wo bist du? Kommst du wieder? Würde dich gern halten. Und küssen. Gern auch wieder ohne Hose. Grins.«

Franka lachte leise und dachte an den Moment, als er zum ersten Mal vor ihrer Tür stand. So würde es nie wieder sein.

»Franka, melde dich. Ich dreh durch ohne dich. Es ist eh alles Mist gerade. Ich brauche dich.«

»Oder vielleicht brauchst du mich? Wäre gerne für dich da. Egal, was ist.«

Das Lesen wurde immer mühsamer. Die Doppelungen schienen zuzunehmen, und Franka musste den Kopf ganz verkrampft und das eine Auge fest zugekniffen halten, um die letzten zwei SMS überhaupt noch entziffern zu können. Sie waren erst wenige Stunden alt.

»Franka, ich gehe jetzt auf die Suche nach dir. Irgendjemand muss doch etwas wissen. Oder willst du das gar nicht?«

»Ist mir egal. Ich suche trotzdem. Kannst mich ja anzicken, das bin ich gewohnt. Aber ich muss wissen, was los ist. Kuss, Leon.«

Franka las die letzte SMS noch einmal. Der Kuss als Verabschiedung war neu. Sie ertappte sich dabei, sich darüber zu freuen. Auch seine Hartnäckigkeit gefiel ihr. Gleichzeitig gab er immer noch nichts von sich preis. Es schien nicht wirklich gut zu laufen gerade, aber wo er war und worum es ging, klammerte er geschickt aus. Sollte sie sich da jetzt überhaupt melden? Sie konnte nicht widerstehen. Mühsam und sehr langsam tippte sie eine Antwort: »Nach Zicken ist mir gerade nicht. Bin frisch operiert, Hirntumor. Franka.«

Den »Kuss« hatte sie weggelassen. Sie wusste gar nicht, was sie eigentlich wollte. Natürlich vermisste sie Leon. Allein seine SMS lösten in ihr so viele Gefühle aus. Aber war jetzt die richtige Situation, sich einen Freund mit ganz offensichtlichen Problemen anzulachen, der noch dazu nicht gerade zuverlässig zu sein schien? Sie selbst konnte sich nicht einmal mehr simpelste Zahlenfolgen merken. Ein Dreamteam, eindeutig.

Das Handy vibrierte sofort. Franka hob es hoch und starrte auf den Absender. Leon.

»Darf ich kommen und dich sehen?«

Franka zögerte. Wollte sie so vor Leon liegen? Im weißen Krankenbett, mit halb rasiertem Schädel und Ringen unter den Augen? Mit Schmerzmitteln zugedopt und noch nicht einmal fähig, allein aufs Klo zu gehen? Andererseits wäre es schön, ihn neben sich sitzen zu sehen, seine Hand zu halten. Sie rang mit sich. Die Neugier darauf, was er in der Telefonzelle für ein wichtiges Telefonat hatte führen müssen und wohin er verschwunden war, ohne sich zu verabschieden, brannte in ihr wie Feuer. Gleichzeitig verspürte sie noch keine Kraft für weitere Diskussionen. Wozu auch?

Langsam schüttelte sie den Kopf. Es hatte keinen Sinn. Erst wollte sie für sich klären, ob sie überhaupt etwas Neues aufbauen wollte, wenn das Alte gerade in sich zusammenfiel wie ein Kartenhaus. Sie brauchte ihr Kraft gerade für sich selbst, um ihre eigene Zukunft zu planen, sofern sie noch eine hatte. Ein launischer, unzuverlässiger Freund mit Problemen konnte nur eine Zusatzbelastung sein. Leon hatte sie bisher eindeutig mehr Kraft gekostet, als er ihr gegeben hatte. Ihr Kopf, ausgerechnet ihr Kopf setzte sich eisern durch gegen den Bauch, der laut nach Leon schrie. Mit leisen Schuldgefühlen tippte sie im Zeitlupentempo die Antwort:

»Nein. Tut mir leid. Bin noch nicht fit genug. Melde mich. Franka.«

Keine zehn Sekunden später leuchtete das Display wieder auf.

»Ich warte. Leon.«

Franka schaltete das Handy aus. Ein Kloß saß in ihrem Hals. Ob aus Frust über die eigene Entscheidung oder aus Traurigkeit über die fehlenden Perspektiven, wusste Franka selbst nicht. Eigentlich war das auch egal. Sie starrte wieder auf die Tropfen, die aus der Flasche über ihr regelmäßig hinunterfielen, um über einen langen Schlauch in ihrem Arm zu verschwinden. Das regelmäßige »Plopp« beim Berühren der Flüssigkeiten spiegelte die Eintönigkeit, die ihr Leben plötzlich dominierte. Träume, Pläne, Wünsche schienen geplatzt. Vor ihr lag das graue Nichts, eine Wand voll Nebel. Statt Beruf und Familie lockten Arztbesuche und Klinikaufenthalte. Franka schloss die Augen und ließ sich erneut vom Sog der Traurigkeit mitreißen.

29

»Sind Sie wach?«

Die Frau im Bett neben ihr saß aufrecht und lächelte Franka an. Die rieb sich die Augen und brummte genervt: »Jetzt schon.«

»Ach, Entschuldigung.« Nach echter Reue klang das gar nicht. »Ich dachte, Sie hätten die Augen auf.«

Franka seufzte. »Macht nichts, ist schon gut, sonst liege ich nachts wieder so lange wach.«

Die Frau nickte verständnisvoll. »Das kenne ich. Ist bei mir auch so. Und im Krankenhaus ist es ja auch einfach nie still.« Sie wartete auf eine Bestätigung seitens Franka, aber als diese nicht kam, fuhr sie fort: »Kommt Ihre Familie heute wieder?«

Sie schien sich mehr auf Frankas Eltern zu freuen als Franka selbst. Frankas Mutter brachte meist etwas zu essen mit, Kuchen und Obst, Kekse, einmal sogar einen frischen Döner vom Kebab-Mann, der Stunden später noch den Dunst von Knoblauch im Krankenzimmer zu verteilen schien. Und da Franka fast keinen Appetit verspürte, kam ihre Zimmergenossin oft in den Genuss dieser Mitbringsel. Sie selbst bekam nie Besuch und freute sich daher doppelt über Abwechslung.

»Ich denke schon«, antwortete Franka pflichtgemäß, »die kommen ja jeden Tag.«

»Sagen Sie das mal nicht so abfällig, junge Frau!«, betonte die alte Dame in belehrendem Ton. »Seien Sie froh, dass dem so ist.«

Franka stöhnte leise auf. Jetzt würde sicher wieder der Vortrag kommen, wie traurig das Leben im Alter sei, wenn die eigene Familie weit weg wohne und nur selten Zeit finde, die alte Oma in der Klinik zu besuchen. Beinahe täglich haderte diese Frau mit ihrem Schicksal, und da Franka nicht fliehen konnte, war sie für die Rolle des ewig gleichen Publikums auserkoren.

Wider Erwarten aber blieb ihre Bettnachbarin stumm. Irritiert stemmte sich Franka im Bett hoch und warf einen Blick hinüber. Ganz eingesunken lag die alte Frau plötzlich da, blasser, als sie sonst schon war, und ihr Gesicht schien noch mehr Falten bekommen zu haben, als es noch am Tag zuvor gehabt hatte.

»Geht es Ihnen nicht gut?« Es war das erste Mal, dass Franka ihr diese Frage stellte, wurde ihr in diesem Moment klar, und sie schämte sich ein wenig dafür.

»Nicht wirklich«, flüsterte die Frau.

»Soll ich die Schwester rufen?«

Sie schüttelte leicht den Kopf. »Nicht nötig, die kann auch nichts tun. Die gibt mir nur mehr Schmerzmittel. Dann spüre ich zwar nichts, bekomme aber auch noch weniger mit um mich herum. Irgendwann dämmere ich dann nur noch vor mich hin.« Sie seufzte tief. »Das war es wohl.«

Franka starrte sie an. Das war es wohl? Meinte die Frau das ernst? Oder versuchte sie einfach, endlich mal Frankas Aufmerksamkeit zu bekommen? Sollte sie nicht doch die Schwestern rufen? Eben gerade noch hatte die alte Frau doch ganz munter gewirkt.

»Schauen Sie nicht so erschrocken.« Sie hatte die Augen wieder offen und musterte Franka erneut. »Diese Schübe habe ich oft, ist ganz normal. Mein Tumor ist im Gegensatz zu Ihrem nicht gutartig und auch nicht klar abgegrenzt. Er wuchert und streut, da ist nichts zu machen. Sie haben meinen Kopf wieder verschlossen und jetzt warte ich ab.« Sie zuckte ratlos mit ihren schmalen Schultern. »Ich warte darauf zu gehen. Ist das nicht absurd?«

Franka konnte ihren Blick nicht von der Frau abwenden. Seit Tagen lag sie neben ihr, Tag und Nacht, und doch hatte sie sich nicht einmal dafür interessiert, wie es ihr eigentlich ging. Im Gegenteil, sie war froh, wenn im Bett nebenan Ruhe war. Auch bei den täglichen Arztvisiten hatte sie sich nie die Mühe gemacht zuzuhören, zumindest nicht, wenn es nicht um sie selbst ging. Es hatte sie nicht interessiert, welche Diagnose die Patientin neben ihr hatte, welche Heilungschancen – oder eben nicht. Im Gegenteil, manchmal hatte sie sich bei dem Gedanken ertappt, der könne es, wenn es nach ihr ging, gern ein wenig schlechter gehen, dann hätte sie selbst ein wenig mehr Ruhe …

»Entschuldigung«, murmelte sie in Ermangelung an tröstenden, sinnvollen Worten leise, »das tut mir ganz furchtbar leid.«

Die alte Dame lächelte etwas gequält. »Muss es nicht, Kindchen, muss es nicht. Ich hatte mein Leben. Sie haben Ihres noch vor sich. Nutzen Sie es. Machen Sie das, was Sie machen wollen, das, was Sie glücklich macht. Alles andere ist unwichtig.« Sie lächelte noch einmal. Dann schlief sie ein.

Franka lag lange wach und grübelte zum ersten Mal nicht über Leon und die eigene Zukunft. In letzter Zeit hatte sich ständig alles nur um sie selbst gedreht, um Diagnosen und Krankheiten, um Leon und seine Geheimnisse. Hatte sie dabei tatsächlich vergessen, dass das Leben drumherum auch weiterging? Und dass es keinesfalls für alle anderen immer nur rosarot war – auch ohne Tumor im Kopf? Mit schlechtem Gewissen betrachtete sie noch einmal die leise schnarchende alte Frau neben sich. Sie war anstrengend und nervig, keine Frage. Und doch hätte sie das Recht auf ein wenig mehr Aufmerksamkeit gehabt.

Franka lag auf dem Rücken, lauschte wie so oft dem stetigen Tropfen ihrer Infusion und starrte an die weiße Decke des Krankenzimmers. Dieser Tumor in ihrem Kopf war jetzt vielleicht kleiner, hatte aber schon eine Menge Schaden angerichtet. Und das nicht nur körperlich. Er hatte es geschafft, sich so sehr in den Mittelpunkt zu drängen, dass alles andere drumherum unwichtig wurde, er dominierte plötzlich buchstäblich Frankas Denken. Machte er sie zu einer anderen Person? Einer, die nur noch an sich selbst dachte, die jegliche Fähigkeit verlor, auf andere Rücksicht zu nehmen? »Fuckkopf!«, fluchte Franka leise vor sich hin. »Du scheiß Fuckkopf!«

30

Wenige Tage später wurde Franka entlassen. Die Chirurgen hatten ihren Job getan, die Wunde verheilte, der Tumor war so weit verkleinert, wie es den Medizinern möglich und sinnvoll erschien. Er war noch halb so groß wie zuvor. Nur noch, sagten die Ärzte. Noch immer, empfand Franka. Der Sachverhalt war derselbe, die Perspektiven konnten kaum unterschiedlicher sein. Doppelbilder halt.

Das Konzentrieren fiel ihr schwer, das Sehen war durch die Verstärkung der Doppelbilder noch mühsamer, das Kurzzeitgedächtnis hatte einige Lücken.

»Das kann sich alles noch beruhigen«, trösteten die Ärzte. »Aber es dauert lang. Und Garantien gibt es für nichts. Aus chirurgischer Sicht ist der Eingriff optimal verlaufen. Für den Rest sind wir nicht zuständig.«

Franka hörte die Worte der Ärzte, doch sie rauschten an ihr vorbei wie ein tosender Wasserfall, der haltlos in die Tiefe stürzte. »Seien Sie froh, dass Sie laufen und sprechen können«, ergänzte die Radiologin beim Anblick von Frankas aktuellem MRT sachlich. »Der Tumor war so groß, da ist das eher ein Wunder. Er ist es noch – besser wird es also nicht.« Franka starrte die Frau an, die mit unbewegter Miene nur die Fakten auf ihrem Monitor, nicht aber die junge Frau vor sich zu erfassen schien.

»Besser wird es nicht?« Frankas Mutter, die bei dem Gespräch anwesend war, brachte die Worte kaum über ihre Lippen.

Die Radiologin hob erstaunt den Kopf. »Nein. Sie müssen dankbar sein, dass bisher kein Schlaganfall aufgetreten ist, so wie dieser Tumor liegt. Das kann aber jederzeit passieren.«

Hatte Franka die Nachricht ihrer Erkrankung verhältnismäßig gefasst aufgenommen, spürte sie jetzt, wie ihr die Diagnose nach der Operation den Boden unter den Füßen wegzog. Schlaganfall. Lähmung. Sprachlosigkeit. Die Schlagworte schlugen tatsächlich zu. Wie kleine, hölzerne Keulen trafen sie sie an den Beinen, brachten sie ins Stolpern und nahmen ihr das Gleichgewicht. Wenn das die Perspektiven waren – wofür sollte sie dann weitermachen? Lernen, leben, Pläne schmieden? Gleichzeitig fiel ihr die alte Frau aus ihrem Krankenzimmer wieder ein. Nur zwei Tage nach ihrem Gespräch war sie verlegt worden, auf die Intensivstation. Frankas Nachfragen bei Ärzten und Schwestern blieben unbeantwortet – Patientengeheimnis. Vielleicht hatte die alte Dame einfach recht und sie sollte ihr Leben leben und froh sein, dass sie wenigstens das noch konnte?

Frankas Eltern nahmen ihre Tochter nach der Entlassung mit zu sich nach Hause. Widerstand zwecklos. »Du kannst dich nicht allein versorgen«, wehrte ihre Mutter sofort Frankas leisen Versuch ab, in ihr eigenes Heim zurückzukehren. »Du kannst weder kochen noch einkaufen. Und wenn irgendwas sein sollte …« Die Stimme der Mutter brach ab.

»Dann ist es vielleicht umso besser, wenn ich allein bin? Kurz und schmerzlos – Ende?« Frankas Stimme fehlte der Humor, den solche Antworten früher in sich getragen hatten. Aus Ironie wurde Sarkasmus, bitterer, verzweifelter Ernst.

Mit leicht wässrigen Augen nahm ihre Mutter sie fest in den Arm. »Komm, Kleines«, sagte sie. »Jetzt wirst du daheim erst einmal verwöhnt.«

Das wurde sie tatsächlich. Ihr Vater hatte ihr im Wohnzimmer ein gemütliches Lager gebaut, ihre Mutter übertraf sich selbst mit einem Speiseplan, in dem sich nur Frankas absolute Lieblingsgerichte tummelten, ihre Oma backte die passenden Kuchen dazu und die Freundinnen tippten sich auf dem Handy die Finger wund. Nur Leon blieb still. Seit der letzten SMS hatte er sich nicht mehr gemeldet.

Franka ärgerte sich darüber, wobei das Wissen in ihr nagte, dass sie selbst es so gewollt hatte. Nach drei Tagen hielt sie es nicht mehr aus und rief an. Mailbox. Sie sprach nicht darauf. Die nächsten fünf Versuche verliefen genauso. War er wieder verreist? Warum ließ er sie immer dann allein, wenn sie ihn am meisten brauchte? Wut und Sehnsucht wechselten im Minutentakt.

Am Nachmittag stand Brit, bewaffnet mit frischen Rosinensemmeln und besten Genesungswünschen von Frau Schmitz, die sich ausgiebig nach allen Details der Operation erkundigt hatte, vor der Tür von Frankas Eltern, um die Patientin zu besuchen und ein wenig aufzuheitern. Doch Franka lag blass und teilnahmslos in den Kissen. Der Kopf schmerzte und der Antrieb fehlte völlig. Erst als Brit das Café »Luigi« erwähnte, reagierte sie. »Warst du da? Hast du ihn gesehen?«

Brit grinste. »Immer noch dasselbe Thema? Ich dachte, den Typen hast du abgehakt.« Sie betrachtete Franka prüfend und schüttelte dann den Kopf. »Nein, er war nicht da.«

Enttäuscht sank Franka zurück. »Ich erreiche ihn auch nicht.«

»Hast du inzwischen seine Handynummer?« Brit zog erstaunt die Augenbrauen hoch.

Franka nickte. »Er hat mir einige SMS geschickt, nachdem du bei ihm gewesen bist. Dabei wurde mir seine Nummer angezeigt. Nutzen tut mir das nichts. Es geht immer nur die Mailbox ran.«

»Willst du dir das wirklich antun? Der Typ kommt mir merkwürdig vor, Franka, irgendwie ist der Stress da vorprogrammiert. Ich weiß schon, ich habe selbst gesagt, so ein bisschen Spaß schadet nicht. Aber von Spaß ist in Sachen Leon irgendwie selten die Rede. Ich glaube einfach, er tut dir nicht gut.«

Franka senkte den Kopf. »Ich weiß. Das sagt mir mein Verstand ja auch. Aber irgendwie … ich weiß es nicht. Ich kann nicht aufhören, an ihn zu denken. Wenn ich morgens aufwache, überlege ich, was er wohl gerade tut. Tagsüber starre ich mein Handy an. Und abends vor dem Einschlafen bin ich wieder nur bei ihm …« Jetzt, wo sie das alles zum ersten Mal in Worte fasste, kam sie sich vor wie ein dummer Teenager.

»Du bist verliebt.« Brits Lächeln strahlte mehr Mitleid aus denn Freude.

Eine Weile schlürften die Freundinnen den warmen Tee, den Frankas Mutter ihnen gekocht hatte, und beide hingen ihren – sehr unterschiedlichen – Gedanken nach. Die Rosinensemmeln lagen unangetastet zwischen ihnen in der Papiertüte. Nicht einmal die Rosinen hatte Franka herausgepickt. Dann brach Brit das Schweigen.

»Pass auf, ich habe eine Idee. Du schaust, dass du schnell ein wenig fitter wirst. Und dann hol ich dich nächste Woche ab für einen kleinen Ausflug zu Luigi. Irgendwann muss der Kerl ja wieder arbeiten. Da schaust du ihn dir noch mal an, testest, wie er reagiert und welche Ausreden er dieses Mal auf Lager hat – und dann entscheidest du erneut, ob er den ganzen Aufwand wert ist. Wenn du nur hier herumliegst und dich nach ihm verzehrst, idealisierst du den Typen nur. Dann wird der Schmuddelkellner unversehens zum Ritter auf dem weißen Pferd. Und das hat er, glaube ich, echt nicht verdient.«

Franka ignorierte die ironischen Seitenhiebe, die Brit in ihren Vorschlag einfließen ließ, und lächelte die Freundin zum ersten Mal an diesem Nachmittag an. »Okay. Ich gebe mir Mühe. Nächste Woche um diese Zeit bin ich so fit, dass wir Kaffee trinken gehen können.«

Brit verdrehte die Augen und seufzte. »Na gut, wenn dich das motiviert, schneller gesund zu werden, dann hat der Typ wenigstens irgendetwas Positives bewirkt.«

31

Tatsächlich ging es seit Brits Besuch aufwärts. Franka begann, regelmäßig vom Sofa aufzustehen und ein wenig aktiver am Familienleben teilzunehmen. Sie aß ordentliche Mahlzeiten und auch die Schmerzen ließen nach. Erfreut beobachteten ihre Eltern die Entwicklung. Zwar wirkten die Doppelbilder noch immer sehr einschränkend und auch das Kurzzeitgedächtnis funktionierte alles andere als zuverlässig, aber ihre Tochter schien nach der anfänglichen Lethargie immerhin wieder etwas Interesse am Leben zu bekommen.

Trotzdem reagierte Frankas Mutter unwillig, als sie von deren Plan erfuhr, mit Brit ins Café »Luigi« zu fahren. »Kind, das ist doch zu anstrengend. Du bist noch krank. Was ist, wenn du dir irgendeinen Virus einfängst? Bleib halt noch daheim, es ist zu früh. Brit und du, ihr könnt doch hier Kaffee trinken …«

Franka reagierte ungewohnt heftig. »Ich lass mich doch nicht einsperren! Und zu früh?! Für was denn? Vielleicht wächst der Scheißtumor schon längst wieder, dann ist es bald zu spät für alles. Ich will dahin. Und ich bin alt genug, das selbst zu entscheiden.« Mit funkelnden Augen und in die Hüfte gestützten Armen blitzte Franka ihre Mutter an. Sie wusste, dass ihr Verhalten ungerecht war. Seit Wochen kümmerten sich ihre

Eltern nun schon um sie, versuchten, ihr alles recht zu machen. Und trotzdem konnte sie nicht anders. »Ich gehe dahin, Mama. Du hast mir gar nichts zu sagen.«

Als Brit kurz darauf klingelte und sie betont fröhlich begrüßte, drehte sie sich wortlos um und verließ ohne Verabschiedung das Haus. Frankas Mutter stand hilflos im Türrahmen, sah ihrer Tochter nach und flüsterte Brit zu: »Pass auf sie auf, ja?«

Brit nickte und drückte kurz Frau Jungs Hand. »Versprochen.«

Im Auto wich Franka Brits vorwurfsvollem Blick bewusst aus und starrte schweigend aus dem Fenster.

»Alles gut, Franka?« Sie nickte. Brit zuckte mit den Schultern. Sie kannte ihre Freundin lang genug, um zu wissen, dass weitere Nachfragen zu nichts führen würden. Wortlos fuhren sie weiter, bis Brit direkt vor dem Café hielt und Franka aussteigen ließ. »Ich suche schnell einen Parkplatz und komme dann nach«, bestimmte sie und fügte mit Blick auf Franka in strengem Ton hinzu: »Keine Widerrede.«

Das Café »Luigi« war um diese Zeit noch nicht gut besucht. Franka, erschöpft von der Autofahrt und der Diskussion mit ihrer Mutter, ließ sich in den nächsten freien Sessel plumpsen und blickte sich suchend um. Leon war nirgends zu sehen. Eine völlig fremde Bedienung eilte von Tisch zu Tisch, stand, kaum dass Brit nachgekommen war, fragend und mit einem Block bewaffnet vor ihnen und brachte kurze Zeit später den obligatorischen Milchkaffee.

Unruhig rutschte Franka auf ihrem Platz hin und her und rührte hektisch klimpernd in ihrer Tasse.

»Jetzt komm mal runter, Frau Jung«, tadelte sie Brit mit strengem Blick. »Wir sind nicht nur für Leon hier. Ich hatte mich auch unabhängig vom Kellner auf einen Nachmittag mit dir gefreut!«

Schuldbewusst schaute Franka sie an, legte ihren Milchkaffeelöffel auf den Tisch und begann, mit dem Zuckertütchen zu spielen. »Ich weiß, aber es lässt mir keine Ruhe. Ich will wissen, was mit Leon passiert ist.«

»Passiert? Was soll passiert sein? Der hat vielleicht längst eine andere. Mach dir doch nichts vor. Kerle, die einen in einer Telefonzelle aufgabeln, sind nicht unbedingt der Mann fürs Leben.«

Brits direkte Art war immer das, was Franka an ihr als Freundin besonders geschätzt hatte. Doch jetzt tat genau das weh. Sie wollte keine nackten Tatsachen, sie wollte träumen, hoffen. Vielleicht gerade, weil das alles keinen Sinn mehr hatte. Sie wollte nicht genau das ausgesprochen hören, was ihr selbst ständig durch den Kopf ging. Doch wie sollte sie Brit das erklären? Eine Barriere tat sich da plötzlich zwischen ihnen auf, eine bisher so nie gekannte Mauer. Nicht einmal von Brit fühlte sich Franka noch wirklich verstanden. Der Tumor war zwar kleiner – die Distanz, die er zwischen ihr und allen anderen aufgebaut hatte, schien aber eher größer geworden zu sein. Franka erhob sich langsam aus dem weichen Plüschsessel und murmelte: »Ich geh aufs Klo.«

In der Toilette blickte sie ernst in den Spiegel. Das helle Neonlicht ließ die Ringe unter ihren Augen noch dunkler erscheinen. Die Narbe war von ihren schulterlangen Haaren ganz gut verdeckt, aber die linke Stirnseite schien nach der Operation leicht deformiert. Das gelähmte Auge starrte sie unheimlich an. Müde wirkte sie, um Jahre gealtert. Auch wenn ihr stets jeder im Umfeld bestätigte, wie gut sie doch aussah, wie prima sie sich erholt und wie tapfer sie die Strapazen von Operation und Klinik verarbeitet hätte. Hier, in diesem fremden Klo, blickte ihr die Wahrheit ins Gesicht. Jetzt sah man den Tumor. Jetzt, wo er endlich kleiner war. Franka streckte ihrem Spiegelbild die Zunge heraus.

Auf dem Rückweg zum Tisch bog sie dann spontan ab Richtung Theke, hinter der Luigi gerade Gläser polierte.

»Hallo.« Franka lächelte ihn an.

Luigi grinste und antwortete freundlich: »Ciao, Bella. Was kann ich für dich tun?« Hatte er sie wiedererkannt? Wahrscheinlich nicht, so freundlich, wie er sich gab.

»Ist Leon heute nicht da? Oder hat er schon wieder Urlaub?«

Luigis Miene verfinsterte sich sofort. »Urlaub? Nein. Er arbeitet nicht mehr hier.« Der Chef des Cafés drehte sich ruckartig weg und kümmerte sich demonstrativ wieder um seine Gläser.

»Er arbeitet nicht mehr hier?«, wiederholte Franka erschrocken. »Wieso nicht?«

Luigi reagierte nun ziemlich ungehalten. »Das geht dich nichts an, Signora.«

Franka gab nicht auf. »Doch. Ich bin seine Freundin. Wo kann ich Leon finden?«

Jetzt schaute Luigi wieder auf und grinste spöttisch. »Wenn du seine Freundin bist, wirst du das wohl wissen. Wenn nicht, kann ich dir nicht helfen. Datenschutz. Gilt sogar bei uns Italienern.« Damit ließ er die sprachlose Franka stehen und verschwand in seine Küche.

Wütend stapfte Franka zurück zu Brit. »Wir gehen. Sofort«, zischte sie und knallte zehn Euro auf den Tisch.

Brit schaute erstaunt auf. »Ich hab noch einen halben Kaffee ...«

»Kipp ihn runter oder lass ihn stehen. Ich will hier raus.« Franka schnappte ihre Jacke und wandte sich ohne weitere Erklärungen zur Tür. Brit hetzte ihr mit verständnislosem Blick hinterher.

Erst im Auto erklärte Franka ihrer Freundin, was sie zum plötzlichen Aufbruch bewogen hatte. »Und dann sagt der zu mir, wenn ich seine Freundin wäre, würde ich ja wissen, wo er sei. Und wenn nicht, müsste er sich an den Datenschutz halten … Er, der alte Mafioso! Das ist doch lächerlich, völlig lächerlich!« Ihre Stimme zitterte mit ihren Händen um die Wette. Der Ausflug an sich war schon anstrengend genug gewesen, die Wut und Aufregung jetzt brachte Franka hart an ihre Grenzen.

Brit warf ihr einen kurzen Blick von der Seite zu, und während sie den Schlüssel ins Zündschloss steckte und den Motor aufheulen ließ, sagte sie ernst: »Franka, hör auf. Dieser Leon tut dir nicht gut. Du hast doch wirklich andere Sorgen gerade. Und im Prinzip hat Luigi recht: Warum weißt du denn nicht einmal, wie dein Leon eigentlich mit ganzem Namen heißt, wo er wohnt und was er gerade tut? Hör einfach auf damit, dir selbst die Geschichte vom Ritter mit dem weißen Pferd zu erzählen. Jedenfalls dann, wenn ein schmuddeliger Kellner die Hauptrolle spielt. Du solltest dich jetzt schonen, dir etwas Gutes gönnen, dich erholen. Zusätzlicher Ärger bringt da gar nichts.«

»Etwas Gutes tun? Indem ich tagtäglich auf dem Sofa vor mich hindöse? Mich erholen? Indem ich rund um die Uhr schlafe? Nicht einmal lesen oder fernsehen kann ich mit diesem blöden Auge! Ihr habt doch alle keine Ahnung! Ich bin vierundzwanzig – und mein Leben ist vorbei. Dieser Scheißtumor ist da, immer noch, und er wird wieder wachsen. Schau mich doch mal an! Wozu soll ich studieren? Ich werde eh nie arbeiten. Wozu soll ich mich schonen? Ich werde nicht mehr gesund! Jeder Idiot gratuliert mir, wie gut ich alles überstanden hätte. Einen Scheißdreck habe ich. Vorher, als ihr alle geschockt wart, da ging es mir noch gut. Aber jetzt, wo mir jeder rät, positiv zu denken, wo mir jeder tröstend sagt, wie toll ich alles überstanden habe, jetzt bin ich richtig am Ende. Sag mir bitte nur einen Grund: Wofür soll ich denn kämpfen?« Franka schluchzte laut auf. All das, was sie seit Wochen zurückgehalten hatte, was still unermüdlich in ihr arbeitete, was in ihr bohrte und alles innerlich zerfraß, brach nun hervor und ergoss sich über die Armaturen von Brits altem Peugeot.

Brit trat auf die Bremse und fuhr bei der nächsten Möglichkeit rechts ran. Sie stellte den Motor ab und drehte sich wie in Zeitlupe zu Franka um. Die saß zitternd und tränenüberströmt auf dem Beifahrersitz. Wortlos öffnete Brit ihre Arme und zog ihre Freundin sanft zu sich.

»Hey«, flüsterte sie leise, »ist ja gut. Du hast ja recht.« Sie wiegte sie wie ein Baby, sacht und langsam. »Komm her, lass es raus. Lass es einfach mal raus.«

Draußen hatte Regen eingesetzt und trommelte auf das Blechdach des verrosteten Autos.

Erst nach einer ganzen Weile ließen Frankas Schluchzer nach. Brit hielt ihr wortlos ein Taschentuch hin und Franka schnäuzte sich die Nase.

»Danke.« Sie schniefte. »Tut mir leid.«

Brit schüttelte den Kopf. »Mir tut es leid. Wir alle sind so froh, dass du alles überstanden hast, dass wir uns nicht darüber klar sind, wie es dir wirklich geht. Jeder ist glücklich, dass du lebst. Wie du lebst, das hat keiner von uns zu fragen gewagt. Aber es stimmt natürlich, das Leben ist völlig anders jetzt. Ich wünschte, ich könnte dir Antworten geben, Perspektiven nennen. Ich kann es nicht.« Auch Brits Stimme zitterte.

Franka schniefte erneut. »Weiß schon. Ist auch nicht dein Job«, murmelte sie leise. »Ich hab nur die Schnauze voll davon, die Tapfere, Starke zu sein, die das alles toll übersteht. Jeder meint, positiv zu denken hilft, gesund zu werden. Und wenn ich nicht positiv denke, bin ich selbst schuld, wenn es nicht mehr wird? Ich weiß ehrlich gesagt gar nicht mehr, wer ich bin. Und ob ich die, die ich sein werde, sein will.«

»Sehr philosophisch«, kommentierte Brit, und endlich war wieder etwas von ihrem trockenen Humor zu spüren, den Franka so liebte. »Vielleicht solltest du zumindest das

Studienfach wechseln und ab jetzt in Philosophie über den Sinn des Lebens nachdenken. Da scheinst du dich gerade zur Expertin zu entwickeln. Mit Praxisbezug!«

Franka musste trotz ihrer Tränen lachen. »Ach Brit. Bleib genau so. Das bringt mir so viel mehr als all das Mitleid und die guten Wünsche.«

Brit lachte auch. »Okay, damit kann ich dienen. Aber jetzt bring ich dich heim. Sonst killt mich deine Mama. Und dann überlegen wir uns eine Taktik, wie wir Leon finden können. Du gibst ja sonst doch keine Ruhe. Und vielleicht kann ich dir dann endlich beweisen, dass es der Kerl einfach nicht wert ist … Außerdem wollten wir noch Perücken aussuchen. Wann beginnt deine Strahlentherapie?«

»In vier Wochen«, antwortete Franka und fühlte sich zum ersten Mal seit Tagen wieder wohler. Leon suchen. Das war eine Perspektive. Wenigstens für die nächste Zeit.

32

Leon zu suchen erwies sich als deutlich mühsamer als erwartet. Sein Handy blieb ausgeschaltet, alle SMS oder WhatsApps unbeantwortet. Irgendwann gab Franka auf, Nachrichten ins Nirwana zu senden. Auch Stippvisiten bei Luigi waren erfolglos. Leon war nicht wieder aufgetaucht und seine Kollegen reagierten ausweichend bis genervt auf Frankas permanente Fragerei. Angeblich wussten sie weder, warum Luigi ihm gekündigt hatte, noch, wo Leon nun sein könnte. Luigi selbst beäugte Franka von Besuch zu Besuch kritischer. Fast war ihr unheimlich zumute, wenn sie dem einst so gemütlich wirkenden Italiener ins Gesicht schaute. Irgendwann würde er ihr Lokalverbot erteilen.

Ziellos durch die Stadt zu fahren und darauf zu hoffen, Leon per Zufall zu begegnen, erwies sich allerdings ebenfalls als völlig sinnlose Zeit- und Spritverschwendung. München war zu groß und Franka hatte nicht einmal eine Idee, in welchem Viertel er wohnte. Frustriert saßen Brit und Franka nach dem dritten ergebnislosen Nachmittag auf einem Parkplatz in Brits Peugeot und beschlossen, die Suche vorerst zu beenden.

»Vergiss ihn einfach. Er ist es nicht wert, glaub mir.« Brits Geduldsfaden in Bezug auf Leon schien endgültig kurz vor dem

Zerreißen zu sein. Drei ihrer wertvollen freien Nachmittage hatte sie ihm schon geopfert, das war Franka durchaus bewusst. Doch als Brit den Motor startete und in Richtung Heimat steuerte, griff sie ihr plötzlich ins Lenkrad.

»Einen Versuch noch«, sagte sie entschuldigend, als ihr Brit einen verärgerten Blick zuwarf und den Wagen wieder auf Spur brachte.

»In Ordnung. Aber dann reicht's. Und greif mir nicht noch mal ins Lenkrad.«

Franka ignorierte den Vorwurf. »Stopp bitte einfach an der Telefonzelle, an der ich ihn das erste Mal gesehen habe.«

»An der Telefonzelle? Meinst du, der Typ ist in eine Telefonzelle gezogen? Oder er taucht dort regelmäßig auf, weil er sein Handy ja scheinbar ignoriert?« Skeptisch beäugte Brit ihre Beifahrerin.

Franka zuckte mit den Schultern. Eigentlich wusste sie auch nicht wirklich, was sie sich von der Telefonzelle erhoffte. Vielleicht war sie einfach das Einzige und Letzte, was sie konkret mit Leon verband. Außer dem halb vertrockneten Lebkuchenherz, das in ihrer Wohnung einsam vor sich hin gammelte.

Wenige Minuten später erreichte der kleine Peugeot die Kreuzung, an der die Telefonzelle, eine der letzten der Stadt, wenn nicht gar der ganzen Bundesrepublik, stand.

»Leer.« Brit klang genervt. »War ja klar.«

»Halt trotzdem an«, bat Franka.

»Warum? Denkst du, Leon ist telepathisch mit dir verbunden und ruft dort an, wenn du am Apparat stehst?« Was vielleicht witzig klingen sollte, spiegelte allzu deutlich Brits Ungeduld. Sie hatte sich wirklich bemüht, Verständnis für ihre kranke Freundin zu zeigen. Aber irgendwann war es einfach genug. Trotzdem stoppte sie den Wagen.

Franka sprang hinaus und ging zögerlich zur Telefonzelle. Als sie mit Mühe die Tür des verkratzten und von der Zeit gezeichneten Containers öffnete, spürte sie so etwas wie ein Déjà-vu: das Gefühl, in diese Telefonzelle zu treten, unangenehmen Vorahnungen zum Trotz, angewiesen auf eine völlig veraltete Technik, die wie ein Relikt aus vergangenen Zeiten mitten in der Hightech-Welt von heute übrig geblieben war. Man stand in diesem Glaskasten und die Welt draußen raste an einem vorbei, während hier drin zwischen »Emma liebt Paul« und dem »Nazis raus« über dem überdimensionalen Phallus die Zeit stillzustehen schien. Es roch nach kaltem Rauch und eingetrocknetem Urin; getrocknete Pfützen, bestenfalls von Bier oder Cola, klebten unangenehm unter den Schuhsohlen. Reste der völlig veralteten Telefonbücher hingen zerfleddert in ihren Halterungen.

Einem Instinkt folgend ergriff Franka den Hörer, warf fünfzig Cent in den dafür vorgesehenen Schlitz und wählte mit Blick auf ihr Handy Leons Nummer, die dort gespeichert war. Der Teilnehmer war nicht erreichbar. Die Mailbox aus.

Enttäuscht hängte Franka ein. Hatte sie wirklich geglaubt, nach so vielen Tagen erfolglosen Versuchens würde er heute ans Telefon gehen, nur weil sie aus »ihrer« Telefonzelle anrief? Den Kopf über den eigenen kindischen Aberglauben schüttelnd, wollte sie gerade zurück zum Auto gehen, als sie wie angewurzelt stehen blieb.

Neben dem verblichenen »Emma liebt Paul« prangte eine neue Inschrift, gemalt mit frischem Edding in einer krakeligen Kinderschrift: »Franka. Es tut mir leid. Ich liebe dich.«

Franka starrte die Buchstaben an. Kein Datum, keine Zeichen. Keine weitere Begründung. Nichts. Hektisch suchte sie die Wand ab. Waren da noch mehr Nachrichten? Sie konnte keine finden. Und doch war sie sich sicher, dass die Worte von Leon stammten. Was wollte er ihr damit sagen? Was tat ihm leid? Und wenn er sie liebte, warum meldete er sich dann nicht? Warum konnte sie ihn nirgendwo erreichen?

Plötzlich klopfte es heftig an die Scheibe. Franka zuckte zusammen und starrte entsetzt durch die milchig getrübten Scheiben. Das Déjà-vu wurde langsam zum gruseligen Albtraum. Doch was sich von außen gegen die Scheibe drückte, war nicht Leons leicht schmuddelige Männerhand. Brit presste ihr Gesicht ungeduldig dagegen und bemühte sich, das Innere der Telefonzelle zu erkennen. Sie wirkte verärgert und zeigte auf ihr Auto, das noch immer mit eingeschalteten Warnblinkern am Straßenrand stand.

Franka nickte mit schlechtem Gewissen, öffnete die Tür der Telefonzelle und rief: »Okay, ich komme sofort. Ganz kurz noch.« Während Brit kopfschüttelnd zurück zum Wagen rannte, hob Franka ihr Handy und knipste ein Foto von Leons Nachricht. Wozu sie das tat, wusste sie selbst nicht genau. Vielleicht einfach als Beweis, dass es Leon, diesen merkwürdigen Kerl, der zum ungünstigsten aller Augenblicke in ihr Leben geplatzt war, wirklich gab.

»Sag mal, wolltest du da Wurzeln schlagen?« Brits Verständnis war am Limit der Strapazierfähigkeit angelangt.

»Entschuldige. Ich habe noch mal versucht anzurufen.«

»Und – hast du eine Antwort erhalten?«

»In gewisser Weise ja.«

Erstaunt hob Brit den Kopf. »Was? Hast du ihn erreicht?«

»Nein, aber er mich. Er hat mir eine Nachricht hinterlassen, schriftlich, mit Edding, so wie früher zu Zeiten vor Handys und E-Mails.«

Ihre Freundin blickte sie verständnislos an. Franka zog ihr Smartphone aus der Tasche und zeigte Brit das Foto. Ratlos betrachtete die das Bild. »Und was bringt dir das jetzt?«

Franka zuckte erneut mit den Schultern. »Ich weiß nicht genau. Vielleicht einfach die Gewissheit, dass es sich lohnt, ihn weiterzusuchen.«

Brit stieß einen lauten Seufzer aus. »Das ist jetzt nicht dein Ernst, oder? Wäre ich bloß nicht mit dir hierhergefahren. Ich hatte gehofft, das Kapitel sei nun endlich abgeschlossen.« Sie runzelte die Stirn.

Franka betrachtete erneut Leons krakelige Schrift. »Nein. Ist es nicht. Ich habe das Gefühl, das Kapitel Leon hat für mich heute erst wirklich begonnen.«

33

Immer wieder nahm Franka in den nächsten Tagen ihr Handy zur Hand und betrachtete das Foto von Leons Nachricht. Aber sosehr sie auch grübelte, es half ihr nicht weiter. Leon blieb ein Rätsel für sie.

Brit hatte sich nach der letzten gemeinsamen Suche erst einmal zurückgezogen. Sie hatte Franka nach dem Telefonzellenbesuch lediglich bei ihren Eltern abgesetzt und sie mit den warnenden Worten verabschiedet, ihre wertvolle Lebenszeit nun erst recht nicht für so einen Typen zu verschwenden. »Aber es ist mein Leben, nicht deins!«, hatte Franka gekontert und die Tür des Autos heftiger zugeknallt als nötig. Als Brit mit aufheulendem Motor abfuhr, schien sie sich nicht nur von dem Haus, sondern auch ein Stück von Franka selbst zu entfernen.

Seit diesem Moment konzentrierte sich Frankas Suche nach Leon wieder auf sinnloses Googeln im Internet und noch viel sinnloseres Warten auf irgendeine Nachricht von ihm. Die Vergeblichkeit dieser Unterfangen zogen sie Tag für Tag in ein tieferes Loch. Nichts schien mehr Sinn zu haben, nichts mehr Spaß zu machen. Auch das ständige Umsorgtwerden durch ihre Mutter wurde für Franka täglich mehr zur Last. Sie hatte keine Lust mehr auf Kartoffelgratin und Gnocchi, Käsekuchen oder Dattel-Frischkäse. Sie wollte keine mitleidigen Blicke und besorgtes Handstreicheln mehr. Die Geborgenheit daheim mutierte zunehmend zu einem Gefängnis, das ihr die Luft abschnürte.

An einem Sonntagmorgen platzte Franka endgültig der Kragen, als ihre Mutter ihr zum dritten Mal das Rosinenbrötchen anbot, das wie fast jeden Morgen extra für Franka im Brotkorb lag.

»Willst du nicht doch wenigstens ein halbes? Ich schmiere dir auch deine Lieblingsmarmelade darauf.«

»Nein, Mama, will ich nicht. Ich will, ehrlich gesagt, gar keines mehr.« Ihre Mutter zuckte zusammen, hielt aber den Blick eisern auf den Brotkorb geheftet. »Weißt du, was ich will? Nach Hause. In meine Wohnung. Ich halte das hier nicht mehr aus!« Franka wurde lauter, als sie beabsichtigt hatte. Sie holte kurz Luft und fuhr um Beherrschung bemüht fort: »Ich bin fit genug, Mama. Ich will mein Leben zurück. Ich kann doch nicht für immer hierbleiben, nur weil dieser Fucktumor in meinem Kopf hockt!«

»Franka! Was soll das?!« Jetzt wurde auch die Mutter lauter. »So redet man nicht. Und es geht doch auch nicht darum, dass du für immer bleibst. Aber wenigstens die Strahlentherapiezeit kannst du doch hierbleiben. Da musst du jeden Tag in die Klinik gefahren werden. Und niemand weiß, wie es dir dabei geht …«

»Eben!«, antwortete Franka, »genauso ist es: Das weiß keiner. Vielleicht geht es mir ja supergut dabei? Das tut es mir sicher nicht, wenn ich hier weiter eingesperrt bin.« Jetzt wurde sie wirklich ungerecht, das war ihr selbst klar, doch sie konnte nicht mehr zurück.

Ihr Vater, der wie meist bei den Mutter-Tochter-Diskussionen geschwiegen hatte, blickte zwischen den beiden hin und her und sagte streng: »Hey, bleibt mal ruhig, alle beide. Lasst uns in Ruhe reden.«

»In Ruhe?« Nun schrie Franka doch. »Mir reicht es mit der Ruhe hier. Ich ertrag sie nicht mehr. Nicht einen einzigen Tag!« Um weitere Eskalationen zu verhindern, sprang sie vom Tisch auf, ließ ihre entsetzten Eltern allein in der Küche zurück und stürmte in ihr altes Kinderzimmer, um hektisch ihre Sachen zu packen. Niemand hatte ein Recht, ihr Leben zu bestimmen, niemand. Noch war sie nicht entmündigt. Ihr Gehirn funktionierte vielleicht nicht mehr ganz so wie früher, aber es funktionierte noch. Sie hatte jedes Recht, selbst über sich zu bestimmen.

Natürlich war ihr klar, wie ungerecht sie war und wie sehr sie ihre Mutter verletzte. Sie meinte es gut, sie machte sich Sorgen … Aber ihr ganzes Bemuttern war doch völlig egoistisch mehr dem Gefühl geschuldet, die gemeinsame verbleibende Zeit mit dem kranken Kind genießen zu wollen, als wirklich der Notwendigkeit einer vierundzwanzigstündigen Betreuung.

»Und wenn du nachts einen Anfall hast?« Die Mutter lehnte, ohne dass Franka es bemerkt hatte, im Türrahmen und beobachtete ihre Tochter beim Packen des Koffers.

Franka verdrehte die Augen. »Was denn für einen Anfall, Mama? Hustenanfall? Lachanfall? Oder vielleicht einfach nur eine Fressattacke?«

Ihre Mutter schnappte entrüstet nach Luft, doch bevor sie weiter argumentieren konnte, mischte sich Frankas Vater ins Gespräch, der jetzt hinter seiner Frau aufgetaucht war: »Ist gut jetzt, Thekla.« Er legte ihr beschwichtigend eine Hand auf die Schulter. »Franka ist erwachsen. Sie lebt ihr eigenes Leben. Sie ist kein Kind mehr.«

»Aber ich bleibe eine Mama!« Frau Jung schien kurz davor zu sein, wie ein trotziges Kind vor Wut aufzustampfen.

»Ich weiß, Mama. Und das ist ja gut so.« Frankas Vater warf seiner Tochter für ihr Einlenken einen dankbaren Blick zu. »Ich bin auch gerne hier. Aber ich vermisse meine eigenen vier Wände. Ich vermisse mein eigenes Leben. Ich will nicht mehr den ganzen Tag krank herumliegen. Lass mich gehen. Wir sehen uns trotzdem so oft wie möglich, okay? Versprochen.«

Ihre Mutter nickte widerwillig. Sie kannte den Sturkopf ihrer Tochter. Wenn Franka etwas wirklich wollte, setzte sie ihren Willen in der Regel auch durch. Ohne einen weiteren Kommentar begann sie, ihr beim Packen zu helfen.

34

Auch wenn manche Dinge allein noch ein wenig mühsam waren und ihre Mutter ihr nach wie vor Pflichten wie Einkäufe oder Wäschewaschen abnahm, war Franka froh, dass sie endlich wieder mehr Ruhe hatte. Sie genoss es, sich morgens selbst ihren Milchkaffee zu kochen und ein trockenes Müsli zu knabbern, im Hintergrund laut unsinnige Frühsendungen im Fernsehen laufen zu lassen und ihre Klamotten abends aus Faulheit in großen Türmen um ihr Bett herum zu stapeln, ohne dass ihre Mutter sie mit vorwurfsvollem Blick aufhob und ordentlich gefaltet auf dem Stuhl platzierte.

Leon ging ihr noch immer nicht aus dem Kopf und der Gedanke, dass er plötzlich wieder in ihrem Leben auftauchen könnte, schien permanent in ihrem Hinterkopf zu kreisen. Sollte dies tatsächlich passieren, wäre das Gespräch, das darauf folgte, sicherlich kompliziert genug, wenn es bei ihr daheim geführt werden würde – auf dem Sofa ihrer Eltern aber wäre diese Geschichte ganz sicher nicht zu klären.

Was sich hingegen geklärt hatte, war das Verhältnis zu Katja. Nach unzähligen WhatsApps und einigen Telefonaten hatten sich die Wogen endlich so weit geglättet, dass die Freundin ihren Besuch bei Franka angekündigt hatte. Zur Feier des Tages beschloss Franka, sich – der Rosinensemmeln zuliebe – in die Höhle des Löwen zu begeben und das erste Mal wieder selbst zur Bäckerei Schmitz zu gehen. Frau Schmitz erkannte sie schon durch das Schaufenster hindurch und winkte enthusiastisch. Franka verkrampfte sich innerlich, zwang sich aber, tapfer den Laden zu betreten. Irgendwann musste sie sich der Inquisition stellen.

»Hallo Franka!« Frau Schmitz strahlte, als habe man ihr selbst soeben den Tumor des Jahres entfernt. »Wie geht es dir?«

»Prima.« Franka hatte beschlossen, zwischen Brezeln und Rosinensemmeln keine Diskussion über ihre Krankheit zu führen. »Alles gut.«

»Alles gut?« Frau Schmitz runzelte die Stirn. »Ist der Tumor ganz weg?«

Franka stöhnte innerlich auf. Sollte sie lügen? Oder das Risiko eines halbstündigen Gesprächs eingehen? »Fast«, mogelte sie sich hindurch.

Frau Schmitz nickte befriedigt. »So ist's recht. Du siehst aber auch gut aus. Man sieht ja fast nichts. Also klar, du schaust noch ein bisschen fertig aus.« Danke, dachte Franka, solche Komplimente bauen wirklich auf. »Aber das wird schon. Und ich sag's ja: positiv denken. Dann wird alles wieder gut.« Franka zwang sich zu einem Lächeln. »Es wäre auch schade, wenn du nicht mehr die Alte wärst. Das Leben geht weiter. Muss ja, oder?« Franka nickte. Ja, muss ja. Oder eben nicht. Doch die Antwort verkniff sie sich vorsichtshalber. Keine Diskussion, mahnte sie sich selbst innerlich. »Und was willst du jetzt machen?« Frau Schmitz stand ihre Neugier auf die Stirn tätowiert.

Franka konterte souverän: »Kaffee trinken. Meine Freundin Katja kommt zu Besuch.« Darauf, dass Franka ihre Frage wörtlich nehmen könnte, war Frau Schmitz nicht gefasst gewesen. Die Antwort brachte sie eindeutig aus dem Konzept. »Deshalb habe ich es auch eilig. Vier Rosinensemmeln bitte«, beeilte sich Franka hinzuzufügen.

Die Bäckersfrau packte die vier Gebäckteilchen in eine Papiertüte. »Kaffee trinken …« Sie schüttelte ratlos den Kopf. »Drei Euro zwanzig«, murmelte sie dann und reichte Franka die Tüte. Der lag auf der Zunge zu fragen, ob die erfolgreiche Verkleinerung des Tumors auch ihren Krebsrabatt gesenkt hatte, doch sie war so klug, diese Bemerkung hinunterzuschlucken. »Weißt du, Franka, du schaffst das schon. Mit ein bisschen Fleiß und gutem Willen kriegst du das hin.« Frau Schmitz lächelte ihr aufmunterndes »Es wird schon wieder«-Lächeln.

Franka holte tief Luft. Eine Anti-Aggressions-Therapie stellte sie sich in etwa so vor wie Semmeln kaufen beim Bäcker Schmitz. Abrupt machte sie kehrt, um den Laden fluchtartig zu verlassen und nicht erneut im Fach »innere Ruhe« kläglich durchzufallen.

In dem Moment streifte ihr Blick die Titelseite einer Münchner Boulevardzeitung, die in dem Zeitungsständer neben der Theke zum Verkauf steckte. »Drogen statt Duschbad! Drei junge Münchner vor Gericht«, prangte dort als Schlagzeile. Die Augen der drei abgebildeten Täter waren mit schwarzen Balken überdeckt. Trotzdem erkannte Franka alle drei sofort: Sarah, Sascha und Leon zierten das Titelblatt. Wie vom Blitz getroffen starrte Franka auf die Zeitung. Dann griff sie mit weichen Knien und zitternden Händen nach dem obersten Exemplar.

»Ja«, sagte Frau Schmitz mit Blick auf das Boulevardblatt, »ist das nicht furchtbar? Schon wieder so Kriminelle, die die Stadt unsicher machen. Zum Glück haben sie die drei erwischt. Die kommen jetzt vor Gericht und werden da dann hoffentlich ordentlich bestraft.«

Franka hörte gar nicht hin. Wie hypnotisiert starrte sie auf das Foto. Drogen? Gericht? Bestraft? Sie legte Frau Schmitz eine Zweieuromünze auf die Theke. »Warte, Franka, du bekommst noch Wechselgeld«, protestierte Frau Schmitz, doch Franka verließ mit ihrer Semmeltüte und der Zeitung bereits den Laden. »Dann nicht, danke«, rief die Bäckerin ihr nach. Und murmelte dann leise in sich hinein: »Ein bisschen anders ist sie schon geworden. So eigen. Aber vielleicht wird das auch wieder.«

Zu Hause legte Franka zitternd die Semmeltüte auf den Tisch und starrte erneut das Foto von Leon und seinen Freunden an. Hektisch begann sie zu lesen:

> Der Münchner Polizei ist es gelungen, drei jungen Leuten, die sich als Drogendealer ihr Zubrot verdienten, das Handwerk zu legen: Leon B. (25), Sarah B. (23) und Alexander Z. (25), genannt »Sascha«, standen schon länger unter dem Verdacht, mit als Dusch- und Badezusatz deklarierten Kräutermischungen, die als hochgefährlicher Drogenersatz konsumiert werden, gehandelt zu haben. Bereits vor einigen Wochen war das Trio den Ermittlern aufgefallen und vorläufig festgenommen, aus Mangel an Beweisen aber wieder auf freien Fuß gesetzt worden. Verdeckten Ermittlern gelang es nun aber, die drei Dealer auf frischer Tat zu ertappen. Zwar werden diese aus dem Ausland stammenden Kräutermischungen nur zum Teil als illegal eingestuft, ihre Wirkung ist aber aufgrund ihrer meist völlig unbekannten Bestandteile als höchst gefährlich zu bewerten, so ein Polizeisprecher. Zudem hatten die drei zum Teil bereits vorbestraften Verdächtigen auch versucht, klassisches Kokain an ihre Kunden weiterzugeben. »Für die Staatsanwaltschaft genügt das, um die

Verdächtigen endlich vor Gericht zu bringen und eine Haftstrafe einzufordern«, freute sich der Sprecher der Münchner Polizei bei der heutigen Pressekonferenz. »Die Justiz hat damit einen kleinen Sieg errungen.« Der erste Tag der Gerichtsverhandlung ist bereits für kommenden Montag angesetzt.

35

Als Katja eine halbe Stunde später an ihrer Tür klingelte, starrte Franka noch immer auf den Artikel. Unzählige Filme waren vor ihrem inneren Auge abgelaufen: Leon als Drogendealer, als Junkie, als Verurteilter vor Gericht. Konnte es sein, dass sie sich so sehr in ihm getäuscht hatte? War er deswegen plötzlich verschwunden? Von wegen Urlaub …

Katja rauschte wie immer fröhlich-überdreht in ihr Appartement und drückte Franka stürmisch, als diese ihr endlich geöffnet hatte. »Ach, ich bin so froh, dich zu sehen. Du siehst gut aus, viel besser, als ich dachte. Alles prima?« Sie schob Franka ein wenig von sich weg und blickte ihr mit strengen Falten auf der makellos geschminkten Stirn ins Gesicht. »So richtig glücklich wirkst du aber nicht.« Bevor Franka antworten konnte, plapperte Katja weiter: »Macht nichts, ich bin's auch nicht. Marco ist ein Depp, habe ich festgestellt, der will nur Sex, den ganzen Tag. Kannst du dir das vorstellen? Das ist anstrengend. Und Tobi ist noch immer sauer, diese Memme. Dafür habe ich beim Sport einen anderen Typen kennengelernt, Christian, sehr süß, herrlicher Knackarsch und Oberarme …« Sie seufzte theatralisch und verdrehte verzückt die Augen. »Leider derzeit noch vergeben. Aber das bin ich ja theoretisch auch …« Katja kicherte, bis sie plötzlich verstummte. »Ach?! Ist das nicht der Kellner vom ›Luigi‹?« Sie zeigte auf das Titelfoto der Zeitung. »Der, der so scharf auf dich war?« Ihr Blick wanderte zu Franka, die noch immer keinen Ton gesagt hatte. »Er ist es. Und du stehst auch auf ihn. Deswegen bist du schlecht drauf.« So oberflächlich Katja oft war, sie hatte ein sehr ausgefeiltes Gefühl dafür, was in anderen vor sich ging – zumindest, was das Interesse am anderen Geschlecht betraf. »Nein, sag nicht, du hast dich ausgerechnet in einen Drogendealer verguckt?!«

Franka setzte sich, noch immer wortlos, und strich gedankenversunken über das Foto. Ihr Finger war schon verfärbt von Druckerschwärze, so oft hatte sie Leons Bild an diesem Tag bereits berührt. Katja setzte sich zu ihr.

»Nicht ernsthaft, oder? Erst lachst du dir einen Tumor an und dann einen Drogendealer? Wie viel Scheiße brauchst du denn noch um dich herum?«

Franka musste fast lachen darüber, wie trocken ihre Freundin ihr derzeitiges Dilemma auf den Punkt brachte. Trotzdem konterte sie trotzig: »Noch ist ja gar nicht bewiesen, dass er wirklich gedealt hat.«

Katja winkte lässig ab. »Klar hat er. Sonst wäre er jetzt nicht da, wo er gerade ist. Die Frage ist: Was brummen die ihm als Strafe auf? Wie lange wird er weg sein? Und – brauchst du das alles? Ausgerechnet jetzt?«

Franka stand auf, um Kaffee zu kochen und die Rosinensemmeln zu holen. Vor allem aber, um Katjas Fragen, die sie sich selbst seit einer halben Stunde ununterbrochen gestellt hatte, nicht beantworten zu müssen. Als sie wiederkam, tippte Katja bereits eifrig auf ihrem Smartphone.

»Schau mal, das ist der Terminplan des Landgerichts. Heißt dein Junkie Berger mit Nachnamen?« Sie scrollte eine lange Liste mit Uhrzeiten rauf und runter.

»Er ist kein Junkie. Und ich weiß immer noch nicht, wie er heißt.«

Katja hielt kurz inne, um den Kopf zu schütteln. »Du weißt immer noch nicht, wie er heißt? Ich fasse es nicht. Egal, ist der Einzige mit ›B‹ am Montag. Und die zwei anderen heißen Sarah Berger und Alexander Ziontek – das passt. Also, die Verhandlung beginnt um 10.30 Uhr. Treffen wir uns direkt vor dem Gericht?« Die Verständnislosigkeit stand Franka ins Gesicht geschrieben. Katja lachte. »Du willst den Typen doch sehen, oder? Und wissen, was dran ist am Verdacht gegen ihn. Also gehen wir hin! Live dabei sein ist immer besser als Zeitunglesen. Und solche Verhandlungen sind in der Regel öffentlich. Das müsstest du als Möchtegernjournalistin doch wissen!«

Wollte sie wirklich zur Gerichtsverhandlung? Auf die Idee war Franka noch gar nicht gekommen. Doch Katja ließ ihr gar keine Wahl.

»Komm, gib es zu. Das juckt dich auch. Oder weißt du eh Bescheid? Hat er dir schon alles gestanden?«

»Wir hatten seit der OP noch keinen Kontakt«, gestand Franka zähneknirschend. »Erst hat er mich nicht erreicht, dann wollte ich nicht, dass er mich im Krankenhaus besucht, und dann habe ich ihn nicht mehr erwischt, bevor …« Sie zögerte einen kurzen Moment, war hin- und hergerissen. Etwas in ihr schrie danach, Leon sehen zu wollen, nur in seiner Nähe sein zu dürfen. Gleichzeitig war ihr klar, dass ein Krimineller, ein Dealer, einer, der sich selbst damit finanzierte, dass er andere in Gefahr brachte, für sie überhaupt nicht infrage kam. Noch dazu einer, der nie da war, wenn sie ihn brauchte. »Ich will da nicht hin!«, verkündete sie Katja trotzig. »Ich will zu so einem Assi keinen Kontakt. Nie wieder!«

Katja betrachtete ihre Freundin eine Weile, nickte aber schließlich langsam und entschied: »In Ordnung, das ist sicher die klügere Entscheidung. Das Urteil können wir auch in der

Zeitung lesen. Typen wie der brauchen eigentlich nicht noch Publikum. Und deshalb«, ihr Tonfall wurde resolut, »deshalb packen wir den Kerl jetzt endgültig weg.« Ohne auf die Proteste Frankas zu achten, faltete sie die Zeitung zusammen und verstaute sie unter einem Stapel alter Zeitschriften, der sich auf einer Seite des Esstisches türmte. »Du musst endlich mal auf andere Gedanken kommen. Und da hilft nichts mehr als ein netter Film und eine alte Freundin.« Grinsend zog Katja eine DVD aus der Tasche.

»Ich kann nicht wirklich gut sehen, da ist ja noch immer alles doppelt«, protestierte Franka. Doch auch diesen Widerspruch ließ Katja nicht gelten.

»Macht nichts, die Handlung ist so simpel, das schaffst du auch ohne Hingucken!« Sie lachte.

Da gab Franka auf. Denn im Grunde hatte Katja dieses Mal recht: Ein Mädelsabend mit Kitschfilm und garantiertem Happy End als Ablenkung war vielleicht nicht die schlechteste Alternative. Irgendwann musste doch auch mal irgendetwas gut ausgehen.

36

Am nächsten Tag machte sich Franka endlich auf den Weg in die Praxis von Dr. Schwerdtner. Entgegen ihres Versprechens hatte sie sich viel zu lang seit der Operation nicht bei ihm gemeldet und mit ihm über die aktuellen Befunde gesprochen, die ihm die Klinik sicher schon längst zugesandt hatte. Erst hatte sie behauptet, noch zu schwach für einen Arztbesuch zu sein, dann hatte Dr. Schwerdtner zu ihrer Erleichterung selbst zwei Wochen Urlaub gehabt. Doch nun gab es keine Ausrede mehr. Sie wusste, dass der ältere Herr Klartext mit ihr reden würde. Und sie wusste nicht, ob sie dazu wirklich bereit war.

Doch schon bald stand die Bestrahlungstherapie an, und vorher sollte sie sich darüber klar werden, wie ihre Chancen überhaupt standen und welche Folgen diese weitere Therapie haben könnte. Seufzend betrat sie die Praxis. Karin, die Sprechstundenhilfe, schaute professionell-freundlich auf wie immer, als Franka zur Theke trat. Doch ihr Gesichtsausdruck änderte sich schlagartig, als sie die Patientin erkannte.

»Franka!« War es Entsetzen, Glück, Freude? Der Tonfall schien ein Konglomerat aus all diesen Emotionen gleichzeitig zu sein. Fehlte noch, dass Karin um die Theke herumsprang, um Franka zu umarmen. »Wie geht es dir?«

Franka zögerte. Wie oft hatte sie diese Frage in den letzten Wochen gehört? Und noch immer keine passende Antwort parat. Konnte es ihr gut gehen in dieser Situation? Aber schlecht wäre auch ganz anders, oder? »Im Prinzip ganz gut, glaube ich«, entgegnete sie deshalb vorsichtig.

»Prima!« Karin strahlte. Offensichtlich hatte Frankas Aussage die Erwartungen zu aller Zufriedenheit erfüllt. »Warte kurz, der Chef hat gleich Zeit für dich.«

Nach wenigen Minuten schon wurde Franka aufgerufen. Dr. Schwerdtner blickte sie wortlos über den Rand seiner Lesebrille hinweg an und runzelte die Stirn. »Na, Kleine?« Franka setzte sich. »War heftig, oder?«

Franka nickte. Wie immer gab ihr der ältere Herr vor ihr das Gefühl der Sicherheit, des Ernstgenommenwerdens.

Dr. Schwerdtner blätterte in den Unterlagen, die die Klinik ihm wie erwartet bereits zugesandt hatte. »Das war kein einfacher Eingriff«, kommentierte er sachlich. »Und auch das Ergebnis ist nur bedingt zufriedenstellend.«

Franka blickte auf. »Da ist noch eine Menge Tumor drin, oder?«

Dr. Schwerdtner nickte. »Ich denke, du hast verdient zu wissen, wie es um dich steht.« Franka nickte ebenfalls. »Im Prinzip kann man es von zwei Seiten sehen: Dafür, wie groß dieser Tumor schon war – und er war wirklich groß –, ist die Operation gut verlaufen und es geht dir hervorragend, soweit ich das auf den ersten Blick und laut Unterlagen beurteilen kann. Noch vor zehn Jahren hätte das Ergebnis ganz anders ausgesehen. Ein ganzes Stück Tumor ist weg. Das ist gut. Sehr gut.«

»Aber?« Franka blickte den Arzt ernst an.

»Aber«, er holte tief Luft, »da ist immer noch ein ganz schönes Stück übrig, das denkbar blöd liegt, weil es die Hauptschlagader umschließt und auch zudrückt. Da können wir Ärzte nichts mehr tun. Der Tumor bleibt einfach dort.«

»Und die Bestrahlung? Was kann die? Wofür mache ich die denn dann?«

»Die macht ihn nicht kleiner.« Dr. Schwerdtner schien es sichtlich schwerzufallen, Franka diese Hoffnung so radikal nehmen zu müssen.

»Nicht?«

»Nein. Die Bestrahlung soll nur das Wachstum verzögern.«

»Wachstum ...« Frankas Stimme zitterte leise. Im Prinzip erzählte er ihr ja nichts Neues. Sie erinnerte sich verschwommen an das Gespräch mit der Assistenzärztin in der Klinik, die ihr denselben Sachverhalt schon einmal zu erklären versucht hatte. Sie hatte ihr nicht konzentriert zugehört. Vielleicht auch, weil sie diesen Teil der Geschichte gar nicht wirklich hören wollte. Dr. Schwerdtner schaute sie lange an.

»Ja, Wachstum. Der Tumor wird wieder wachsen, Franka. Niemand weiß, wann, wie schnell und wohin. Aber er wird es wieder tun. Du wirst, um es auf den Punkt zu bringen, nie wieder ganz gesund.« Wie ein eiskalter Wasserfall ergoss sich diese Information erneut über Franka. Die Welt um sie herum schien zu erstarren. Nichts war vorbei, nichts war gut. Und nichts würde je wieder gut werden. »Du musst mit diesem Tumor leben«, fügte der Arzt leise hinzu. »Eine Alternative dazu gibt es nicht. Im Prinzip tust du das schon lange, denn das Ding wuchert seit mindestens zehn Jahren in deinem Kopf. Der Unterschied ist nur: Du wusstest das bisher nicht. Jetzt weißt du es. Eigentlich ändert das nichts: Fakt ist, du wirst nie mehr ohne den Tumor sein. Du musst mit ihm leben.«

Ein drittes Mal nickte Franka. Ihre Knie zitterten und sie spürte, wie sich die Welt langsam, ganz langsam um sie zu drehen schien.

»Trotzdem ist das kein Stillstand«, fügt der Arzt leise hinzu. »Für die Doppelbilder zum Beispiel sind die Augenärzte zuständig, vielleicht können die da zumindest zeitweilig etwas retten. Das dauert aber noch. Alles andere werden wir beobachten.«

Dr. Schwerdtner erhob sich und gab ihr damit das Zeichen, dass dieses Gespräch zu Ende war. Er schüttelte ihr die Hand und hielt sie dabei einen Bruchteil länger als üblich. »Ich hätte dir gern etwas anderes gesagt, Franka. Aber das wäre eine Lüge. Ich kann nur wiederholen: Ich bin für dich da. Wir gehen den Weg gemeinsam. Okay?«

»Okay«, flüsterte Franka.

Draußen vor der Praxis schien die Sonne, doch Franka fröstelte es noch immer. Wie ferngesteuert begab sie sich auf den Weg nach Hause. Das alte Leben war vorbei. Die alte Franka gab es nicht mehr, würde es so nie mehr geben. Wer aber war die neue? Die mit dem Tumor im Kopf. Was könnte die weniger als die alte? Durfte die neue trotzdem Zukunftspläne schmieden, Beziehungen beginnen, vielleicht sogar Kinder in die Welt setzen? Oder waren gewisse Wege durch den Klotz von Tumor versperrt, zu Sackgassen mutiert? Wer hatte das Recht, solche Entscheidungen zu treffen?

Beim Kiosk um die Ecke blieb sie stehen, weil ihr Blick an einem der Postkartenständer, die auf der Straße standen, hängen blieb. Zwischen die klassischen Glückwunsch- und Lebensspruchkarten hatte sich eine gemogelt, die ihre Aufmerksamkeit auf sich zog: Auf einem Foto prangte eine alte gelbe Telefonzelle. Sonst nichts. Kein Spruch, kein Gruß, kein Glückwunsch. Nur die Telefonzelle. Retro-Style sozusagen, ein bisschen auf vergilbt getrimmt, altmodisch, verstaubt, ein Symbol für längst vergangene Zeiten.

Kurz entschlossen zog Franka die Postkarte aus ihrem Ständer, betrat den kleinen Kiosk und legte 1,10 Euro auf den Verkaufstisch. Der Kioskbesitzer tippte den Preis in seine Kasse und lachte kurz auf, als er die Postkarte in eine Papiertüte steckte.

»Telefonzellen. Auch so ein Relikt aus der guten alten Zeit, oder?«

Er hatte keine Ahnung, wie schmerzhaft er mit dieser Bemerkung den Nagel auf den Kopf traf.

37

Mit der Postkarte in der Tasche marschierte Franka schnurstracks nach Hause. Sie hatte keinen Blick für die Kinder, die auf Spielplätzen in der Sonne Eis schleckten, oder Hunde, die sich in den kleinen Teichen im Park die Bäuche kühlten. Auch Cafés mit entspannten jungen Menschen mit Zukunftsplänen im Kopf und einem strahlenden Partner an der Hand waren ihr zuwider. Die ganze bunte sonnige Welt kam ihr vor wie eine Farce, wie die Dekoration in einem Horrorfilm, bei der ein blutrünstiges schwarzes Monster im nächsten Augenblick auftauchen und die Idylle in ein Szenario der Verwüstung verwandeln würde.

Daheim warf sie sich auf ihr Bett und vergrub das Gesicht in den Kissen. Den Geruch nach Leon hatten sie längst verloren und auch die Erinnerungen an den blonden Strubbelkopf verblassten zunehmend. Manchmal schien es Franka, als wäre diese Begegnung, die erst so kurz her war, noch Teil eines ganz anderen Lebens gewesen. Sie hatte, zumindest, wenn Leon bei ihr war, damals noch alles um den Tumor herum vergessen, sich fallen lassen und für kurze Momente glauben können, dass alles beim Alten wäre.

Franka seufzte. Das war nun ein für alle Mal vorbei. Selbst wenn Leon nicht verurteilt und in ihr Leben zurückkehren würde, würde dieser Tumor über allem schweben, ihnen die Luft abdrücken und sämtliche Pläne unter OP-Laken und Sauerstoffmasken ersticken.

Wut machte sich in ihr breit, unbändige Wut. Warum passierte ausgerechnet ihr das? Warum hatte sie dieses Monster im Kopf, das dasaß und nur darauf wartete, zu wachsen und sich auszubreiten, ihr die Hauptschlagader abzudrücken. Und bis es so weit war, nahm es ihr einfach allen Elan, jede Möglichkeit zu planen und zu träumen. Wozu ein Studium beenden, wenn niemand wusste, ob man je in dem Beruf arbeiten würde?

Franka stemmte sich aus den Kissen hoch. »Du Fuckkopf«, schrie sie. »Du Scheißteil!« All die unterdrückten Ängste, all die verdrängte Wut schienen plötzlich so in ihr emporzusteigen, dass sie überzulaufen drohte. Sie hatte das Bedürfnis, sich abzureagieren, irgendetwas kaputt zu machen, so wie dieses Monster gerade ihr Leben kaputt machte. Suchend blickte sie sich um. Erst schnappte sie sich die Kissen und warf sie mit Wucht gegen die Wand, doch kaputt ging dabei nichts. Dann riss sie das kitschige Palmen-Sandstrand-Plakat herunter und zerfetzte es in kleine Stücke. Schließlich entdeckte sie das vertrocknete Lebkuchenherz. »Willst du?« Diese Frage stellte sich ihr doch gar nicht mehr. Es war plötzlich völlig irrelevant, was sie wollte oder nicht. Und dieser Scheißkerl, der ihr das Herz geschenkt und diese Frage gestellt hatte, war sowieso nie da, wenn sie ihn brauchte. Mit voller Kraft schmetterte sie das Herz ebenfalls an die Wand. Es zerbrach und landete in unzähligen Bröseln auf dem Fußboden.

Franka sackte daneben zusammen und ließ die Tränen laufen. Sie lehnte den Kopf gegen die Wand und zerrieb die einzelnen Lebkuchenstücke, die auf dem Boden lagen, zwischen ihren Fingern. Anfangs hatte sie sich ein Stückchen in den Mund gesteckt, doch der süße, trockene Teig verwandelte sich zusammen mit ihrer Spucke zu einem klebrigen, pappigen Brei, der ihr im Hals stecken blieb. »Nicht einmal schmecken tust du!«, fluchte sie vor sich hin, nicht sicher, ob sich die Beschimpfung gegen Leon oder das Lebkuchenherz richtete.

Da fiel ihr die alte Frau wieder ein, die bei ihr im Zimmer gelegen und die sie nie wiedergesehen hatte. Sie hatte von Franka verlangt, das zu tun, was sie glücklich machen würde, was ihr guttue. Ratlos sah sich Franka um. Ihr Appartement versank im Chaos, dreckige Wäsche lag über den kompletten Fußboden verteilt, auf dem Esstisch stapelten sich Zeitschriften und längst veraltete Zeitungen, ihr Bett war seit Tagen ungemacht, und sie selbst saß inmitten von zerbröselten Lebkuchenstücken einfach da, mit ungewaschenen Haaren und ausgeleierten Jogginghosen. War sie so wirklich glücklich? Wollte sie so weitermachen? Klar, der Tumor könnte, würde irgendwann wieder wachsen. Aber das konnte dauern. Monate, vielleicht Jahre. Wollte sie wirklich jahrelang dasitzen und warten, wie es die alte Frau getan hatte? Warten, bis sie selbst geholt wurde?

Der Gedanke war furchtbar, furchtbarer vielleicht als der Tumor selbst. Sinnvoll wäre nun aufzustehen, aufzuräumen, zu putzen und weiterzumachen. Franka seufzte. Vom Kopf her wusste sie das. Aber ihr fehlte jede Kraft dazu. Wenn jetzt jemand käme, der sie auffing, der ihr half, ihr neuen Schwung gab … »Der kommt aber nicht!«, rief sie sich selbst laut zu.

Wieder sah sie die Bettnachbarin vor sich, die kleine, blasse Frau, die in ihren Kissen versank. Das war nicht ihr Ziel, noch nicht, noch lange nicht. Doch wie konnte sie das verhindern? Was blieb ihr außer aufräumen, weitermachen, vernünftig sein?

Unvernünftig sein. Nicht nach dem handeln, was der Kopf für richtig hielt – der hatte sie doch eh viel zu lang belogen, ihr nichts von dem fiesen Monster erzählt, das sich dort längst gemütlich eingerichtet hatte. Stattdessen: einmal dem Bauchgefühl folgen, ganz irrational. Endlich mal das tun, was vielleicht nicht gut oder richtig war, sich aber so anfühlte.

Um die eigene Courage zu unterstützen, vor allem aber schneller zu sein als ihre eigene Vernunft, griff Franka zu ihrem Handy und tippte auf die Kurzwahltaste für Katja. Die meldete sich zum Glück sofort.

»Hi Franka. Was ist los? Bedarf an weiteren Herzschmerzschmonzetten?«

»Ja, so in die Richtung«, bestätigte Franka. »Nur dass es dabei um meine eigene geht. Live sozusagen.« Ihr rutschte ein glucksendes Kichern raus. »Steht das Angebot mit Montag noch? Ich will doch hin zur Verhandlung.«

Katja lachte. »Dachte ich's mir doch. Na klar, ich hab mir den Tag extra weiter frei gehalten. Ich hole dich ab, okay? Und dann schauen wir uns den bösen Buben noch mal genauer an.« Im Hintergrund rauschte gerade eine S-Bahn ein, Katja war anscheinend unterwegs. »Du, sorry, ich muss weiter, ich hab ein geheimes Date mit Christian.« Sie kicherte. »Du siehst, die Welt dreht sich weiter, nichts hat sich geändert.«

Franka gluckste. »Offenbar nicht.« Ein schönes Gefühl. »Bis Montag. Und – danke.«

Sie legte auf, blickte sich um und begann seufzend, endlich ihren Saustall aufzuräumen.

38

»Wenn so ein Prozess in der Zeitung angekündigt wird, ist immer gleich die Hölle los«, maulte Katja am Montagmorgen, als sie sich mit Franka und unzähligen anderen Menschen in die Halle des Gerichtsgebäudes drängte. Selbst die Schlange am Presseaccount war erstaunlich lang. »Wenn du wenigstens schon so einen PR-Ausweis hättest.« Katja war ganz offensichtlich genervt vom Ansturm und hätte sich lieber in die Journalistenschlange gestellt. »Dann wären wir trotzdem schneller drin.«

Franka antwortete nicht. Mit den Doppelbildern, die ihr ihre Augen weiterhin servierten, hatte ihr Hirn genug zu tun. Viele Menschen, die sich um sie herum bewegten, schienen ihre grauen Zellen noch immer unendlich anzustrengen. Immer wieder schloss sie zwischendrin die Augenlider, um dem Schwindelgefühl, das die kreisenden Bilder erzeugten, Herr zu werden.

Gleichzeitig beobachtete sie genau, was für Menschen mit ihr in der Warteschlange standen. Wer könnte Leons Mutter oder Vater sein? Die beiden hatten schließlich gleich zwei Kinder auf der Anklagebank sitzen. Trauriges Resultat einer verkorksten Erziehung? Gab es da überhaupt noch beide Eltern? Waren sie Scheidungskinder, Waisen, Stiefkinder? Franka ertappte sich, sämtliche Sozialklischees abzuspulen, die ihr spontan im Zusammenhang mit Drogendealer-Lebensläufen einfielen. Dabei war ihr klar, dass es durchaus ganz andere Zusammenhänge geben konnte. Zudem hatten beide, Leon und Sarah, ja größere Pläne. Sarah, die von der Modelkarriere im Ausland träumte, und Leon mit seiner Idee vom Architekten, der seine eigene Villa plante. Beides klang nicht nach einer sozial unterbemittelten Existenznot … Erneut wurde ihr bitter bewusst, wie wenig sie Leon kannte. Nicht einmal ganz grob einsortieren konnte sie ihn und seine Geschichte. Student, Kellner, Drogendealer. Bruder und guter Liebhaber. Ihr innerliches Grinsen verging ihr sofort wieder, als ihr klar wurde, dass das tatsächlich der dürftige Ertrag war, den ein »Was weiß Franka über Leon«-Scan abwarf. Sie holte tief Luft und wartete frustriert weiter.

Nach endlosen zwanzig Minuten gelangten die zwei jungen Frauen in den Gerichtssaal und suchten sich Plätze, die den Blick auf die derzeit noch leere Anklagebank freigaben.

Wieder schloss Franka die Augen und wartete, bis Katja ihr kräftig den Ellenbogen in die Rippen stieß. »Da ist er!«

Franka schaute nach vorn. Tatsächlich, da wurde Leon hereingeführt. Blass war er unter seinem verstrubbelten Haar, jünger sah er aus, längst nicht so männlich, wie sie ihn in Erinnerung hatte. War das wirklich der Mann, mit dem sie diese aufregenden Stunden verbracht hatte? Der, nach dem sie sich seit Wochen sehnte? Der, den sie so verzweifelt gesucht hatte? Hier, in dieser fremden Umgebung, kam er ihr unscheinbar vor, fast unsicher. Vom frechen Kellner bei Luigi war nicht viel übrig geblieben. Trotzdem spürte sie ihr Herz klopfen. Nervös begannen ihre Finger, mit dem Reißverschluss ihrer Handtasche zu spielen.

Als sich alle Beteiligten gesetzt hatten, begann das Verfahren. Daten wurden abgeglichen, die Anklageschrift verlesen.

Jahrelanger Drogenhandel wurde den dreien vorgeworfen, zum Teil mit Kräutermischungen, die, als Badezusatz deklariert, zwar nicht illegal waren, aber verheerende gesundheitliche Folgen für den Konsumenten haben konnten, der selbstverständlich nicht in ihnen schwamm, sondern sie zu Joints drehte und rauchte. Hatte Leon das nicht gewusst? Oder war es ihm egal? War er selbst süchtig? Oder war er einfach ein skrupelloser Händler, der ohne Rücksicht auf Risiken Geschäfte machte, Gewinn daraus schlug, dass andere so dämlich waren, sich dieses Zeug reinzuziehen? Das alles passte so wenig zu dem Bild, das Franka von Leon hatte. Aber worauf konnte sie dieses Bild überhaupt stützen? Wohl mehr auf Wünsche und Fantasien als auf Fakten.

Dazu kam der Handel mit Kokain, der ganz klar nach deutschem Recht als illegal einzustufen war. Sarah und Sascha hatten die Kontakte zu Kunden hergestellt, Leon hatte durch seinen Job im Café einen idealen Umschlagsort – ein bisschen Koks zum Kakao, verpackt als weißes Zuckertütchen. Das Geschäft hatte lange floriert und allen dreien ein relativ sorgloses Leben finanziert. Übermittelt wurden die Aufträge wegen der Überwachbarkeit nicht über das Handy, sondern über eine altmodische Telefonzelle. Franka fiel es wie Schuppen von den Augen. Deswegen hatte er so dringend telefonieren müssen!

Danach hatten die Angeklagten die Gelegenheit, Stellung zu nehmen. Sarah und Sascha starrten vor sich hin und schüttelten kaum merklich die Köpfe. Leons Blick hingegen schweifte kurz durch den Raum, als ob er jemanden suchen würde. Und Franka meinte, ihn für einen kurzen Moment zusammenzucken zu sehen, als er in ihre Richtung blickte. Hatte er sie erkannt? Gelächelt hatte er nicht, eher machte sein Gesicht den Eindruck, sich zu verfinstern. Aber vielleicht bildete sie sich das alles auch nur ein. Katja fasste ihre Hand und drückte sie kurz.

Leon holte tief Luft und zögerte dann einen Moment, bevor er Kinn und Schultern wieder sinken ließ und ebenfalls den Kopf schüttelte. »Keine Stellungnahme«, wurde offiziell festgehalten.

Franka, deren Herz bei Leons kurzem Zögern wild zu pochen begonnen hatte, seufzte leise. Sie hätte gern gehört, was er zu seiner Rechtfertigung zu sagen hatte. Konnte man solche Taten überhaupt rechtfertigen? Gab es eine Entschuldigung? Was genau hatte sie erwartet?

Statt während der nun folgenden Beweisaufnahme weiter aufmerksam am Prozess teilzunehmen, fixierte sie nur noch Leon. Der starrte jetzt eisern wie die beiden anderen auf die Tischplatte vor sich.

Die Verteidiger legten die Lebensgeschichte der drei Angeklagten als stärkstes Gegenargument aus: Alle drei stammten aus sozial eher niederen Verhältnissen. Leons Vater hatte seine große Familie früh im Stich gelassen, die Mutter war mit den vielen Kindern überfordert und flüchtete selbst in Alkohol- und Drogenkonsum. Früh begannen auch die Söhne, ihr Taschengeld durch illegale Tätigkeiten aufzubessern: Diebstahl und Hehlerei hatten schon zwei von Leons Brüdern ins Gefängnis gebracht. Leon selbst war der Einzige, der trotz der Umstände das Gymnasium abgeschlossen und ein Studium begonnen hatte. Doch auch er fing bald an, sein Gehalt als Kellner mit dem Einkommen aus dem Drogenhandel aufzubessern.

Bei den Lebensläufen von Sarah und Sascha drifteten Frankas Gedanken erneut ab. Jetzt hatte sie ihre Antworten. Aber durfte man illegale Handlungen entschuldigen, nur weil man nicht auf der Sonnenseite des Lebens geboren war? Würde Leon es jemals schaffen, sich vom Makel einer solchen Vergangenheit zu befreien? Er war ganz eindeutig schuldig und würde wohl auch verurteilt werden. Wie konnte man sich der Herausforderung eines solchen Urteils stellen? Und wie sollte eine Beziehung aussehen, die darauf basierte, dass man die wichtigsten Eckdaten aus dem Leben seines Partners ausgerechnet bei einer Gerichtsverhandlung erfahren hatte?

Nach zwei mühsamen Stunden, die Franka durch viele Antworten noch viel mehr offene Fragen beschert hatten, berief die vorsitzende Richterin eine Pause ein. Katja besorgte zwei Milchkaffee in Pappbechern und betrachtete ihre schweigsame Freundin ernst.

»Und? Was sagst du? Würdest du so einem tatsächlich noch einmal eine Chance geben?«

»Stellt sich die Frage denn?«

Katja zuckte die Achseln. »Ich weiß es nicht. Du scheinst dir nicht sicher zu sein. So wie du den Typen angaffst, ist er dir zumindest nicht egal. Würdest du dir das echt antun?«

»Was?«

»Na, so ein Päckchen mitzunehmen, schon beim Beziehungsstart. Vorstrafe, Drogenhandel, bestimmt sogar selbst Drogensucht. Das ist doch krank. Da schafft man doch keinen sauberen Neustart mit Perspektiven.«

Franka trank einen Schluck Kaffee. Im Prinzip hatte Katja recht. Franka selbst hatte solche Typen schon in der Schule verabscheut, die sich mit Deals das Taschengeld aufzubessern versuchten und keine Rücksicht darauf nahmen, was sie anderen damit antaten. Sie war in der »Anti-Drogen-Schülergruppe« gewesen, hatte die Nase gerümpft über die Loser, die sich regelmäßig zugesoffen hatten und bei Partys stets irgendwo bekifft in der Ecke saßen. Durfte sie bei Leon andere Maßstäbe ansetzen? Mit welcher Begründung? Und: Neustart? Gab es den für sie überhaupt?

Das Klingeln zum Ende der Pause riss sie aus ihren Gedanken, und gemeinsam mit der großen Masse Neugieriger strömten Katja und Franka zurück in den Saal. Verwoben zwischen Paragrafen und juristischen Klauseln wurde der Prozess weitergeführt. Nachdem der Staatsanwalt und die Verteidigerin ihre Argumente noch einmal zusammengefasst hatten, erhielten die Angeklagten das Recht auf das letzte Wort. Wieder schüttelten Sarah und Sascha stumm die Köpfe. Plötzlich bemerkte Franka aber, dass Leon und seine Anwältin eine heftige Diskussion führten. Und obwohl sie energisch auf ihn einflüsterte und versuchte, ihn wieder neben sich auf die Anklagebank zu ziehen, erhob sich Leon und rief der Richterin zu: »Ich möchte doch noch etwas sagen!«

Die Richterin nickte zustimmend. Langsam wandte sich Leon dem Saal zu. Etwas unsicher flatterte seine Stimme, während seine Augen ein weiteres Mal suchend umherirrten. »Ich … Es … es tut mir leid. Ich möchte mich entschuldigen.« Plötzlich kreuzte sein Blick den von Franka, und sie wusste mit einem Mal, dass er sie zu Beginn des Prozesses tatsächlich erkannt hatte. Leon räusperte sich, richtete sich etwas auf und verharrte mit den Augen genau auf ihr. »Es tut mir leid. Ich bin da reingerutscht, was nicht heißt, dass ich unschuldig bin. Im Gegenteil: Ich habe immer gewusst, was ich mache. Es war ein lukrativer Job, einer, der mir neben meiner Arbeit als Kellner sehr bequem eine ordentliche Menge Geld verschafft hat. Ich wollte mir damit mein Studium finanzieren und ein unbeschwertes Leben führen. Eines, auf das ich irgendwann hätte aufbauen, eine Zukunft stützen können. Ich wollte raus aus dem Sumpf meiner Familie.« Sein Blick huschte kurz entschuldigend hinüber zu Sarah, die noch immer trotzig vor sich hin starrte. »Ich wollte die Basis dafür schaffen, irgendwann ein besseres Leben zu führen als meine Eltern. Dass dieses Fundament von Anfang an morsch war, habe ich nicht sehen wollen.« Er schwieg kurz und schien zu überlegen, ob dem noch etwas zuzufügen war. Als seine Anwältin signalisieren wollte, dass seine Erklärung abgeschlossen sei, schob er sie mit einer rigorosen Handbewegung beiseite, blickte noch einmal zu Franka und holte tief Luft. »Gerade in dem Moment, in dem ich zum ersten Mal in meinem Leben eine Idee davon hatte, wofür ich das alles tat – gerade da wurde mir klar, dass ich es genau damit versaut hatte. Es tut mir leid.«

Ein Raunen ging durch den Saal, während die Richterin um Ruhe bat. Katja ergriff erneut Frankas Hand und drückte sie. Die jedoch starrte weiter wortlos zu Leon, unfähig, auch nur die kleinste Reaktion zu zeigen. Auf der Anklagebank redete seine Anwältin leise auf ihren Klienten ein. Der jedoch hatte den Kopf gesenkt und fixierte erneut seine Tischplatte.

»Wir ziehen uns nun zur Findung des Urteils zurück«, verkündete die Richterin nach einer kurzen Rücksprache mit den Schöffen und der Anwältin laut. »Daran anschließend werde ich das Urteil verkünden.«

Während sich das Publikum mehr oder weniger laut diskutierend erhob, blieb Franka teilnahmslos sitzen. Hatte Leon tatsächlich sie gemeint? Was genau sollte sie mit dieser Aussage anfangen?

»Franka.« Katja zog ihre Freundin sanft an der Hand nach oben. »Lass uns rausgehen.«

Widerstandslos ließ sich Franka mitziehen. Sie fühlte sich leer, ausgelaugt, müde. Wie auf einem Jahrmarkt, früher, als sie klein war. Wie in dem Moment, wenn sie nach langem Quengeln und Schlangestehen endlich das Glücksrad drehen durfte. Ein Kribbeln fuhr ihr durch den Körper. Und verebbte, wenn das Rad langsamer wurde und der blöde Gummipfropfen immer genau ein Feld neben dem hängen blieb, das den Hauptpreis bedeutet hätte. Plopp, plopp, plopp. Niete. Wieder eine Niete. Statt des kuscheligen rosa Teddybären drückte ihr der Mann von der Losbude das klebrige blaue Bonbon als Trostpreis in die Hand. Jedes Jahr wieder.

»Franka?« Katja zog ihre Freundin am Arm. »Ich habe dich gefragt, ob du auf die Urteilverkündung warten willst. Oder sollen wir lieber noch einen Kaffee trinken gehen?«

Franka schüttelte den Kopf. »Nein, tut mir leid, ich bin müde. Die vielen Menschen hier, das strengt mich an. Ich fahre nach Hause.«

»Bist du sicher, dass es richtig war, hierherzugehen? Vielleicht war das doch keine gute Idee von mir.« Katja betrachtete Franka besorgt. »Soll ich dich nach Hause bringen?«

»Nein. Alles gut. Ich bin nur müde. Danke für die Begleitung.« Sie drückte Katja und schob sie dann energisch von sich. Sie wollte allein sein, nachdenken. Aber nicht reden. Nicht über Leon und Drogen und Zukunft.

»Willst du denn nicht warten, bis du weißt, zu was er verurteilt wird?«

Franka wehrte ab. »Nein. Er wird verurteilt, das ist sicher, für wie lange, wird in der Zeitung stehen.« Sie zuckte mit den Schultern. »Ich muss da nicht dabei sein.«

39

Die frische Luft vor dem Gerichtsgebäude tat ihr gut. Katja hatte sich schnell verabschiedet und war Richtung U-Bahn und wahrscheinlich zu irgendeinem Date mit Christian, Marco oder wem auch immer verschwunden. Franka musste grinsen, als sie daran dachte. Wie konnte sich ihre Freundin diesen Dauerstress antun? Ihr, Franka, genügte schon das Chaos, dass nur ein Mann in ihrem Leben anrichtete.

Wobei, Mann war der falsche Ausdruck. Wie ein kleiner Junge hatte Leon gerade eben vor Gericht gewirkt. Wie einer, der heimlich zu lange ferngesehen hatte und dabei von der Mutter erwischt wurde. Aber es ging eben nicht um Fernsehen. Es ging um Drogen, um eine Straftat. Franka konnte es noch immer nicht wirklich glauben. Ausgerechnet sie fiel auf einen Dealer herein? Ihre Eltern wären entsetzt, wenn sie das wüssten.

Langsam schlurfte auch Franka Richtung U-Bahn-Eingang, aber oben an der Treppe blieb sie stehen. Der volle Bahnsteig, die engen Waggons und die vielen Menschen, die täglich durch bzw. unter München hindurchpendelten, lockten sie gar nicht. Kurz entschlossen drehte sie sich um und entschied, den Heimweg zu Fuß zu bewältigen. Die Sonne schien, sie hatte genug Zeit, und falls ihr der Weg zu anstrengend würde, könnte sie immer noch auf öffentliche Verkehrsmittel umsteigen. Außerdem bot so ein Spaziergang die Gelegenheit, sich alles noch einmal durch den Kopf gehen zu lassen. Zum gefühlt tausendsten Mal, wie sie zugeben musste.

Immerhin: Er war wieder konkret aufgetaucht in ihrem Leben. Und: Er hatte sich entschuldigt. Bei ihr.

Was hatte er gesagt? Dass er zum ersten Mal in seinem Leben gewusst hatte, wofür er das alles tat. Hatte er wirklich sie damit gemeint? Vielleicht hatte er auch jemand ganz anderen im Sinn oder vielleicht war das auf sein Studium gemünzt gewesen, seine Florenz-Pläne, seinen Job als Kellner … Nein, Franka war sich sicher, dass er sie, nur sie dabei angeschaut hatte. Leon hatte sich bei ihr entschuldigt, bei niemandem sonst. Er plante eine Zukunft mit ihr.

Abrupt blieb sie stehen. Wie absurd dieser Gedanke war – eine Zukunft ausgerechnet mit ihr, die vielleicht gar keine Zukunft mehr hatte. Aber das wusste Leon nicht, das hatte sie ihm ganz bewusst verschwiegen. Hätte er sich auch entschuldigt, wenn er davon Kenntnis gehabt hätte?

Müde setzte sich Franka auf eine Bank an einer Bushaltestelle. Ihr Kopf schmerzte und sie spürte, dass ihr Körper nach der Gerichtsverhandlung und dem Fußweg an seine Grenzen stieß. Wie eine alte Frau kauerte sie erschöpft auf dem harten Eisensitz und beobachtete, wie Menschen in die Busse ein- und wieder aus ihnen herausstiegen. Jeder von ihnen hatte seine eigene Geschichte, seine Krankheiten oder Geheimnisse. Manche fuhren zur Arbeit, andere heim zu ihren Familien. Wie viele von ihnen waren allein, ohne Partner, ohne Kinder? Und wie viele verheimlichten etwas vor denen, die zu Hause warteten?

Sie lehnte den Kopf gegen die kühle Glastrennwand der Haltestelle und spürte, wie angenehm sich die Kälte an ihrer Schläfe anfühlte. Sie schloss die Augen und gähnte.

»Geht es Ihnen nicht gut?« Die tiefe Männerstimme riss Franka aus einer Art Dämmerschlaf. »Sie sehen nicht so aus, als würden Sie regelmäßig an Haltestellen nächtigen.« Der Herr in der Busfahreruniform blickte sie freundlich an.

»Nein … ich … äh, Entschuldigung«, stammelte Franka und sprang hektisch auf. »Ich war müde und … fahre jetzt heim.«

»Alles gut, kein Grund zur Panik.« Der Busfahrer, der offensichtlich gerade seine Frühschicht beendet hatte, lächelte sie an. »Ich hatte nur Sorge, dass Sie Hilfe bräuchten.«

»Nein danke.« Franka bemühte sich, freundlich zurückzulächeln. In Wahrheit war ihr die Situation sehr peinlich. Wie eine Pennerin war sie mitten am Tag an der Haltestelle eingeschlafen … Aber die Hilfe, die sie wirklich brauchte, konnte ihr auch der nette Busfahrer nicht geben. Sie grüßte noch einmal freundlich und stieg dann schleunigst in den nächsten Bus, der direkt vor ihr hielt. Sie wollte nur noch weg – von dem Busfahrer, von der Haltestelle, vom Gericht und von Leon. Sie hatte für all diese Dinge einfach keine Kraft mehr.

40

In den nächsten Tagen fand Franka trotz Erschöpfung keine Ruhe. Leon ging ihr nicht aus dem Kopf. Sein trauriger Blick, seine Entschuldigung nagten in ihrem Inneren und ließen sie nie los. Die Tageszeitungen verkündeten am nächsten Tag wie erwartet das Urteil: zwölf Monate für Leon, aber auf Bewährung, weil er als Ersttäter nur mit geringen Mengen illegaler Drogen gehandelt hatte und zudem geständig war. Sascha und Sarah kamen ebenfalls mit zwölf Monaten auf Bewährung davon.

Franka starrte noch immer auf den Artikel, als ihr Telefon läutete.

»Hast du es gelesen?« Anscheinend hatte auch Brit den Fall mitverfolgt und Leon längst auf den Fotos erkannt.

»Habe ich. Ich war bei der Verhandlung sogar mit Katja dabei.«

»Oha. Das Kapitel Leon ist also noch immer nicht abgehakt? Ich habe fast so etwas befürchtet.«

»Ich weiß es nicht.«

Brit wartete kurz schweigend, aber als Franka dem nichts mehr hinzuzufügen hatte, hakte sie nach: »Hast du ihn je wieder gesprochen?«

»Nicht direkt.«

»Wie – nicht direkt?«

»Er hat sich entschuldigt, im Prozess.«

»Bei dir?«

»Nicht direkt.«

»Franka, mach's nicht so kompliziert …!«

»Mach ich nicht. Er hat als Angeklagter ums Wort gebeten und sich entschuldigt – dafür, was er getan hat, und dass er damit viel zerstört hat. Er hat keine Namen genannt – aber ich weiß, dass er mich gemeint hat. Dass er alles zerstört hat in dem Moment, in dem eine Zukunft möglich geworden wäre.« Jetzt, wo sie zum ersten Mal in Worte fasste, was eigentlich passiert war, spürte Franka einen Kloß im Hals. Tränen schossen ihr in die Augen.

»Und was machst du jetzt?«

»Ich weiß es nicht«, gab Franka leise zu. »Er hat sich noch nicht bei mir gemeldet und das Handy ist aus. Ich habe versucht, über seine Anwältin Kontakt aufzunehmen, aber sie kann mir aus Datenschutzgründen keine Adresse geben. Ich kann ihm schreiben, meint sie. Sie könnte es dann an ihn weiterleiten.«

»Und – hast du ihm geschrieben?«

Franka blickte über den Tisch, an dem sie mit der aktuellen Tageszeitung saß. Um sie herum verstreut lagen Dutzende Papiere, viele von ihnen vergeblich beschmiert. »Lieber Leon …«, »Hallo …« … alles umsonst. Wie sollte sie all das in Worte fassen, was ihr wild durch den Kopf wirbelte? »Ich hab es versucht, aber irgendwie … funktioniert es nicht. Was soll ich ihm schreiben? Tumorgeschichten? Soll ich ihm Vorwürfe machen? Oder so tun, als wäre nichts gewesen? Ich kenne den Kerl eigentlich nicht einmal. Wie wenig, das hat ja der Prozess gezeigt.«

Brit hörte schweigend zu. »Aber aufgeben und abhaken kannst du auch nicht, oder?«

»Nein«, gestand Franka, »kann ich nicht. Selbst wenn der ganze Drogenmist nicht wäre – wie soll ich denn eine Zukunft planen, eine Beziehung aufbauen? Was hat das alles für einen Sinn?«

»Na ja, Sinn.« Brit lachte leise. »Ganz ehrlich, meinst du, dieser Scheißtumor hat irgendwas mit Sinn zu tun? Ihr habt beide euer Päckchen zu tragen, stimmt. Und was ist daraus die Konsequenz? Einmauern und abschließen? Ins Kloster gehen? Ist alles nicht rosig gerade – aber das ist nicht zu ändern. Vielleicht ist gerade das die Chance? Oh Scheiße, Franka, ich komm mir vor wie Dr. Sommer aus der *Bravo,* der Beziehungsratschläge gibt: Liebe Franka, du solltest dennoch mit ihm schlafen, um deine körperlichen Grenzen zu testen. Mache deine eigenen Erfahrungen, nur so wirst du reifen … Blabla. Ganz ehrlich? Ich weiß es auch nicht, Süße. Aber wer nach so viel Mist noch immer Sehnsucht hat – der ist verliebt. Da bin ich mir sicher.«

Franka starrte den Telefonhörer an. Brit tat sich so leicht. Sie hatte keinen Tumor im Gehirn, der ihr Leben von einer Sekunde auf die andere komplett auf den Kopf gestellt hatte. Sie sah nichts doppelt. Und sie hatte auch keinen Freund, der soeben wegen illegalen Drogenhandels zu einem Jahr auf Bewährung verurteilt worden und dem Knast nur mit Glück entkommen war. Kein Mensch hatte so viel Pech auf einem Haufen! Nie wieder würden sie das alles loswerden – weder die Krankheit noch die Vorstrafe. Nie wieder würde sie die alte Franka sein. Wie hatte Dr. Schwerdtner es formuliert? – Sie könne nie mehr ohne Tumor sein. Sie müsse mit dem Tumor leben.

Der Satz brannte sich regelrecht ein. Mit dem Tumor leben. Mit dem Tumor leben. War das das Ende? Das Todesurteil? Ein Euphemismus für »am Tumor sterben«? Aber wann? Was, wenn sich das Ding beim Wachsen noch Zeit ließ? Würde sie jahrelang an diesem blöden Teil im Kopf sterben? Und Leon – wäre sein Leben nun, nach zwölf Monaten auf Bewährung, vorbei, vorbestraft und geprägt für immer?

»Wie soll ich das machen – mit dem Tumor leben?«, rief sie in den Hörer, und ihre Stimme kippte bedenklich vor Verzweiflung. »Wie stellt ihr euch das alle vor?«

Brit zögerte einen Moment. Dann sagte sie leise, aber sehr bestimmt: »Indem du die Intonation verschiebst.«

»Die was?« Franka verstand gar nichts.

»Die Intonation. Die Betonung. Seit Wochen betonst du den Tumor. Alles dreht sich darum – bei dir, bei deiner Familie, bei deinen Freunden. Wenn das so bleibt, dann ist dein Leben genau hier zu Ende, egal, wie lange es noch dauert.«

Der Schlag saß. Er traf sie direkt, ungebremst.

»Und wenn nicht? Wie soll ich das ändern? Was soll ich ändern?«

»Ändere die Betonung, ganz einfach. Und dann ergibt das alles Sinn. Jedenfalls nicht mehr oder weniger Sinn als jedes andere Schicksal auch. Denk drüber nach, Süße, begreifen musst du das selbst. Melde dich, wenn du so weit bist.«

Wie betäubt saß Franka da. Mit dem Tumor leben. Seit Wochen lag die Betonung eindeutig auf Tumor, dem alles bestimmenden, prägenden, verdunkelnden, terrorisierenden Tumor. Das Leben war sang- und klanglos auf der Strecke geblieben. Einfach so. Brit hatte recht. Dieses Geschwür lähmte nicht nur ihr Auge – es lähmte ihr komplettes Leben. Und ändern konnte das nur sie selbst.

Mit dem Tumor – leben.

Franka schaute auf. Mitten in dem Wust aus Zetteln, Zeitungsseiten und vollgeheulten Taschentüchern begriff sie mit einem Mal, was Brit gemeint hatte. Hektisch begann sie zu wühlen, fegte Papier vom Tisch, suchte fieberhaft, bis sie endlich in der Hand hielt, was sie jetzt brauchte. Mit dem Tumor leben. Mit hochroten Wangen und leicht zitternden Fingern drehte sie die Postkarte um, auf deren Vorderseite die altmodische Telefonzelle prangte.

»Lieber Leon« – der Anfang war einfach. Aber was jetzt? Ratlos starrte Franka auf das Stück weißer Postkartenrückseite, das danach schrie, gefüllt zu werden. Aber womit? »Ich liebe dich« war zu platt, zu allgemein, vielleicht auch zu hoch gegriffen. Kann man etwas lieben, das man gar nicht kennt? »Ich habe dich vermisst«, ja, das war schon besser – aber was genau sollte er damit anfangen? Das klärte nichts von all den Lügen oder dem Nicht-Erzählten, den offenen Fragen und nie gegebenen Antworten. »Ich habe einen Gehirntumor«? Zu nichtssagend. Franka stöhnte. Seit Monaten drehte sich alles um zwei Dinge: den Tumor und Leon. Tag und Nacht dachte sie an nichts anderes, grübelte jede Minute nur genau darüber nach. Und dennoch fiel ihr absolut nichts zu dem Thema ein.

Sie drehte die Karte noch mal um und betrachtete die Telefonzelle auf der Vorderseite. Hier hatte alles begonnen. Oder der Anfang geendet. Das kam nur auf die Perspektive an. Mit dem Tumor leben. Das Gespräch mit Brit fiel ihr wieder ein. Die richtige Intonation. Trotz aller Verzweiflung musste sie lachen. Typisch Brit. Und doch hatte sie so recht. Seit Wochen hatte die Betonung auf Tumor gelegen, alles hatte sich um dieses Scheißteil gedreht, alles sich an diesem Ding im Kopf gemessen. Wie sollte ein Leben weitergehen, in dem sich jeder Wert nur daran festmachen ließ, inwiefern dieses Geschwür im Kopf ihm noch irgendeine Relevanz gewährte?

Der Tumor war da und würde es auch bleiben. Daran war nichts zu ändern. Aber das Leben ging weiter – und das war an sich schon ein Geschenk. Wie genau dieses »Leben« in Zukunft für sie sein würde, welche Wege sich öffnen würden, ohne Garantien für irgendwas gewähren zu können, wusste Franka nicht. Aber streng genommen weiß das niemand. So lange man gesund war, war man sich dessen nur nie so bewusst.

»Lieber Leon …« Spontan hatte sie »Ich warte« schreiben wollen, die letzten Worte, die er ihr zugeschickt hatte, bevor er – mal wieder – in der Versenkung verschwunden war. Aber worauf sollte sie warten? Die Uhr tickte. Nicht schneller als früher, aber vielleicht etwas lauter, deutlicher, bewusster. Nein, sie wollte nicht mehr warten. Sie wollte das Leben leben, jetzt, hier, heute. Mit dem Wissen, dass niemand ihr eine Gewähr dafür geben konnte, dass ein Morgen tatsächlich noch eintreten würde.

Sie waren beide verurteilt worden, und beide, wenn auch auf sehr unterschiedliche Art, »auf Bewährung«. Löschen ließ sich keine der Vorgeschichten. Sie würden sie prägen, jede auf ihre eigene Art. Aber vielleicht, ganz vielleicht, könnte man das auch nutzen, um die Intonation richtig zu setzen. Um das Leben tatsächlich zu leben, zu genießen, zu schätzen zu wissen.

»Lieber Leon« – Franka nahm erneut den Stift zur Hand. »Lass uns noch einmal zurück zum Startfeld gehen und noch einmal von vorne anfangen. Ruf mich an. Kuss, Franka.« Entschlossen steckte sie die Karte in einen Umschlag, googelte die Adresse der Anwältin, kramte eine Briefmarke aus der Flurschublade und warf den Brief im nächsten Briefkasten ein.

41

»Montag um zwölf Uhr an der Telefonzelle«, hatte Leon zwei Tage später von einer neuen Handynummer aus geschrieben. Das Wochenende davor zog sich schlimmer als die Tage vor der Operation, obwohl Katja und Brit bewaffnet mit DVDs, Rosinensemmeln und Prosecco alles taten, um die Zeit erträglich zu machen.

Nachdem sie alle Kleidervarianten bis zum totalen Chaos auf Frankas Fußboden durchgespielt und alle Gesprächsideen in einer Art Dauergesprächsschleife wiederholt hatten, zogen die Freundinnen wieder ab und ließen Franka mit ihrem Schicksal allein.

Am Montag um halb zwölf machte sie sich dann mit wackligen Knien und leichter Übelkeit auf den Weg zur Telefonzelle. Leon lehnte bereits dagegen, als sie sich näherte. Noch immer sah sie ihn doppelt, doch vor lauter Nervosität fiel ihr das gar nicht auf. »Hi.«

Leon schien ebenso nervös zu sein wie Franka. »Ich ... also, ich wollte dir ... Nee, Scheiße, ganz anders. Viel wichtiger: Wie geht es dir?« Unsicher blickte er in ihr Gesicht.

Wie es ihr ging? So allgemein? Oder jetzt gerade? Franka suchte fieberhaft nach den Antwortvarianten, die sie mit Brit und Katja eingeübt hatte. Aber ihr Kopf war leer, komplett leer. Sie starrte Leon an. Scheiße.

»Sprichst du nicht mehr mit mir?« Leon wirkte irritiert. »Oder wurdest du an den Stimmbändern operiert? Wolltest du deswegen nicht, dass ich dich besuche?«

Franka lachte. Das Ganze war völlig absurd. Das Leben leben. Jetzt. Ganz egal, was morgen ist. Ohne eine weitere Erklärung ging sie auf Leon zu, zog seinen Kopf zu sich hinunter und tat das, was sie sich gerade im Moment am meisten wünschte: Sie küsste ihn.

Nach einem kurzen Moment der Überraschung erwiderte Leon den Kuss, erst vorsichtig, dann immer heftiger. Als Franka ihn nach einigen Minuten ein wenig von sich wegschob, um zu Atem zu kommen, fasste er ihre Oberarme, hielt sie ein Stück vor sich hin und stellte fest: »Ich habe mit vielem gerechnet, aber damit nicht.« Franka lachte wieder. »Ich dachte, du willst mich zur Rede stellen, Antworten von mir. Oder mir erklären, warum du im Krankenhaus warst. Ich dachte, von vorne anfangen bedeutet, sich Stück für Stück kennenzulernen, sich die ganzen Hintergründe zu erklären.« Er zögerte, bevor auch er laut lachte. »Ich dachte nicht, dass ein Neuanfang heißt, dass du mich an Ort und Stelle vernaschst.«

Da war er, der Leon, der an dieser Telefonzelle in ihr Leben eingebrochen war wie der Tumor, alles auf den Kopf gestellt und ihre ganze Planung durcheinandergebracht hatte. Franka schob seine Hände weg und schmiegte sich an ihn. »Das andere kommt alles noch. Glaub nicht, dass du mir einfach so davonkommst.« Ihr Lächeln erstarb und sie wurde ernst. »Egal, welche Gründe du hattest – was du da gemacht hast, war absolut scheiße. Und ich bin mir noch nicht sicher, ob ich damit wirklich umgehen kann. Was mich angeht, muss ich dir auch so einiges sagen, bei dem ich nicht sicher bin, dass du dir das tatsächlich antun wirst. Ganz ehrlich, ich habe keine Ahnung, ob das überhaupt funktioniert mit uns beiden.« Erneut huschte ein Lächeln über ihr Gesicht. »Aber heute möchte ich einfach genießen, mir völlig dekadent nur die Rosinen rauspicken. Vollkornbrot gibt es morgen wieder.«

Mit dem, was sie mit Brit und Katja einstudiert hatte, hatte das gerade alles nichts zu tun. Und das war gut so, wurde Franka in diesem Moment klar. Das Leben ließ sich eben nicht vorbereiten, planen, auswendig lernen.

Das Leben ließ sich eben einfach nur leben.

Danksagung

Die konkrete Idee zu diesem Roman entstand bei einem Strandspaziergang in Dänemark. Im Gespräch mit meinem Sohn Lukas wurden Franka und ihre erste Begegnung mit Leon geboren – für diesen Moment der Initiation danke ich ihm sehr.

Danke auch an meine Freundinnen Susanne, Micke und Toa und an Gabriele Wachsmann – ihr wart die Erstleserinnen und habt mir Mut gemacht, weiterzuarbeiten.

Ein weiterer Dank gilt meinem Agenten Uwe Philipp und meiner Lektorin Nicole Tschierschke, die an mein Manuskript geglaubt und ihm die Chance gegeben haben, tatsächlich als Buch zu erscheinen – danke, danke, danke! Rainer Schöttle, mein zweiter Lektor, und Manuela Tiller, meine Korrektorin, haben dem Roman mit einem unglaublichen Blick für Feinheiten und Details den letzten Schliff gegeben – auch dafür ein herzliches Dankeschön.

Die Geschichte, die hinter der Geschichte steckt, ist zum Teil meine eigene. Doch anders als Franka stand ich nie vor solchen Entscheidungen: Mein Mann und meine drei Söhne haben dafür gesorgt, dass das Leben weiterging, schön weiterging. Ich wusste immer, wofür es sich zu leben lohnt – danke, Thomas, Lukas, Jonas und Felix. Ich liebe euch sehr.

Und danke auch an all die, die uns in dieser Zeit unterstützt haben – mit Taten, Worten oder einfach dadurch, da zu sein.

Tatsächlich kann man sich im Leben nicht immer die Rosinen herauspicken. Mit dem Schreiben dieses Romans habe ich es mir aber trotzdem einmal gegönnt.

10648408R00141

Printed in Germany
by Amazon Distribution
GmbH, Leipzig